望門閨秀 2

風文創 083

不游泳的小魚 著

目錄

第二十七章

大夫人見素顏呆怔在屋裡，自己說了這一番話，她也不說上前替自己向侯夫人行謝禮，不由著惱，瞪了素顏一眼。素顏雖是看到，也明白她的意思，卻是沒動，只是疑惑地看著侯夫人，想在她這裡得到答案。

侯夫人見素顏一臉的不相信，便嘆了一口氣，眼神也變得柔和了些，卻還是帶了一絲恚怨。「妳這孩子好生糊塗，妳是錯怪我家侯爺了。自藍老爺出事，侯爺便馬不停蹄地為親家奔走，老太君在家裡也是急得不行了，使了人去宮裡找陳貴妃。陳貴妃是侯爺的表妹，當今大皇子的生母，她在皇上跟前還是說得上話的，有了貴妃娘娘幫忙，事情自然便好辦得多了。昨兒侯爺終於得了確信，知道藍老爺不日便會平安回來，正高興得想要來妳家報信，老太爺倒是使了人去說退親，把我家侯爺氣得差點吐血，本想順氣就退了這親事的，昨兒昊兒再一鬧，又想起妳家老太爺實是個有風骨的，侯爺也就消了氣，今兒一大早就巴巴地讓我來了。」

素顏聽得還是疑惑。既然侯爺一開始就打算著幫藍家，怎地老太爺幾次三番地找上門去，侯爺卻矢口不應呢？

沒等她開口，侯夫人又戳了下她的腦門子，一副恨鐵不成鋼的語氣。「我知道妳這孩子剛強，可有了事還是可以去找我嘛！我家侯爺可是得了皇上明令，不許過問妳家大老爺之事，明面上，他只能冷著妳家老太爺，別人看在眼裡，只是侯爺不肯幫藍家，也消了皇上的疑心，這暗地，侯爺可是跑了一整天，能找的全都找了，又查了妳家老爺出事的起因……如今那害人的卻成了妳家恩人，侯爺倒成了惡人了。」

素顏越聽越震驚，只覺得背脊後冒冷汗，心也跟著一陣揪痛，明澈的大眼一瞬也不瞬地盯著侯夫人道：「什麼？什麼害人的倒成了恩人，夫人這話是什麼意思？」

「字面上的意思。妳素來聰慧，還想不透其中關節嗎？人家不過是想要得到妳要的花招罷了。」侯夫人冷笑著說道。

猶如寒天凍地，被人當頭澆了一盆冰水，素顏打了個哆嗦，心上陣陣發寒。葉成紹那個混帳東西！他……他竟敢……

眼淚突然就流了下來，連她自己都覺得莫名，不明白自己為何會流淚。

「孩子啊，妳年紀小，又是在深閨大院裡待著的，不知世人奸猾，這次的事情，就當經一事長一智吧！」大夫人看著素顏那失魂落魄的樣子，很是心疼，她知道為了大老爺，這兩天素顏付出了多少心思，更知道她為了藍家犧牲了多少，驟然聽到其實是被人陷害欺騙了，這傷心難過肯定是有的。

素顏正尋思著要如何回覆侯夫人，這時，外頭青凌又稟。「大姑娘，宮裡來人了。」

素顏聽得詫異。葉成紹那廝不是說要親自來接她的嗎？怎麼是宮裡來人了？

侯夫人聽了，眼神複雜地看了眼素顏，臉上原本親切的笑容就有點僵。素顏覺得頭皮有些發麻，還好，她剛才便是一臉的莫名和疑惑，侯夫人應該不能看出什麼來，便裝作驚慌地問大夫人。「娘，宮裡怎麼會來人？莫不是父親的事情有信了？」

大夫人也覺得詫異，聽了卻是搖頭道：「妳父親那兒若是有信來，也只會是大理寺著人來，怎麼會是宮裡？再說了，若是要處置或是獎賞藍家，這會子也該是聖上或是哪個貴主子的口諭聖旨什麼的，看這情形，怕是宮裡的哪個主子有話問妳，妳快些出去吧，怠慢了宮裡的人可不好。」

素顏便向侯夫人歉意地行了個禮，向大夫人告辭了出來。

她還是換了一身合適的裝扮，重新梳了頭，卻沒有穿葉成紹送來的那套宮裝，上了宮裡的馬車。

馬車自玄武門外進停下，又有三輛軟轎等在宮外，素顏和兩個嬤嬤分別上了軟轎，轎子在坤寧宮門外停下，兩個嬤嬤先行下來，再走到素顏的轎前，一人一隻手扶了素顏下轎，神情恭敬有禮。

進了宮，兩個嬤嬤便靜靜退到了一旁，素顏跟著那來迎她的宮女向殿內走去。

「啟稟娘娘，藍姑娘帶到。」那宮女先一步進了內殿，在皇后軟榻前行了禮稟道。

素顏忙上前跪下行禮。「臣女藍素顏叩見皇后娘娘，娘娘千歲千歲千千歲。」

「平身，且近前來，讓本宮瞧瞧。」一個很溫婉的聲音在頭頂上響起，素顏也不敢抬頭看，低了頭，小心地走近前幾步，在離皇后軟榻兩公尺處停下。

「抬起頭來。」皇后的聲音溫婉中帶了絲威嚴，素顏這才抬起頭來，不由倒吸了一口氣。皇后與她想像中大相逕庭，她腦子裡的皇后一般都是端莊雍容、莊重典雅，相貌雖美但不豔麗，那才符合六宮之首、一國之母的形象，但眼前的皇后幾乎美豔不可方物，氣質嬌柔溫婉，有如一株怒放著的嬌豔牡丹，美豔卻大氣，富貴卻不庸俗，還有一絲小女兒狀的單純。最讓她驚異的是，皇后隱隱給她一股似曾相識的感覺，她努力在腦海裡尋找著前世見過的明星模樣，但想了很多人，卻沒一個與皇后相似的，不由被自己這感覺弄得莫名。

「妳看這傻孩子，怎麼呆呆的，本宮可是嚇著妳了？」皇后的語氣裡帶著淡淡的笑意，讓素顏回過神的同時，緊張的心也放鬆了一些。看來，皇后還是個很會調節氣氛的人。

「走近些，不必拘著，紹兒說妳最是大膽了，怎麼見了本宮就變得小心了起來呢？本宮也不是老虎。」皇后見素顏還有些拘謹，又笑道。

素顏只好又近了前幾步，心情卻是被皇后的幾句俏皮話弄得舒展了許多，也笑著小聲回道：「娘娘真好看，臣女不是被娘娘嚇到，是被娘娘的美貌震驚到了，臣女長這麼大，還是第一次見到如娘娘這般好看的人，冒犯了娘娘，罪該萬死。」

皇后看著素顏的眼神也更加溫和。「妳也很好看啊，不過，既是紹兒喜歡的，那可不能只好看就行了喔。」

皇后的語氣裡竟帶有一絲俏皮，一點也沒一國之母的威嚴，更沒裝出沈穩莊重的樣子，素顏突然有些喜歡這個皇后了，不為別的，就為她的與眾不同，為她不刻意端國母的架子，為她身上還保留著的那一絲單純氣質。

但聽到葉成紹的名字，她不由得微蹙了下眉頭。這個表情細微得一閃而逝，但皇后娘娘卻是看到了，她微微嘆了一口氣，好半晌才幽幽地說道：「成紹不是壞孩子，他只是有點任性，偶爾胡鬧罷了，他的本性是很純良的，妳與他在一起待得久了就知道。妳不喜歡他嗎？」

素顏有些哭笑不得。這個皇后……讓她有點不知所措，原本她是提著十二分的小心來的，可沒想到，皇后竟像個心無城府的孩子，或者說，這與皇后的地位太不相符了，但聽說這個皇后在位很多年，一直穩坐中宮。宮裡是女人鬥得最激烈的地方，能在群狼環伺下穩住地位，又怎麼可能是個心思單純的人呢？

「娘娘，我……」素顏沒辦法，只能用臉紅掩飾心裡的無奈。她著實不知道要怎麼回答皇后的話，說不喜歡，又怕因此得罪了皇后，給藍家帶來禍事，說喜歡……自己喜歡葉成紹嗎？當然不，總不能為了討好皇后而欺騙自己吧。

皇后果然以為她在害羞，美得令人眩目的臉上便露出欣喜的神情，拍了拍她身邊的軟榻道：「來，坐到本宮的身邊來，咱們好好說說話。」

素顏遲疑了一會兒，還是依言坐在了軟榻下面，恭謹低著頭。皇后笑著指了指案桌上的點心對她說：「嚐嚐，味道很不錯的。」

素顏聽了便要起身行禮謝賞，皇后伸手壓住她，嗔道：「無須多禮，妳就當本宮只是個長輩就行了，隨意些。」

素顏聽了這才輕拈了一塊點心，放在嘴裡細嚼著，動作斯文優雅。皇后笑咪咪地看著她，被天仙一樣的美女看著吃東西，素顏真有點吃不消，眼睛又有些發怔，看著皇后有些錯不開眼，皇后有些緊張地問：「怎麼？不好吃嗎？」

「好吃，謝娘娘賞賜。」素顏臉一紅，垂了眸子說道。

「怎麼不穿成紹送給妳的衣服呢？那是本宮特意選的呢。」皇后很隨意地問道。

「臣女沒資格穿那衣服，更沒資格戴那首飾，臣女只是個白身，不敢有違禮法。」素顏雖未起身，卻是半彎了腰，恭謹地回著皇后的話。

「既是本宮賞的，誰敢說妳違反禮制？哼，白身又如何，只要妳嫁給了成紹，本宮便封妳個三品誥命又如何？」皇后威嚴地說道。這個時候的她才感覺身上帶有威嚴，令人不敢與之對視。

素顏聽得錯愕。皇后竟是如此快就給她許了前程和好處，可是自己並不是真心想要嫁給葉成紹的，若就此接受了皇后的賞賜，將來和離……怕是有很大的困難。她一時躊躇起來，到了如今這地步，嫁葉成紹成了板上釘釘的事，可是，這個封誥還是不要的好吧。

「娘娘，俗話說無功不受祿，臣女如今還未進得寧伯侯府的門，就穿逾矩的衣服，既壞了藍家的名聲，又丟了皇后娘娘的臉面。臣女雖愚鈍，但自知之明還是有的，不能讓葉公子為了我而破壞朝廷規矩。」

皇后聽得一陣愕然，這樣的恩典可是多少人求都求不來，換了是別人，早就順著那話跪下謝恩了，而她卻一再推卻，是真的淡漠權勢還是欲擒故縱、以退為進，想得到更多的封賞？

「聽說妳娘親藍大夫人前些日子才生了藍家的嫡長子吧，如今可是安好？」皇后眼波一轉，便換了話題。

「回娘娘的話，母親和弟弟都安好，謝娘娘關心。」

「聽說，妳外公顧大人如今可是被罷官流放了，妳……沒想過要救救他們？」皇后就像話家常一樣的，說得漫不經心。

素顏心思百轉。當然想救啊，可如今父親還在牢裡沒出來呢，再提多的要求，怕是會被人說順杆子爬，貪心不足吧。

可是，如果說不想救，皇后又會認為她無情無義，對自家親人也不關心，這個問題可真是難倒她了。想了一想，她黯然垂了眸子，聲音有些哽咽。「回娘娘的話，自是想救的，但臣女年紀小，不知道外公所犯何罪，若他真是觸犯國法，做了那有損朝廷和百姓利益之事，臣女少不得也要硬硬心腸了，總不能為了救人而置法制於不顧吧，健全的法制可是立國之本啊。」

皇后聽得眼睛一亮，抬了手，撫了撫素顏的頭，嘆了氣道：「倒是個懂事的孩子。不過，如此不怕人說妳不孝嗎？」

「臣女聽得娘親說過，外祖為人剛正清廉，不知道怎麼就犯了事了，臣女雖不相信外祖真會觸犯國法，但朝廷既是處置他，自然是他真犯了錯處，該受此罰，臣女就算再心痛，也只能忍著了。」素顏斟酌著說道。

皇后眼裡閃過一絲玩味。素顏這話聽著，面上不像是在幫顧大人求情，句句都是以國法為重，不以私情而違禮制，但實則內裡卻是在向自己暗示，顧大人很可能是被冤的，這便是變相地想請自己幫助顧大人。這個女子，倒真的很有意思呢，怪不得成紹那傢伙對她不一樣呢。

「既是為人剛正清廉，就應該不會觸犯國法才是。以顧大人的人品學識，被流放千里，去了那苦寒之地，真真可惜啊，又是如此大的年紀，怕是難以受得了那份苦，妳以後再想見他就難了喔。」皇后有些難過地說道。

「娘娘說得對，外祖的身子骨原就不太強，此去不知道何時再見，怕是，今生都難再見……」素顏說著，眼圈就紅了。

皇后聽她仍沒有開口求自己救顧家，但話語間，卻時時透露著她對顧大人的眷念，分明是想用親情打動自己，主動提出相救顧大人的話來。這小妮子，也太過滑頭了些，不過，成紹倒是需要這樣的人在身邊，謹慎小心又大膽心細，還聰慧沈穩……

兩人又說了好一會兒話，皇后面色露出一絲倦意，又拿了許多東西賞了素顏。

素顏告辭出來，在先前那名宮女的帶領下，離開了宮裡。

素顏一走，皇后一改方才慵懶隨意的模樣，正著身子坐在榻上，臉色端嚴。花嬤嬤便自幃幔後走了出來，給皇后行了一禮，立在一旁。

「妳覺得她如何？」皇后神態威嚴端莊，聲音冰冷如霜，眼裡不帶半點暖意。

「回娘娘，是個可造之材，也與世子爺甚是相配。」花嬤嬤恭謹回道。

「喔，何以見得？」皇后不露聲色地問花嬤嬤。

「回娘娘的話，奴婢看她一是不貪權財也不虛榮，處變不驚，娘娘幾次暗示可以封她為三品誥命，她卻推託了。哪個女兒家不想身分顯赫、位分高的？她卻知進退，並不強求不該屬於她的東西。二則也滑頭，不能說的不說，或者不明說，奴婢可是看出，她對世子爺並不上心，娘娘幾次試探，她要嘛不答，要嘛便是顧左右而言他，說的話卻很體面，沒半句傷害世子或是對世子不利的話。其三，她有孝心也謀算，在您問到顧家時，她採取迂迴戰術，說話滴水不漏。面上看，她半句也沒有求您相幫顧家，但句句卻是言出顧大人冤屈，娘娘就算以前根本不認得顧大人，顧大人這件案子怕也會關注起來。」

「嗯，與本宮的看法一致，只是她對紹兒那態度令本宮不舒服，紹兒對她怕是有求必應。那孩子，只要他認同了，就掏心地對人好。唉，本宮怕他將來治不住這個女子呢。」皇后輕蹙黛眉，站起身來，像是自言自語。「能抵擋住那身衣服和那套頭面的誘惑的女子可不多啊，若她不是在作戲，就憑這一點，本宮也是滿意的。可成紹這孩子……本宮可不想讓他再受苦了，小夫妻若不能兩情相悅……本宮怕他會受傷害啊！」

說到後面，聲音裡竟是帶著一絲滄桑，還有一絲心痛。

「娘娘，她畢竟是女子，女子只要嫁了，哪有不一心對待夫君的道理？這點您倒不用太過慮。」花嬤嬤不贊同地勸道。在她的認知裡，出嫁從夫，妻子全心全意對待丈夫是天經地義的事，哪裡會有二心？

「這個女子與眾不同，本宮覺得她不是這麼簡單的人，妳沒看到她眼裡的倔強嗎？她不是個容易屈服的人。」皇后搖了搖頭，眼裡露出一絲狠戾來。「不過，她若敢傷了紹兒……哼！」

皇后的聲音仍軟，但聽在花嬤嬤的耳朵裡卻是森冷異常，她忙垂了眸子，不敢再看皇后的眼睛，想起在藍府看到的那些禮品箱籠，她忙又道：「稟娘娘，奴婢在藍家看到了中山侯府再次送過去的聘禮，這藍大姑娘怕是與中山侯世子的婚事沒退得成。」

皇后聽了微怔，卻是笑了，端肅的面容一旦綻開笑顏，便如春花綻放一般豔麗動人。她懶懶地回到軟榻上歪著。「紹兒若是連這點子事也要本宮操心，那他便不要娶媳婦好了，打一輩子光棍吧！」

第二十八章

素顏坐著宮裡的馬車回了府，剛進前院，老太爺便使了人在等她，來人又是藍全，他給素顏行了一禮道：「大姑娘可算回了，老太爺正揪著心呢，您快些去給他老人家報個平安吧。」

素顏聽了忙跟著他進了書房，但走進書房一看，頓時沈下臉。上官明昊赫然在座。這個人怎麼又來了？侯夫人怕是還沒走吧，他是怕侯夫人解決不了嗎？

老太爺見素顏平安回來，臉上的憂色緩了些，素顏忙上前去給老太爺行禮，又對上官明昊福了一福。上官明昊明顯瘦了一些，俊朗眸子幽幽地看著素顏，下巴竟是有些鬍渣冒出，神情也有些委頓，只是在看到素顏時，眼神才亮了起來。

素顏心中冷笑。這人是來扮癡情給她看的嗎？以他那風流倜儻的性子，頂著這張臉出門怕是很難受的吧，也虧得他肯為自己捨了那一副溫文儒雅的多情公子模樣。

「宮裡沒有為難妳吧？」有上官明昊在，老太爺說話不太方便，但還是問了句自己最關心的。

「回爺爺的話，宮裡的貴主子待孫女極好，並沒為難，還賞賜了不少好東西。」素顏也是怕老太爺擔心，忙如實相告。

「那就好，侯夫人如今還在妳母親屋裡，妳一會兒再去見見夫人吧。」老太爺聽了便揮了揮手，想把素顏快些打發走，總與上官明昊這外男在一起也不合禮數。

素顏求之不得，行禮告退出來，自始至終既沒與上官明昊多說一句話，也沒多看他兩眼。

上官明昊眼中閃過一抹痛色，卻不好立即跟著素顏出來，薄唇抿成了一條直線，雙手緊握成拳。

素顏出了老太爺的書房便往二門去，但沒走多遠，就聽後面有人喚住她，回過頭來一看，竟是素情。她不由皺了眉，很不耐煩地停下腳步。

素情面容憔悴，身形比之以前更嬌弱了幾分，行走時真有點大風吹來便會隨時將她捲走的樣子。

「大姊，世子爺可是在爺爺書房裡？」素情眼中滿含憂鬱，清瘦的小臉上滿是愁苦，小聲問素顏道。

「嗯，方才我去時，他還在的，二妹若要找他，現在就得去，不然怕是一會兒便走了。」素顏巴不得素情快些去找上官明昊，但一想到老太爺這兩天又蒼白了的髮絲，心中又不忍，還是勸了一句。「妳的事情，長輩們自會處理妥當的，妳千萬不要再惹老太爺傷心了。」

但素情卻是苦笑一聲。「我不去書房，只是問問。他的臉色很不好，我怕他生我的氣，只想偷偷看他一眼就好。」

素顏聽著微微搖頭，看來素情對上官明昊是動了真情了，她如今這樣子分明就是個失戀的小女生，但願她一片癡情沒有付諸流水。算了，懶得管她，抬了腳，便不理會素情，逕自向大夫人院裡去。

素情怔怔地看著素顏遠去的背影，心中一陣苦澀。今日侯夫人抬了一百二十抬的禮品來，她聽了後欣喜若狂，以為老太太終於說動了中山侯夫人，同意將自己嫁給上官明昊了，她喜不自勝地就往前院跑，一路上也有丫鬟婆子們說著恭喜的吉祥話，等她去了前院，老太太正著了人要將禮品箱籠抬進庫房時，老太爺卻發了火，不許下人動那禮箱。

她大感驚異，後來才知那聘禮其實還是給大姊素顏的，中山侯府連提都沒有提她一句……

正胡思亂想，眼前便晃過一道人影，好聞的檀香讓她眼睛一亮。是明昊哥哥。她大聲喚了聲：「明昊哥哥！」

但上官明昊看也沒看她一眼，急急地向前面追去，前面……那是大姊，正要走進垂花門裡了……

「大妹妹且留步，我有話說。」上官明昊心中暗喜，還好，她還沒有進二門。

素顏只差兩步便能走進二門，便可以不用聽上官明昊囉嗦了，但是，她不得不停了腳步，畢竟是在她的家裡，與他的婚約還沒有退成，侯夫人還與大夫人關係甚篤，她還得給他留幾分顏面。最讓她煩躁的是，她連裝沒聽見都不行，素情前面叫的那聲太大了，不容她忽視。

「大妹妹，妳可聽母親說明原委了？」上官明昊修長的身形在離素顏一公尺遠的地方停了下來。

素顏抬眼看他，他深邃的星眸中滿是期待，更多的是自信。「我知道大妹妹之所以要與我退婚，是因為世伯的原故，如今事情弄明白了，世伯即日也要回府了，妳……總該放寬了心，不用為家裡犧牲自己了。」

呃……嫁給葉成紹是犧牲自己，嫁給他就不是？這個男人還是如此自大自信。

「上官公子知道些什麼？」素顏又想起侯夫人說的那句話。葉成紹難道真的是設計大老爺的人？

「大妹妹，我可是國子監生，在朝中也有些人脈的，想要打聽些消息也不難。那葉世兄為人又高調，他做的事情總有一些人知道的，如若不信，大妹妹大可以等伯父回來，問過便知一二了。」上官明昊專注地看著素顏。

「喔，那便等父親回來了再說吧。」素顏淡淡回道，又對他福了一福。「我還要去拜見侯夫人，上官公子若是無事，我便走了。」

「大妹妹，我……對妳是真心的，娘親也是真心喜歡妳，明年正月十二，我的花轎就會過府來抬妳進門。」上官明昊攔住她，深情地對她說道。

素顏瞭了一眼不遠處，正呆呆地站著的素情，似笑非笑地看著上官明昊，道：「你還是抬了我家二妹進門吧。為了你，她不顧女兒家的名聲，如今已是憔悴得人比黃花瘦，公子自來憐香惜玉……」

「藍素顏，妳不要胡攪蠻纏，我並沒有做錯什麼，妳不能因此就與我退婚，妳家二妹在我眼裡根本什麼也不是，以前不過是看在她是妳的妹妹分上，才給她幾分顏色，沒想到她如此厚顏無恥，一再陷我於不義，我上官明昊怎可娶此等品性惡劣之女為妻？她不過是癡心妄想而已！」上官明昊義正詞嚴地大聲對素顏說道。

素顏同情地看著不遠處快要崩潰的素情，就見她那瘦弱的身子如飄搖在風雨中的飛絮，隨時都可能飛走一般。

「明昊哥哥……你真的……如此討厭我？」素情哭泣著，聲音虛弱不堪，一步三搖地走上前來。

「藍二姑娘，請妳自重，我是妳未來的姊夫，請不要再叫我哥哥，這個稱呼不合禮數。」上官明昊厭惡地看著素情，眼裡哪還有以前的憐香惜玉？

「我以前一直就是這麼叫你啊，你也沒說不對過……啊，你是怕她生氣，怕這個賤女人生氣對嗎？」素情震驚地看著上官明昊，眼神慢慢變得陰厲，突然就指著素顏罵了起來。

素顏看著煩躁，更不想摻和他們兩人之間的事情。他們站在二門處吵，知道的，是素情糾纏上官明昊，上官明昊糾纏她；不知道的，怕還以為她在與妹妹一同爭奪上官明昊呢。不過，這隻沙文豬怕也真懷著這心思，讓別人以為她很在乎他，她為了他與妹妹大吵大鬧，他可就裡子面子全都有了。

轉過身，素顏抬了腳就往二門裡走，背後卻感覺一陣冷颼颼的，轉過頭，她還沒反應過來，素情便像瘋魔了一樣向她撲了過來。「藍素顏，妳這個賤女人！都是妳害得我，我跟妳拚了！」

素顏嚇得一跳，忙後退了幾步，看素情那雙長著長指甲的手正向自己臉上抓來，她忙用手護住臉，但脖子處還是被素情抓到，留下一條深深的血痕，而上官明昊也似乎才反應過來，慢了半拍地自素情身後提起她的領子，將她甩到了一邊。

「素顏，妳怎麼樣了……啊，受傷了，快給我看看！」上官明昊溫柔又關切地在素顏耳邊說道，一邊還拿帕子想要幫素顏捂傷口。

素顏只覺得脖子火辣辣地痛，但仍是大退了一步，躲開上官明昊的手，冷笑一聲道：「你應該滿足了吧，看著我們姊妹為你打架，你是不是覺得心情很舒泰啊？」

「素顏，妳……我只是沒想到她會像條瘋狗，沒來得及攔住她。」上官明昊眼神一黯，急切地解釋道。

但他話音未落，素顏突然便抬了手，一聲清脆的巴掌聲響起，上官明昊的臉上竟起了五個手指印。

素情離他不過二尺遠距離，他真想攔，長臂一伸便可以了。哼，這個臭男人，果然很會利用女人之間的醋意達到懲罰人的目的。

「她是瘋狗，你也不是什麼好東西，一條大尾巴狼而已，放心，我會稟告家祖父，便是素顏這輩子終生不嫁，也不會嫁於你這個陰險小人！」素顏冷笑著將捂在傷口上的手拿了下來，又甩了甩另一隻方才用力過猛的手，輕蔑地看了眼上官明昊後，轉身走了。

「怕是由不得妳，以妳藍家的勢力，我娘親與妳母親的情分，妳就是不想嫁也得嫁！」上官明昊被打得懵了。從來還沒有女人敢動手打他，一時怔住，等他回過神，素顏已經走遠，他狠狠地在她身後冷聲說道。

這隻潑辣的小狐狸敏銳得很，一不小心便讓她看出了破綻，一時又有些後悔，剛才應該早一步攔著素情那笨女人的，不該為了想要薄懲她而讓她生怒。不過，讓她知道他的厲害也好，他怎麼能忍受一個女子竟然不將他放在眼裡呢？他要讓她也如素情一樣，只因自己的一個曖昧眼神而瘋狂，這一巴掌遲早要讓她付出代價——

「誰說她不想嫁也得嫁你了？上官明昊，幾日不見，你可是越發出挑了啊！」一個陰陽怪氣的聲音突然自上官明昊身邊響起，上官明昊猛然回頭，一看之下，頓時怔住。

葉成紹竟是扶著藍大老爺快步走了過來。

藍大老爺的臉色鐵青，看他的眼神很是不豫，他不由心中打了個突。方才的話怕是被藍大老爺聽了去了，自己在外頭豎立的好名聲、好形象可是減損了不少。

「小姪給伯父請安，恭喜伯父平安歸家。」上官明昊到底反應快，很快便溫文爾雅地長揖到地，給大老爺行了一禮，態度恭敬得很。

「不敢當，以藍家這種家世，下官可不敢當世子的伯父，世子爺還是稱下官官名的好。」藍大老爺冷著臉，偏過身子不肯受上官明昊的禮。

葉成紹卻是看向前面拐角處一片湖藍的衣角，他眼睛一亮，閃身便進了二門，前面果然是他心心念念的那個人。他嘴角勾起一個好看的弧，閃身擋在了素顏面前，眼睛亮晶晶地看著她。

「伯父回來了，妳——妳的脖子是怎麼了？誰傷了妳？」

他原本笑嘻嘻的，想給她個驚喜，但轉眸竟看到她雪白脖子下有幾道觸目驚心的血痕，一股心痛和怒火同時湧上心頭，忘了她平時最重禮數，一把捉住她的手問道，聲音陰寒逼人。

素顏乍聽說大老爺回了，又是與葉成紹一起，心中那點子懷疑便有些消散，更是喜出望外，一時竟是忘了手被他攥住，等回過神來時，人已經被他扯回後二門外了。

第二十九章

素情先前被上官明昊拎著甩到地上，摔了個四仰八叉，平素嬌柔的大小姐模樣全都毀損殆盡，身體和精神上的雙重痛苦纏成了一只網，折磨得她目眥盡裂。身上的痛還好說一點，她最受不了的，就是上官明昊竟然為了素顏那個賤人對她動手，而藍素顏，她竟然敢打明昊哥哥，她放在心裡奉為神靈的男人，她怎麼可以如此對待明昊哥哥？

如今大老爺來了，又對明昊哥哥不假辭色，讓她更是難過，一定要在大老爺面前揭穿藍素顏那假正經的真面目。她忍痛爬了起來，跌跌撞撞地走到大老爺面前，哽著聲道：「女兒給父親請安，恭喜父親平安歸家。」

素情突然出現在前面，還是上官明昊也在的時候，大老爺想起之前在茶樓裡的那一幕，不由心火更盛，抬手想打，卻又看到她形容消瘦，畢竟是自小疼大的女兒，捧在手心裡養了這麼些年，看著她現在這個樣子，大老爺還是沒下得去手，垂著手臂，卻是緊握成拳，狠狠地瞪了素情一眼。

素情自是知道父親恨她什麼，但她從來不悔自己為上官明昊所做的，她就是喜歡明昊哥哥，就是想嫁給他，這又哪裡錯了？明明素顏那個賤人不喜歡明昊哥哥，為什麼大家都非要她嫁給他？為什麼就不能把自己許給明昊哥哥呢？父親和爺爺都不公平、不公平！

一定是那個賤人平素太會裝模作樣了，所以他們才會看重她，才會說她好……

「爹爹，剛才大姊也在這裡呢，她還……還動手打了上官公子一耳光，她可是上官公子的未婚妻，竟然敢動手打自己的未來相公，這要是傳將出去，藍家出了個悍婦，藍家的臉面不得丟盡了去？」素情努力收斂著自己眼中的怨毒，聲音雖帶著絲氣憤，卻是那種恨鐵不成鋼的意味。

大老爺聽得眉頭稍皺，見上官明昊的臉上果然有纖纖指痕，大老爺突然不氣，反而有種想笑的衝動。素顏素來沈穩溫厚，如若不是人家做得太過，她又怎麼會動手打人？而且是打了上官明昊此等身分之人。

素情等了好一會子，沒見到大老爺發怒，抬了眼看去，卻見大老爺像是在沈思，看上官明昊的眼神也不善，心中一愣。父親不是被氣糊塗了吧，可是藍素顏那賤人打了明昊哥哥，怎麼父親反倒在生明昊哥哥的氣呢？

「父親，不關明昊哥哥的事啊！」素情心一急，衝口就道。

大老爺聽得怒氣上湧。這個女兒還是如此不知羞，當著自己的面如此親熱地稱一個外男，且這個男子還差一點做了她的姊夫，如今更是替這個男人討公道，不為自家姊姊說話，胳臂肘往外彎，真真是少了教訓。

素情被大老爺狠瞪了一眼，立時反應過來自己的稱呼不對，讓父親和上官明昊都不舒服了。明昊哥哥可是才警告過的，可是……她心裡曾經叫了千百回的名字，叫得順口了，一時要改，還真是難。素情的臉上露出悽苦來，神情嬌怯惹憐，只可惜面前的兩個男人，一個是怒她不爭氣，另一個根本就討厭她，沒一個肯憐惜她的，裝得再柔弱也沒觀眾。

大老爺正要開口訓斥素情，就見那邊葉成紹拉著素顏，面色鐵青，眼神陰厲中挾著寒芒，整個人泛著森冷之氣。

上官明昊見葉成紹當著他的面抓著素顏的手，腦子嗡地一響，一股鬱氣堵在胸間，像隨時都要爆炸了似的，兩手忍不住攥成了拳頭，俊眸危險地瞇著，眼神如利刀般刺向葉成紹。

葉成紹像沒看到他一般，鬆開了素顏的手，卻是突然手一伸，捉住了素情的，隨手將素情的手掌抬起。

素情嚇得一聲尖叫，大喊著：「你個登徒子！你想做什麼？」

「做什麼？只是看妳用哪隻手傷得大姑娘而已。」葉成紹的聲音陰寒，聽得素情瑟瑟發抖。

大老爺先是見葉成紹牽了素顏的手過來，心中很是不豫，這寧伯侯世子雖說人還過得去，可是為人也太不講禮數了些，怎能當著上官明昊的面去碰素顏呢？他還沒來得及阻止，就見那少年又捉了自家二姑娘的手腕，更是氣急……一抬眼，卻是看到素顏脖子處的血痕正冒著血珠，大老爺心中便有些明瞭，等聽得葉成紹說完那句話後，他的心一沈，正要說話，就聽喀嚓一聲，如骨頭折斷的聲音，隨即便聽得素情一聲慘叫。「爹爹……」

大老爺的心顫動了一下，定睛看去，只見素情的右手中指已然被折斷，像根斷裂的枯枝一樣，掛在掌中。

「這指甲裡還有皮血，今日且便宜了妳，只斷這一根，若他日再看妳欺負大姑娘，本世子便不是只斷妳一根手指了。」葉成紹嫌惡地甩開素情的手。

人說十指連心，素情驟然被斷一指，痛得大叫一聲，暈了過去，身子一軟便向一旁的上官明昊倒去。

上官明昊也被葉成紹的狠戾給震住，臉色微顯得有些蒼白，根本沒注意到素情的狀況，等素情的身子歪到他懷裡時，他不覺看了素顏一眼，卻是一偏，側了身子，任素情直直地掉下地。

大老爺及時跨過一步，攬住素情，惱怒地看了眼見死不救的上官明昊，手一招，揚聲道：「來人，抬了二姑娘回去！」

二門處守園的婆子立即叫了人來，架了素情就走，還沒走遠，小王氏似是聽了信，也正匆匆趕來。遠遠地，她看到素情被人像拖著，頓時面色慘白，提了裙就往這邊跑，邊跑邊哭。

「姑娘，我的二姑娘啊……妳這是怎麼了？誰害了妳啊？」

大老爺一看這陣勢怕是又要鬧將起來，兩個世子都在，又要讓人看笑話，且以小王氏那潑辣勁，要是知道素情的手被葉成紹折斷了，怕是會找了葉成紹拚命。經了這一次的事，大老爺算是切實感受到了寧伯侯世子在朝中的能力，他忙對葉成紹和上官明昊道：「兩位世子爺，此地風寒，不若請二位到下官書房一坐？」

上官明昊這才點了頭道：「就聽世伯的，小姪也正好想等家母一同回府。」

葉成紹對大老爺憨憨一笑道：「伯父不要怪小姪魯莽就好，還望伯父以後多多關心大姑娘，貴府家宅不淨，得好生清理清理了。」

葉成紹難得一派正經地跟大老爺說話，但說出的話卻能讓人氣死。就算藍家家宅不淨，也不容他一個外人來置喙吧，這種話其他人是絕對不會如此直白就說出來的，偏這廝是一點人情世故也不懂，還是用教訓人的口氣，素顏聽著就氣，趁大老爺不注意，瞪了葉成紹一眼。

葉成紹原就注意著素顏，本以為方才自己給她出了氣，她會高興些才是，沒想到那雙清亮的水眸卻是怒目瞋視著他，波光瀲灩，這嗔怒也夾著異樣的風情，他一時又看呆了。

「呆子！」素顏忍不住小聲罵道。

葉成紹耳力極好，素顏這罵聲雖小，但他卻聽得清楚，這樣的罵聲在他聽來卻有如天籟，他小時候，可沒少見到侯夫人半嗔半喜地如此說侯爺的，這是夫妻間才有的情趣呢！他心中甜蜜蜜的，剛毅英俊的臉上漾開一朵燦爛陽光的笑容。

素顏快受不了這混蛋了，這人臉皮太厚，瞪他罵他全當獎賞了，再跟他待下去，她會瘋了。

正要就此告辭，抬眼卻觸到上官明昊如冰刀般冷冽的眼神。她方才與葉成紹之間的互動，在上官明昊眼裡看著就是眉目傳情了，他原本還算自信，以為素顏只是氣他沒有相救藍大老爺，又氣他與婉如、素情之間糾纏不清，不過是女兒家吃酸拈醋，對他失望罷了。如今看來，這小狐狸竟然真的喜歡上了葉成紹這花花公子，一股酸溜溜的怒火在胸中燃起，他又妒又恨，更是氣素顏的不守規矩，如今她還是他名義上的未婚妻，竟是當著他的面與人眉來眼去，太不拿他當回事了。

「伯父回來甚好，也不枉父親多日來為伯父奔走，如今見伯父安然，小姪也就放心了。小姪來了已有多時，母親仍在伯母處，兩人怕是正敘舊情，小姪也就不打擾母親，先行告退。」他想了想，恭敬地給大老爺行了一禮，決定以退為進，暗中告訴大老爺，他安全出來自家可是幫了大忙的，可別讓藍家感激錯了人，將個仇人當恩人。

大老爺果然聽得臉露驚詫之色，但他是一大早被葉成紹自大理寺中接回的，在牢中又發生了好些事，他心裡自是明白的，可外頭究竟誰還幫他出過力，他倒真是不知了，只知道王家是躲得遠遠的，根本就沒打算救他。難道中山侯真的也找了人救他？不然，世子也不會說出這樣的話來了。

如此一想，大老爺便對上官明昊道：「既是如此，世子請代下官向侯爺致謝，改日下官定當登門拜訪，親謝侯爺援手之情。」

說著，還看了葉成紹一眼，葉成紹臉上笑咪咪的，只是傻傻地看著素顏，並沒有注意到大老爺投來的那一抹探詢的眼光，大老爺心中更難確定了。

上官明昊又走到素顏面前。「大妹妹，為兄就回去了，妳好生在家養傷，家中有上好的治傷良藥，為兄回去後便著人送來，妹妹放心，妳那傷口上定然不會留下疤痕。」

素顏雖然很不喜歡他，但在大老爺面前，她還是要裝淑女的，也不好當眾落上官明昊的面子，彎腰對上官明昊福了一福，正要致謝，那邊葉成紹卻大聲道：「你家的藥會比宮裡的還好嗎？大姑娘，妳別用他的，我一會兒讓人送最好的給妳。妳那妹妹是瘋婆子，以後離她遠著點，別再讓人害妳了。」

說著，又轉過身，似笑非笑地看著上官明昊。「上官兄，藍家二姑娘怕是當著你的面傷了大姑娘吧，那天茶樓的事情又在此演了一齣嗎？好在我如今也退了與二姑娘的婚事，她與你如何，我管不著，但是誰要耍陰點子害大姑娘，本世子會讓他吃不了兜著走。」

上官明昊聽得大怒。葉成紹竟然公開挑釁他，又是當著素顏的面，以一副素顏的保護者姿態跟自己說話，他算個什麼東西？

「葉兄，說話客氣些，你平素如何霸道與我無關，但本世子也不是那任人欺負的主，奉勸你一句，不要仗著皇后娘娘的寵愛就為所欲為，這世上還有天道公理在。」說得是義正詞嚴，好一副正氣凜然的樣子。

「哈哈哈，收拾幾個陰險小人還無須仗了娘娘的勢，本世子自己就能搞定。明昊兄，本世子也沒說你耍了陰點子，你氣個什麼勁兒？莫非大姑娘身上的傷，真與你有關係？」葉成紹卻是哈哈大笑，斜睨著上官明昊，一副懶散的樣子。

上官明昊聽得一滯，暗罵自己被這混帳帶進去了，但他反應很快，臉上立即露出溫和的笑來，只道：「葉兄說話語氣太過氣人，不過，葉兄自來便本性如此，是本世子一時忘記，倒與你計較了，實是不該。」

這話不但避重就輕地轉移了主題，還表明他心胸大度，不與葉成紹此等人一般見識。

葉成紹聽了也不介意，反正他早就臭名遠揚了，也不在乎再臭一點，只是看不得上官明昊惺惺作態。他站直了身子，眼睛一瞪，身上散發出一股不怒自威的氣勢。「明昊兄要走儘快，我還要與大姑娘再說幾句話呢。」

上官明昊氣得嘴唇都在顫抖，正要反唇相稽，這時，老太太身邊的金釧過來了，她看見大老爺在，頓時大喜。

「大老爺，老太太為了您急得這幾日茶飯不思，如今您平安回來了，老太太便命了奴婢來請大老爺過去。」

大老爺正怕兩個世子在藍家吵起來，見到金釧便如見到救星一般，忙對葉成紹和上官明昊告了個罪，葉成紹和上官明昊兩人見大老爺要回內院，也不好再跟著了，只好相繼告辭。

素顏就自個兒回了屋，歇了半個時辰，紫綢找了藥膏正要給素顏塗上，這時，外頭小丫鬟又進來稟報道：「姑娘，宮裡又來人了，就在前門外呢，說是讓您親自前去。」

宮裡的人來了，卻不進內院，怕是太監吧？不過，自己才不過回來兩個時辰，怎麼皇后娘娘又有事找自己？

她也顧不得多想，忙帶了紫綢一同往前院去。出了藍家大門，果然看到一名太監站在一輛寬大豪華的馬車前，見素顏過來，甩了下拂塵，上前來道：「可是藍家大姑娘？」聲音尖細得很，果然是不男不女之人發出的。

素顏忙要行禮，那太監卻慌忙托住她，躬身道：「咱家是奉了皇后娘娘之命，給姑娘送傷藥來的，娘娘還派了一位嬤嬤在車上，說是有話同姑娘講，姑娘請上車。」

素顏忙要行禮跪謝皇后，那太監倒沒攔她，讓她行完禮，他才搬了個小凳來放在車轅下，讓素顏踩著小木凳上了馬車。

紫綢遠遠地站著，也不敢靠得太近，那太監便守在馬車旁。

素顏伸了手，剛要掀車簾子，手卻被一隻乾燥溫暖的大手牽住，還沒來得及細看，人就被扯進了馬車裡。

素顏抬起眼來，果然馬車裡坐著的是葉成紹。她不由氣惱，縮手就要掙脫他。

「就牽一會子，一會子就好。」葉成紹黑亮的眼睛在光線不太明亮的馬車裡就像黑夜裡的星星，明亮又灼熱，神情帶了一絲小小的討好和乞求。

「說了給妳送藥來的，又怕妳在宮裡受了委屈，就去了趟宮裡，找娘娘討了藥，來晚了些，妳還沒上藥吧。」葉成紹說著就拿出一個白色的小瓷瓶，揭開木塞子，一陣清香撲鼻而來。

他小心地用手挑了一點，歪了頭看素顏的脖子，素顏脖子一縮，瞪了他一眼道：「我自己來。男女授受不親，你不知道嗎？」

「沒鏡子妳看不到，我怕妳傷著了自個兒。」葉成紹聲音軟軟的，像個一心討大人歡心，又怕方法不對的孩子。

「那也不要你動手，你給藥與我，我拿回去抹了就是。」素顏沒好氣地說道。這傢伙太過卑鄙了，竟然合著宮裡的人一起騙她與他幽會……想到幽會兩個字，她又忍不住臉紅。

葉成紹看呆了，昏暗當中，素顏嬌美的容顏如有魔力一般吸引著他，他只感覺心跳如鼓、口乾舌燥，眼前的她就像一道美味的餐點，他很想親近，偏又有些怕她生氣，不敢亂動，只好眼神灼熱的，卻又可憐地看著素顏。「我……我只是……給妳塗一回，就一回好不好？」他自己不知道，他的聲音飄蕩，就像飛到雲朵上去了似的。

第三十章

「一回也不行，你不要碰我，我們連婚事都沒有定下就如此親密，太不合禮數了。你還有事沒？沒事我就下去了。」素顏有點不敢面對眼前這雙純淨的眼睛。

葉成紹失望地看著她，小心地縮回手，又看了眼自己指尖那一點乳白色的藥膏，聞著很香，就如素顏身上那淡淡的少女體香一樣。他真的只是想給她塗藥，她的傷口，哪怕只是這種一小條紅痕也讓他心疼，但他也不喜歡她生氣，更怕她生氣以後就不理他了……

「那……那好吧，我不給妳塗，妳自己拿回去，讓妳的丫頭好生給妳塗了。那個，再坐一會兒吧，我好不容易找娘娘要了這馬車來，我想見妳，可也不能總潛進後院裡去……妳會不高興的。」葉成紹小聲嘀咕著，將小瓷瓶遞給素顏，依依不捨地看著自己指尖上的藥，想了想，竟是將那藥膏子塗在自己的脖子上，然後，薄唇翹起一個好看的弧度。「好清涼呢，沒有辛辣感，放心吧，塗上去不會痛的。」

素顏被他那傻傻的樣子弄得很想笑，又……有點感動，奪過他手裡的瓶子，罵了句：「笨蛋！」便伸了手想去掀車簾子。

「妳莫擔心，娘娘她很喜歡妳呢。」葉成紹突然說道。

素顏聽了垂下手，回頭看著他，問道：「皇后娘娘很疼你嗎？」

葉成紹聽了眼神閃動了一下，隨即笑道：「娘娘心疼我是個沒娘的孩子。」他娘親去得早嗎？如今的寧伯侯夫人不是他的親娘？沒聽說過侯夫人是繼室啊？素顏看他明亮的眸光有些黯淡，便道：「姑姑疼姪兒也是最真心的，你有娘娘疼你，還有後母疼你，你得到的，比失去的更多呢。」

葉成紹垂了眼眸，長長的睫毛像扇子似地在眼瞼處閃動，還微微有些上翹，很好看，也很可愛，素顏有種想要撫摸一下的衝動，心裡不無嫉妒地想，這廝的眼睛長得真好看。

正胡思亂想著，葉成紹突然又抬起眼來，如墨玉一般的眼神燦若星辰，正好捕捉到素顏偷看的眼神，他立即笑逐顏開，聲音裡帶著無盡的歡喜。「以後，妳成了我的娘子，妳也會疼我的，對嗎？」

素顏偷看被抓包，她有些羞惱地撇開眼去，嘟了嘴道：「你莫要胡說，誰是你娘子了？」

說著，紅著臉又伸手去掀簾子，就聽葉成紹又在她身後咕噥了一句。「伯父在大理寺可沒吃虧，我昨天便去看過他，他牽扯進的那個案子，如今皇上很是關注，會有很多人要遭殃了，也會有很多人會起復，其中，可能就有妳的外祖父。」

素顏再次垂了手臂，回過頭激動地看著他。顧老太爺若能起復，那大夫人不是又有娘家可撐腰了嗎？那老太太是不是再也不能隨意欺負她了？她一高興，又坐回了他身邊，身子不小心便靠在葉成紹身上，不過只是微微碰觸了一下，她便立即坐直身子，移開了一些。

葉成紹感覺到她柔軟的嬌軀，雖然只是一觸即退開了，但那一碰，像是撞到了他的心，他怕自己會做出不智的舉動，忙左手絞著右手，不讓自己亂動，只是那雙俊眸不住地往素顏身上睃，眼裡跳動著一簇小火苗。

「你說我外祖父會起復？真的嗎？」素顏聲音都有些發抖。

「自然是真的，不過，如今聖旨還沒下，得等兩淮災銀貪墨一案了結了，去掉一批官員，有了空缺，才會起復一批官員。」

葉成紹有些心不在焉地回道，絞在一起的兩手都沁出汗來。

「那我父親是因兩淮的案子才出事的嗎？他……沒有犯事吧？」

葉成紹聽了，半晌沒有吱聲，目光複雜地看著素顏，臉上是少有的深沈。素顏清澈的大眼裡有著隱隱的憂色，看他目光中閃過一絲狡黠，這樣的葉成紹身上沒有半點孩子氣，更沒有一絲浪蕩公子的紈袴味，倒像是久經官場的狐狸，給人一股深不可測之感。

他笑了笑，伸了手想拍素顏的肩，但只伸出一半便縮了回來，又是一副小心翼翼樣子，眼神也變得溫柔起來。「有我在，莫怕，只要伯父看得清形勢，知道皇上的決心，選擇正確的路子，就一定沒事。」

素顏秀氣的雙眉微挑了挑，眼中閃過一絲計較。「可以告訴我嗎？所謂正確的路子是不是幫助皇上將那些蛀蟲捉出來？」

葉成紹聽得眼睛一亮。蛀蟲？這個詞用得很形象，沒想到她一個深閨女子，竟然有很高的政治敏銳度，跟聰明的人說話就是舒服，他突然就慶幸了起來，上官明昊那傢伙真是個瞎子，這樣好的女子竟然沒能保得住，她，終究是要成為他的妻，也只能成為他的妻，不管用什麼樣的手段和方法，中山侯府必須要退婚。

「我想，伯父應該是個聰明人，如何選擇他應該清楚的。」葉成紹笑著對素顏道，有些話他不能說得太多太透，就是今天的這番話也是不該的。

素顏聽了心中仍是忐忑。葉成紹這話算是從側面回答了她的問題，看來，大老爺果然沒有真正的安全，藍家也還是處在飄搖之中，但願父親是真的聰明，能夠捨得一些東西才好。

「多謝世子提點，素顏告辭。」素顏這回是正正式式地跟葉成紹道別，她在馬車裡已經坐得太久了，再不下去，怕就連紫綢也會生了疑。

「那個，娘娘送的那套衣服首飾妳怎麼又還回去了？那是我特地給妳備的。」葉成紹一見，又小意地問了一句。

素顏這一次回過頭來，卻是瞪了他一眼，說道：「你是成心想害我來著？」

「妳是認為我逾越了？」素顏的話雖是責怪他，語氣卻有些哭笑不得。「怕什麼，妳若是嫁與我，至少也得是個三品誥命，那可是皇后娘娘早就許了我的，可不算是逾矩。」葉成紹不以為然地說道，他為素顏不肯穿他給她備的衣服有些耿耿於懷。

這廝口口聲聲說自己要嫁他，快將她當成他的妻子了，若是自己不願意呢？素顏就想要激怒他，為了懲罰他一再找話題將她留在車裡的行為。

「誰說要嫁給你了?我又不喜歡你，沒見過你這樣一廂情願的。」素顏板著臉說道。

葉成紹的俊臉果然立即垮了下來，眼裡閃過一絲挫敗，也不看素顏。「可是，我喜歡妳啊，妳……妳總歸要喜歡我的，反正不管如何我都是要娶妳的，除非妳心裡已經有了別人，那……那……」

「若我心裡已經有了人，你會放棄我們先前說過的條件嗎?」素顏聽得心中一動，認真地問道。

葉成紹猛然抬起頭來，眼神如一頭受傷的小獸，嘟囔道：「妳難道真的喜歡上官明昊嗎?妳原本就是要嫁他的，若不是……若不是伯父出了事，妳也不會找我了……」說到後面，又要低下頭去。他實在是怕聽素顏的答案，心中惶惶的，就像等待宣判的罪犯。

「他不過是條大尾巴狼，我為什麼要喜歡他?」這廝也太沒眼力了，自己就是不喜歡他，也不會喜歡上官明昊那隻沙文豬。

「那妳心裡的人是誰?」葉成紹的俊眸又被點亮，就如草原上空最亮的星辰。

「你管我?」素顏說完便再不遲疑，掀開簾子往外走去。

過了兩日，葉成紹就開始成天賴在藍府不肯回去，找著大老爺磨著。

「世伯，婚書小姪已經送來了，聘禮也送來了，這婚期還是早些定的好。我看，就定在大夫人出月子的第二天吧，給小舅子做完滿月酒，就可以辦大姑娘的出嫁酒了，您家裡離得遠的客人也方便一些，兩樁喜事一齊辦了，還省得他們來回地跑，是吧？世伯。」

大老爺聽得頭疼。他原也對葉成紹有些忌憚，至今還記得在茶樓時，葉成紹那陰厲狠辣的神情，他對素情那是半點情面也不講，對素顏……還真是一行服一行，是遇到剋星了，如今他在自己面前小意討好，撒著賴要自己答應那婚事，婚事答應了又磨婚期，哪裡還有半分那暴戾桀驁的樣子，分明就是個……大男孩。

「不是我不應啊，實是昨日下午我去了一趟中山侯府，將婚書退了回去，中山侯不肯收啊，還板了臉說我藍家不講信用。」大老爺搖著頭說道。他實在是想不通，怎麼中山侯府也為了素顏較起勁來了，他家世子不是很招京城公卿世家的女兒喜歡嗎？想嫁給他的多了去了，何必非要較這真啊？素顏對那明昊世子也不假辭色，強扭的瓜可不甜呢。

「那世伯將這婚書送到皇上那兒去吧，就說中山侯強娶強嫁。」葉成紹沈著臉說道。退婚在大周朝是再正常不過的，這上官明昊還真死皮賴臉了。

藍大老爺聽得心一動，看著葉成紹道：「不如世子幫我交給皇上？」

「那可不成，聖上肯定會說是我強搶官女，還會打我板子的，世伯，你不帶這樣害我的吧！」葉成紹聽得往後一跳，大聲道。

大老爺苦著臉道：「那世伯我也只好請了官媒來退婚了。」

「世伯聖明。」葉成紹聽得喜出望外，又攀住大老爺，半個身子斜掛在大老爺身上。

「那婚期的事，就定在臘月十二吧，剛好比上官家的早一個月，哼，到時看誰說是我搶婚的。」

大老爺無奈，只好應下了。

接下來的日子，素顏被大夫人責令待在屋裡，再也不准隨便亂走，而中山侯府終於肯退婚了，藍家將那一百二十抬聘禮全都退了回去，同時還賠了一箱子禮物，權當退婚的賠禮，但中山侯讓人將那箱子禮物扔了出來，再見藍家的人上門便打將出去。

老太太倒像是變了個人似的，突然就和藹可親了起來，每天都會去大夫人屋裡抱著大少爺坐好一陣子，跟大夫人閒聊，像是忘了以前是怎麼樣對待大夫人的。素顏每次去看大夫人，常能碰到老太太，她見到素顏也是一臉的笑。

葉成紹先後送了近三萬兩銀子的聘禮給藍家，也著人私下裡送了不少東西和銀子給素顏，讓她拿著打賞用，素顏也不矯情，既然要做夫妻了，拿他的也是應該的。

出嫁在即，老太爺和大老爺這一次真的履行了諾言，以前的嫁妝翻了一倍不止，又讓她自己挑幾房人過去。素顏經過這一陣子對府裡事務的打理，也瞭解了一些人的品行，但她畢竟沒有根基，府裡受重用的，基本還是以前大夫人或者是老太太、小王氏用過的，大夫人重用的自是不能挑走的，大夫人太弱，素顏還巴不得留下自己得力的給她用著才好。

這兩日，素麗也常往她屋裡來，跟她說說話，偶爾也給她提幾條好的點子，素麗的腦子靈，想事又精明，她的點子往往很著用，素顏自己都難以想到的，她都能想齊全，讓素顏對這個妹妹更加添了幾分喜歡，卻也多了幾分防備。如今她將手裡的事多移了些給三姨娘，盡力地拉攏著三姨娘母女，將來自己走了，對大夫人也是個助力，只是人心難測，三姨娘又深得老爺的寵，怕就怕三姨娘翅膀硬了時，難免不生了那更往上爬一層的心，所以，她對三姨娘好，卻也留著一分心，並不全心相待。

這一日，素麗又來得早，素顏才給老太太和大夫人請了安回來，她就來了，笑咪咪地坐在正屋裡，姊妹兩個吃著茶點說話。

就聽見紫雲在外頭大聲喝斥的聲音。「妳這婆子好生無禮，姑娘的屋裡也是妳探得的嗎？」

接著就聽到另一個略顯忠厚的聲音。「求小姊姊發發善心，老婆子也是沒法子了。家裡大兒子生了病，他爹又在莊子上沒回，手頭太緊，沒錢醫治，都斷了兩天藥了，讓老婆子見見大姑娘吧，都說大姑娘心善著呢。」

就聽紫雲趕人。「走走走，大姑娘雖是心善，也不是見人都賞錢，妳這一身粗鄙樣，免得污了大姑娘的眼，快走，再不走我叫人了！」

那婆子只是好意地求，紫雲又道：「給妳十幾個錢，妳就快些走吧，姑娘忙著嫁妝，沒工夫理妳。」

那婆子接了，卻仍是不肯走，聲音裡帶著哭腔。「老婆子也知道這是小姊姊的體恤錢，可太少了啊，一副藥也抓不到，您就讓我進去吧！哪怕是見見紫晴姑娘也好，以前她老子娘還與我家住過一個院子呢，只是如今我家落魄了，早搬了出來……」

聽到這裡，素顏便看了眼正在繡花的紫晴，紫晴的臉微紅了紅，也抬了眼看素顏，眼裡卻有些屈辱。素顏皺了皺眉，對紫綢道：「讓那婆子進來。」

紫綢出去了，一會兒便領著一個穿著藍色粗布衣服，頭上包塊藍皮，長得還算規正，只是眼底有著一圈黑印的婆子進來了。

素顏看著婆子身上的衣服雖洗得發白，穿戴也寒酸，卻是乾乾淨淨，神情也利索，便在心裡有了幾分打算。

那婆子一進門，便恭敬地給素顏跪著磕頭，又給素麗也磕了個頭，素顏道：「妳在外面喧吵什麼，不知道那是違矩的嗎？」

那婆子抬起頭，直起身來，眼裡閃過一抹堅決。「奴婢是來投靠大姑娘的，都說大姑娘知人善用，為人又正派，奴婢如今在浣洗房做這粗活，家裡兒子又病了沒錢抓藥，奴婢這才到姑娘您這裡求個前程。」

素顏聽著笑了。這婆子倒是大膽又自信呢。「妳一個浣洗房的，憑什麼覺得本姑娘會給妳個前程？」

那婆子聽了卻是眼睛一亮，大聲說道：「奴婢顧余氏，以前也是大夫人屋裡的管事婆子，雖比不得劉嬤嬤得力，但也幫大夫人管著小廚房。奴婢做得一手好菜，奴婢的男人會管帳，又在莊子上做了好幾年，對莊子上的事情也熟，姑娘要了奴婢一家，奴婢定當盡十二分的力氣為姑娘辦差，奴婢一家如今是走投無路了，求姑娘發善心，救救奴婢的兒子吧！」

素顏聽著這話又挑了挑眉。這婆子說話乾淨利索，也不自虧，更不諂媚，也不亂表忠心，這話若是換作旁人，怕是會說：為自己肝腦塗地、赴湯蹈火云云的話，而她卻只是會盡十二分的力氣辦差……嗯，不錯，只是還要看看她說的是不是真的，如果她真能做一手好飯菜，那以後自己嫁到侯府去的小廚房就有人管著了。

而且，她又是大夫人用過的，定然也是被老太太後來施了手給換走的，自己如今拉她一把，她心中只會感激，定然不會生出異心來害自己。

而自己這一次也得了四處莊子，著實找不到相識的去打理，這一家子倒真可以考慮考慮。只是，也不能這麼快應了她，還得打聽清楚些才行。如此一想，素顏便道：「紫綢，賞她二十兩銀子，給她拿回去買藥吧。」

紫綢聽了看了素顏一眼，進了屋拿銀子，那婆子又給素顏磕了個頭，卻沒有起身，眼睛亮亮地看著素顏。

素顏便笑道：「怎麼，銀子不夠嗎？」

那婆子聽了微怔。「謝姑娘，銀子夠了，奴婢……告退。」

那婆子走後，素麗便說了聲。「倒是個實誠人，也見機，大姊要了去，是能當用的呢。」

素顏微笑沒有說話，姊妹倆又聊起了嫁妝。素麗今兒來也是給素顏送衣服的，三姨娘給素顏又趕製了四套衣服，繡功、面料都是極好的，其中兩套竟是做給葉成紹的，這讓素顏好生詫異，素麗卻是紅了臉。「是我告訴姨娘大姊夫的身材的，我……見過他幾次，估摸著應該不會有錯，不過也不知道究竟合不合身，只能將就了。」

這話聽著不對勁，這可是送自己的嫁妝，怎麼可能將就？素麗明顯沒說實話，怕是這尺寸是很準的吧，不然，以三姨娘那穩重的性子也不會跟著素麗胡來。素顏心中疑惑，面上卻不動聲色，謝了三姨娘幾句，讓紫綢將衣服收起來。

素麗見素顏收了衣服，臉上也笑得眼都彎了，正要起身回去，就聽紫雲慌慌張張地進來稟道：「姑娘不好了！」

紫綢聽得就罵。「作死的，怎麼說話呢？」

紫雲嚇得吐了吐舌頭，忙改了口道：「姑娘，剛才老太太使了人來說，二姑娘不見了。」

素顏聽得一驚，忙道：「什麼不見了？妳把話說清楚！」

紫雲抹了把汗又道：「回姑娘，奴婢是聽說，二姑娘昨兒夜裡早早就歇了，但一大早，白霜姊姊去叫二姑娘起床，二姑娘被子裡竟是空的，被窩也是涼的，只怕是走了不少時辰了。」

第三十一章

「可是著了人去找？會不會是起得早了，在府裡哪個地方窩著呢？」這素情又要弄什麼么蛾子啊？府裡才平靜了幾下，她又要鬧，小王氏才消停呢，她就連忙接班了，還真是龍生龍、鳳生鳳，烏雞生的，就是再想變鳳凰，那也只是假冒的。

紫雲摸了摸自己的後腦勺，笑得有點憨。「回姑娘的話，奴婢也不知，方才忘了問了。」

素顏聽得一滯，哭笑不得地對她道：「老太太屋裡來報信的人呢？叫過來問問。」

「早走了，那樣子像是很急，說是老太太也急得六神無主，請大姑娘快些過去呢。」紫雲這話倒回得利索。

「大姊快去吧，老太太怕是一急起來就慌了神，倒不知道要怎麼辦了，如今府裡可是大姊掌事，要二姊真從府裡逃跑了，沒得又要怪到大姊頭上。」素麗站起了身，好言勸著素顏道。

一個活人在府裡不見了，作為掌管家事的素顏自是有不可推卸的責任，素麗也是怕老太太找不到素情，會將火氣發到素顏身上。

「這天要下雨、娘要嫁人，我也沒法子，三妹，妳也去嗎？」素顏聽得鬱悶，起了身就往外走。她倒是真想素麗跟著一起去，她的小腦袋瓜靈得很，說不定就能想到素情可能的去處。

素麗笑著看向素顏，眼裡有著淡淡的喜悅。「自然是要一起去的，這府裡，怕是沒有人比我更瞭解二姊了。」

素顏聽了看了素麗一眼，回手一拍素麗的腦袋。「那便快走吧。」說著，又俯近素麗的耳邊。「妳是不是知道了些什麼？還有，就算心裡歡喜，面上也不要露得太明顯了吧。」

素麗聽了忙將小臉一板，正色了，卻是眨著眼睛對素顏道：「大姊，我現在很難過、很憂心，二姊會去了哪裡呢？」

這回換素顏想笑了，罵道：「妳這個小促狹鬼。」

兩人走進老太太院裡，遠遠地就聽見老太太的哭聲，素顏微頓住了腳，站在門外，等小丫頭給她們姊妹倆報信。

屋裡傳來的卻是大老爺的聲音。「大丫頭，快些進來。」

素顏這才與素麗一同進去，兩人給老太太和大老爺見過禮後，素顏忙問：「父親，是幾時發現素情不見的，可使了人在找？白霜人呢？」

大老爺緊皺著眉頭，又氣又憂，背著手在正屋裡走來走去。「應該是卯時才不見的。她屋裡的奶娘說，寅時去看，素情還在，到了辰時去請她時，便不見了人。能派出去的都派出去了，這都找了一個時辰，還是不見人影，這不肖女，她有本事，逃了就不要回來了！」

素顏聽了暗驚。看來，白霜發現素情不見了後，便先去稟了老太太，老太太怕驚動府裡的其他人，對素情更為不利，便只是自己使了人秘密地找著，想自己私下找回來，悄悄再給她關些日子，扭轉下她的脾氣才好。

但沒想到，派了好些人在府裡找，又將各個園子裡的守園婆子全都集到一起來問了個究竟，那些人一個一個都說根本就沒看到二姑娘出門，老太太氣得快吐血。素情一個弱女子，手無縛雞之力，府裡守衛又嚴，能跑到哪裡去？老太太慌神了，才告訴了大老爺。

大老爺聽了雖氣素情任性妄為，但畢竟是自家女兒，痛心難過的同時，又怕她做出什麼更出格的事來損了藍家的臉面，便只好叫了素顏來商量，看她有什麼對策沒有。

「父親，可著了人去舅爺家找過？保不齊二妹是偷著去舅爺家了。」素顏皺著眉頭，一副憂心忡忡很為素情擔心的樣子。

大老爺聽了有些猶豫，抬眸去看老太太，老太太已止了哭。

「那……還是我親去一趟吧。」大老爺很不情願，卻又無可奈何地說道。這事還要瞞著小王氏，免得她知道了，又要大鬧起來，又會惹得家宅不寧了。

素麗看著大老爺一副為難的樣子，心知大老爺是極不願去王家討罵的，心中苦笑，卻還是往前一步站出來。「父親，還是女兒去舅爺家吧，一是，二姊這事也不好聲張，您這一去太過顯眼。二是女兒雖幼，卻也到了懂事的年紀，又素日與二姊交好，她出了事，我這做妹妹的心急自去舅家尋人，人家只說是小孩子之間鬧了意見，當是二姊躲了我，要小孩子脾氣罷了。這三，二姊若是在舅爺家，女兒去了也能見著一二，父親去，卻不一定能見著，二姊如今正在氣頭上，她跑出去自是想躲著父親的，我們姊妹間倒是好說話一些的。」

一番話說得條理明晰、有理有據，大老爺不禁多看了素麗兩眼，卻是沒有答覆，又轉過頭去看老太太。

老太太倒是點了頭，對素麗道：「我的兒，妳倒是真心疼妳二姊的，只是這麼小的娃兒，一路上可得小心著些，坐了馬車，多派幾個人跟著去吧。」

素麗聽命退了出去，素顏想了想，欲言又止，大老爺知她是當著老太太的面不好說，便向老太太道：「娘，您也累了一早上了，還是先去歇著吧，得了消息兒子一定稟告於您就是。」

老太太聽了狠狠地瞪了大老爺，也不動身，只道：「這府裡如今是越發亂了，一個姑娘也看不住，咱們家又不是什麼小門小戶，素情要逃出去，至少得越過幾道門，那守園的婆子都是死的嗎？還有，巡夜的、守值的都要重罰，我不過是鬆懈了幾日，她們就亂將起來，如此下去，藍家的家聲全沒了。」

這就是開始了嗎？素顏皺了皺眉，卻只是低眉順眼地聽著。老太太這一番話明著是在罵奴才們，實是怪她管家不嚴，才使得素情逃脫，她也不罵素情不守規矩婦道，只將一腔子火往自己身上撒，果然前幾日那和藹可親的模樣全是裝出來的。

大老爺聽了無奈地說道：「娘，如今當務之急是先找到素情，那些個刁奴嫌素顏年輕不服管，兒子這便將那些人全都罰一遍去，好給娘親出氣。」

說著，自己便先動了身往外頭去。大老爺一句話便輕描淡寫的摘了素顏的責任，反而怪奴才們怠慢了素顏，暗著卻是怪說老太太暗中把持著權力，使得下人對素顏陽奉陰違，才導致如今的後果。

老太太氣得臉都青了。素顏心中雖感激大老爺，卻仍是低了頭站著，在娘家也只能待這麼些日子了，她不想在最後的關頭還與老太太鬧個不歡而散，畢竟大夫人和大少爺還在，自己還是要回娘家的。

大老爺走了幾步又回頭罵素顏。「還不快走？這可是妳手裡的事，真等著為父來辦呢？」

素顏跟著大老爺出來了，大老爺支開了跟著的人，問素顏：「妳可是擔心素情會去找中山侯世子？她……不至於如此不顧臉面吧？」

素顏也不隱瞞，點了頭道：「女兒這幾日總覺得二妹像是魔症了似的，做事有些不合常理，也可能她是受了些刺激，一時想不開吧？但以她現在的心境，她對中山侯世子的癡心，如若逃出去，最有可能的便是去找中山侯世子。」

大老爺聽了，氣得一甩袖，怒道：「這個不肖女，她若真敢不要了臉面跑去找中山侯世子，我便不認她這個女兒！」

素顏聽了忙勸。「父親，如今也不是說這個的時候，還是想想法子，讓人去中山侯府找人打聽一下，或者使了人在中山侯府附近候著，一看到她出現，便捉了回來就是。」

大老爺聽了忙叫了人來，將事情分派下去。素顏想了想又道：「父親還可以私下請了那——」說到一半，她有些臉紅，卻還是繼續往下說道：「葉公子人脈甚廣，如果有他出面，私下找個人應該不難。如今最怕的倒不是二妹去找上官公子，而是她一個孤身女子出門，怕有哪些不開眼的人，做那下作之事，到時……」

大老爺原本就猶豫，畢竟這是自家的醜事，傳出去可是對素顏幾個姑娘的名聲都有損，寧伯侯府又剛成姻親，就怕葉家會為此連著素顏也瞧不起了，所以才沒想去請葉成紹幫忙，如今聽素顏說得嚴重，也就顧不得這許多，吩咐素顏了幾句，便自去了。

素顏想了想還是去了回事房，將昨夜守值的婆子們全都叫過來，一一問了當時的情況，再問了巡夜的人，兩相對照，將那偷奸耍猾、躲懶貪睡的都重重罰了一遍，這才回了自己屋裡。

到了午飯時，大老爺沒有回來，倒是素麗先行回了府，她先去老太太屋裡稟了情況，王家人果然對她為難了一番，但卻也明明白白告知素麗，素情並沒有去王家，素麗也知這種事情，王家瞞著也沒意思，畢竟素情與王家也是血親，她出了事，王家的臉上也不好看。

老太太又哭了一番，在屋裡將素顏罵了個狠的，將前幾日好不容易樹立的和藹形象損了個盡。

傍晚時分，大老爺回府了，雖然眉頭深鎖，但面色還好，看來葉成紹一定是肯出力的，這一點，素顏一點也不懷疑。不知為何，隱隱地她對那混蛋有些信任，總覺得他對她的關心不像是假的，這點自信她還是有的。不過，那人花名在外，如今也只是瞧著自己新鮮，過了這勁頭，誰知道以後又會如何？還是小心著點好。

可是，素情仍是沒有消息，幾次出去找的人都回來了，但卻沒有半點蹤跡，就是守在中山侯府的人也來報信說，看到中山侯世子與往常一樣去國子監，回府後也並沒有異樣。看來素情逃出去後，並沒有能順利找到上官明昊。

如今她跑出府去的事情，整個藍府都知道了，老太爺氣得要在族譜上連著她的名也一併除了，還是大老爺和素顏一頓好勸才作罷。

原本熱熱鬧鬧準備辦兩樁喜事的藍家，如今全府上頭陰雲籠罩，下人們大氣都不敢出，生怕惹了主子，將火發到自個兒身上來，素顏也沒了那備嫁妝的心思，好在紫晴和紫綢幾個可沒有絲毫鬆懈，除了跟著素顏出門外，回到屋裡，便開始做繡活，想儘快多趕些嫁妝出來，她們倆可是要跟著陪嫁過去的，主子的嫁妝太少，她們也會跟著沒臉。

又過了兩日，素情還是沒有消息，大老爺急得如熱鍋上的螞蟻，在屋裡團團轉著，老太爺急怒攻心，竟是病倒在床上，老太太便是終日在屋裡以淚洗面，大老爺怕她哭壞了身子，只好讓三姨娘和四姨娘兩個整日守在床邊。大夫人還在坐月子呢，也不能在老太太和老太爺身邊侍候，這可把素顏忙了個狠的，一家大小上百號人的吃穿用度，老太爺那裡請醫問藥，大夫人那邊的營養調理，還有滿月酒和自己出嫁的準備，更加之又憂心素情的事，如果不是她自穿來後便加強鍛鍊，這個身體怕是難以承受得住了。

但素情就像是人間蒸發了似的，如今不只是藍家，就是王家也在找她。葉成紹與京城九門提督私交甚好，使了人在各城門處看著，一發現有孤身在外的女子便要報與他聽。寧伯侯府也正為他操辦著婚事，他這當事人卻是成天不在家，也不知道怎麼傳到了宮裡，他被叫到宮裡去，被皇后娘娘狠罵了一頓，好在他原就是個不著調的，做事便是再出格，也沒人覺得奇怪。皇后娘娘像是聽八卦一樣聽完了他的解釋後，半眯著她那又美又豔的眉眼，說道：「如此說來，這藍家的家聲可真不太好，那藍大姑娘雖看著知禮守矩，卻也難免被家聲所累。紹兒啊，你可得想清楚了，這個人進得侯府，你那母親可不是個好相與的，到時，你可又得一頭兩難了。」

葉成紹笑嘻嘻地歪靠在酸梨枝椅上，嘴裡吃著宮裡的點心，邊吃邊說，渾不在意地說道：「我媳婦我自個兒疼著，她要不喜歡，我就搬到別院裡過去。」

皇后娘娘聽了就要打他，他也不躲，只嘻嘻哈哈地求饒。「好姑姑，那別院可還是您賞我的呢，不用豈不是浪費了？哪一天，您和皇上兩個在宮裡待著煩了，就去我那兒玩玩，姪兒一定弄些新鮮的東西給您逗樂子。」

葉成紹將皇后哄得開開心心後，便告辭出了宮，卻沒有立即回侯府，而是打馬往藍府而去。只是走在路上，又躑躅了。大婚在即，他現在去藍府實是不合規矩，可是心裡著實擔心著那個丫頭，也不知道急成什麼樣了。

正猶豫之際，一輛馬車從身邊飛馳而過，將他的馬兒驚得往後退了兩步。葉成紹正無處撒氣，抬眼看那馬車卻是相熟的，便打了馬就追。他的馬可是西戎送來的良馬，不過片刻，便追到了那馬，一鞭子捲住了那車轅，喝道：「停車！」

趕車的車伕正急著趕路呢，車轅突然被他捲住，馬兒也被拉得一個踉蹌，前蹄高高揚起，一個沒注意，人便從車上摔了下去，馬車也停了下來。

車裡的人大罵：「狗奴才！怎麼趕車的呢？」

接著便是一隻修長乾淨的手伸出來，將車簾子掀開，向車外看了一眼，見車伕人都不見了，有些吃驚，正要下車去看，抬眼便看到葉成紹正睨著他，眼光一閃，立即換了副討好的笑。「世子爺，怎麼是您，小弟正說要上府去送禮呢，恭喜、恭喜啊！」正是那位輸了一萬兩銀子給葉成紹的錢公子。

葉成紹微瞇了眼道：「匆匆忙忙的，你趕著去喝孟婆湯啊？」

錢公子似是被他罵慣了的，訕笑著下車，對葉成紹拱手作揖道：「我的爺，咱們也是好些日子不見了，今兒難得遇到，要不要去倚香閣喝一盅去？小弟我請客。」

葉成紹心中有事，不過是討厭錢家這馬車在街道上橫衝直撞，驚了路人罷了，見錢公子態度甚好，也就懶得跟他糾纏，冷哼一聲道：「你小子如今可是越發膽大包天了，這皇城下也敢趕了馬車亂跑，哼，今兒爺心情好，懶得尋你晦氣，他日若再見著，爺可是會讓你出血的。」

那錢公子聽了忙不迭地點頭，又苦著臉道：「有世子爺在，小弟哪敢啊，這不是有急事要出門，怕誤了事，才趕得急些嗎?您大人大量，就別與我這等粗賤小民計較了。」

葉成紹聽了便罵道：「你這廝最會裝，你錢家可是皇商，富可敵國，如若你這般也算得上是粗賤小民，那些升斗小民該叫什麼？」說著，一扯韁，騎了馬往回走。

錢公子的臉立即陰沈了下來，拿了帕子抹著額頭的汗珠，心道：好險！

葉成紹騎著馬剛走兩步，便聽到那馬車裡有人在咳，聽著像是個女子的聲音。他這兩天也是尋藍素情尋得火起，也有些敏感，聽到女子的聲音就想去看看究竟，便又將馬頭轉了回來。

車伕被摔傷了腰，支著腰直不起身，錢公子正在罵那車伕。「你個狗奴才可還真不頂用，連個車也趕不好，耽擱了爺的事，你這月工錢一分也別想拿！」

那車伕痛得齜牙咧嘴的，也不回話，只是忍著痛往車上爬。錢公子正伸手扶了他一把，就聽身後有人冷冷道：「把車簾子掀開。」

錢公子嚇了一跳，人一驚，手就鬆了，那車伕原本一隻腳跨在車轅上，他這一鬆了力，人便往後仰了去。

「什麼……掀什麼簾子？」錢公子眼裡閃過一絲慌亂，話也說得不利索了。

「掀簾子。爺懶得騎馬了，就坐你的車回去，反正你那車伕也不能趕路了，你還不得回府去換車伕？」葉成紹一副無賴的樣子，翻身下馬就要往馬車裡鑽，手也很隨意地就要掀那車簾子。

錢公子大驚，忙攔住他道：「爺……爺，這可使不得，車裡有女眷呢。」

果然是有個女人嗎？葉成紹更加想看看那車裡的人是誰了，便陰笑道：「你小子是不是又在外頭養了一個啊？這是想拉到城外的別院裡去吧，讓爺瞧瞧姿容如何？」

說著便蠻橫地將錢公子一撥，伸手將那車門簾子撥開，裡面果然躺著個女子，像是睡著了，又像是在病中。葉成紹一看那女子的臉，便是大喜。真是踏破鐵鞋無覓處，得來全不費工夫，車上之人正是藍素情，這個讓他焦急上火了好幾天的臭女人，不過能找到她，那丫頭應該很高興吧？

錢公子卻是一臉慘白，垂了頭，什麼話也不敢說。藍素情他自然是認識的，當初為了她，他還跟葉成紹打過賭，他是不相信葉成紹真會娶藍素情這樣的女子為正妻的，沒想到，葉成紹這廝根本不拿正妻這位置當一回事，竟是第二日便請了媒人去藍家提親，藍家自是不敢不答應他的婚事，那一萬兩他是老老實實交到這位惡霸手裡了。

但沒多久，就聽這位爺不娶藍家二姑娘為正妻了，而是要強逼她為妾，據說藍家費了好些功夫，才讓他消了氣，後來竟是退了婚。他也想過要回那一萬兩銀子，但遇到這惡霸兩回，才開了口，這小惡霸只是一個眼神看過來，他便再也不敢了。不過，他家是皇商，原就是想巴結葉成紹，討要一下不過是個意思，京裡多少商戶想送銀子給寧伯侯府而不得進門呢，錢家又怎麼會捨不得這一點小錢而得罪了葉成紹呢？這錢自是就成了葉成紹的，錢公子也再沒提起過。

後來，又聽聞葉成紹與藍大姑娘定下婚事，他只知道為了這件事，寧伯侯府與中山侯府擰上了，兩家因此還生了嫌隙，關係大不如從前……

車上的這位，他可是想要……

「說你本事大，你還本事越發大了，竟是敢拐賣官家姑娘了，你可知這是何罪？」葉成紹沈聲，眼神陰厲地看著錢公子，渾身散發著森冷之氣。

「爺，您可是冤枉小弟了，小弟可是才從幾個小混混手裡將她救回的，您看她，都已經病得不成樣子了，小弟也是想將她送到別院處養著呢，怎麼就是拐賣官家姑娘了呢？」錢公子聲音發著顫，極力想要掩飾眼裡的慌亂，話卻說得模稜兩可。

「喔，將養幾日？藍家會沒錢將養自家女兒嗎？」葉成紹氣得臉都綠了。這錢公子平素也不是個糊塗的，既然認識素情，找到了她便該及時送她回府去才是，卻是想要偷偷將她帶出城去，這裡著實有著貓膩，也不知道他圖的什麼。

「她自己死都不肯回去，我一說要送她回去，她就尋死覓活的，我……我看著也覺得可憐，原是想……送個信回藍家，報個平安的，又怕藍家硬要接她回去，她這個樣子，怕是又會想著法子往外逃，逃不出去就有可能會……我不是救了她嗎？就想著救人救到底吧！」

錢公子抹著頭上的汗，結結巴巴說道，眼睛憐惜地看向車裡。

葉成紹倒是聽出些門道。這錢公子倒像是對車上那討厭鬼有些意思，不過他也懶得管這些，便冷哼一聲道：「你既是說自小混混手裡救的她，本世子也懶得追究你是真是假了，藍家著實找得她急了，你這時趕了車，將她送回府去吧。」

「我不回去，讓我死了的好……」車上素情虛弱地哭著，她身上衣著齊全，穿得也還體面，並不像是受了那些欺侮的模樣，只是人瘦了一圈，原本就大的眼睛如今更是黑白分明，眼窩也陷下去一圈，看著像是受了許多苦的樣子，出逃的這些日子，過得很艱難吧。

葉成紹懶得管她，只是對錢公子橫了一眼，自己也棄了馬，跳上了馬車，卻是坐在車伕的位子上，對錢明道：「你替爺將馬騎到藍家去，爺替你趕車。」

說著，鞭子一揚，竟真的一身華服坐在車轅上趕起馬車來。

第三十二章

素顏在屋裡聽說葉成紹將素情找回來了，自是喜出望外，卻又礙於自己與他的關係，不好到前院去，便使了紫雲去前頭打聽，自己坐在屋裡等著消息。

藍家上下也是喜不自勝，錢公子又將遇到素情的方式變了一變，只說在去城外的路上遇到了昏倒在路邊的素情，看著還算認識，便忙將人救起帶回來了。這樣的說辭自是葉成紹要求的，他即使再討厭素情，也要為了藍家而遮掩一二，畢竟被小混混欺負過的女子，哪裡還能說得清楚的，那便等於是沒有了清白之身了，藍素情嫁不嫁得出去他不管，但影響了素顏的名聲，他可不願意。

老太爺聽說素情找回來了，心中鬱結便消散了些，精神也爽利多了。大老爺更是對葉成紹感激涕零，卻是將那錢公子留了下來，一個勁兒地打聽著錢公子的家世，沒想到，那錢公子倒是爽快，也不等藍大老爺明說，便開了口道：「大人若不嫌棄錢某只是個白身，又是商家，錢某便想與貴府二姑娘訂下百年之好，這一應的聘禮媒人禮數，該有的絕不會少，還請大人成全。」

這正是大老爺的意思，素情出去了好幾天，她身上發生了什麼事情，如今誰也說不清楚，但就算是幾家人再怎麼瞞，這滿大街地去找人，京城裡也沒幾家是不知道素情出逃之事的，素情想要再尋戶好人家，那是難上加難，只有嫁與這錢公子，倒還能得個英雄救美，造就一段奇事奇緣的佳話。騷人墨客雖是重禮數，卻對這種事情獨獨寬容，對素情、對藍家也是最好的結果。

如此，素情到底還算是有了個相對的好結果，雖然以藍家的家聲地位，自是不屑與商人結親的，但事情鬧到這步田地，肯有正經人家要素情，藍家便是大喜過望了，何況那錢公子也是一表人才，雖不如葉成紹和上官明昊俊俏，但也白白淨淨，家中又是皇商，素情嫁過去至少是衣食無憂的了。

老太太因著葉成紹幫著尋回了素情的緣故，對素顏又有了幾分好顏色。

素情回來後，倒是不再鬧騰了，聽說自己的婚事後，既無喜也無惱，只是常常發呆，老太太幾次想從她口裡問出那幾日她在外頭的情形，她就是閉口不言，誰也不理，大老爺氣她、恨她，卻又無奈，一是有老太太護著，他罰不了她，二是她這一逃，也算得上是因禍得福，倒是嫁了個還算如意的人家，便也懶得管她了。

大少爺出月那天，府裡熱熱鬧鬧地請了幾十桌客，這也是藍家這幾個月來好不容易辦的一樁喜事，大夫人身子也養好了不少，大少爺更是長得白白胖胖，粉團子一樣，很招人愛。那天藍家熱鬧非凡，素顏卻是將府裡的事情一股腦兒全交到了素麗的手上，讓她幫著大夫人理事。

自己則躲在屋裡不出來，因著明日便是她成親的日子，她再出去見客不合禮數，便老實地躲在屋裡，沒敢出門。

倒是那顧余氏這兩天又來了一趟，親手做了一個黃金鬆捲送來給素顏嚐，素顏嚐了，覺得她的手藝確實不錯，又問過陳嬤嬤她的為人處世，陳嬤嬤說她那人還是不錯的，而且最重要的是嘴緊，不碎言，素顏便收了她家做陪房，又挑了四房人，有兩房是大夫人送的，那也是她從顧家帶來的，對素顏的忠心自是沒話說，也想跟著素顏去寧伯侯府享福。如今藍家上下誰不知道寧伯侯府富可敵國啊，就那天給大姑娘的聘禮，怕是夠好幾百人吃喝一輩子了。

還有一房人卻是出乎素顏意料的，那日老太太身邊的張嬤嬤過來，說了幾句場面話後，便讓素顏將身邊的人都支使開了，才道：「大姑娘，老奴也不說那些彎彎繞繞的了，今兒來便是求大姑娘給個恩典。我那兒子媳婦雖是不成器，但也還算有用，兒子在府外幫著老太太管著綢緞鋪子，媳婦您是早就認識的，是個認死理的，一根腸子通到底的人，沒那彎彎角角的心，又有一把子力氣，做事也利索，您用起來也省心。老婆子也是明人不說暗話，老奴那兒媳婦不招老太太待見，如今老婆子人老了，也不惹人說背主的閒話，自是在府裡求個老死便是，兒子媳婦還年輕，可不想在這府裡給誤了，求您將他一家子收了吧。」

言語間，人就起了身，納頭便向素顏拜去，眼裡盡是堅毅之色，素顏哪裡肯答應，張嬤嬤可是老太太的陪房，她家原是王家的家生子，自己躲老太太的人還躲不過去呢，怎麼還會主動收了？

但張嬤嬤幫過她，她倒也是知道的，不過一碼歸一碼，她可以多給些銀子給張嬤嬤婆媳，卻不願意帶一戶王家人去婆家，那不是自討苦吃嗎？正要拿話搪塞，張婆子又道：「嫡孫女兒出門，老太太給房人是最正常不過的，俗話說，長輩賜不能辭，與其讓老太太給一房更難相信的人與您，您不如收了奴婢一房實在，至少奴婢兒媳也是您熟悉的。」

這倒是真的，老太太那幾日也沒少提說要送一房人給素顏，她還真能推辭嗎？這張婆子倒是看準了自己的難處，特意來求的，雖說心中有些猶豫不決，但這也算是最好的結果了，便道：「只怕就算我喜歡，老太太捨不得您兒子媳婦，不會給人呢，您可是老太太身邊最得力的，老太太怎麼捨得讓您骨肉分離呢？」

「也算不得分離，總還是在京城裡頭，老婆子再做幾年也要請辭榮養了，到時候再搬去和兒子住著，幫他們看家帶孫。只要大姑娘您允了，老太太那兒奴婢自有辦法讓她應了就是。」張婆子卻是一臉的篤定地說道。

她話都說到這分上了，素顏也只好答應了。

大婚那天一大早，素顏被陳嬤嬤從床上一挖起來，王昆家的便在外頭侍候著。自那日老太太說了將她一家子給了素顏後，她便喜得眼都眯了，也不怕府裡王家的其他家生子罵她，老太太命令才下，她便來了素顏院子裡，求著陳嬤嬤給她差事，陳嬤嬤卻只給了她個院裡管粗使活的事，她便很負責的每日早早起來，親自打掃院子裡的落葉，等幾個粗使丫頭起來，她倒是將事情做得差不多了，還真是一人能抵幾人用。

素顏見了也不好說什麼，只是陳嬤嬤幾個還是有些防著她，並不太讓她往裡頭湊。

十全奶奶是請得京裡劉御史家的夫人，嫁衣卻是皇后娘娘賞賜的，同來的還有先前素顏退了回去的那套衣服和首飾。紫綢收起時特意檢查了一遍，卻是發現裡面少了一只耳環和一根花勝，她當時臉都白了，悄悄說給素顏聽，素顏也是驚詫不已。這套東西在自己和皇宮裡倒騰了兩回，究竟東西在哪裡丟的，如今誰也說不清，自己上回退的時候，也沒有清點就退了，也不知道是不是那時就少了東西。宮裡的人不說，並不代表她們不知道，也許是皇后給她留了臉面，並不說破罷了。

也有可能是宮裡的人動了手腳，故意拿走了一只耳環。這事透著蹊蹺，雖說只是一只耳環，卻是皇后賜的，又是閨中首飾，如若落在哪個壞心眼人的手裡，怕是又有了文章可作。當時，素顏也沒法子查，只得將事情壓下，並沒多問。反正如果是自己這裡出了問題，那便只會是身邊這幾個人，就是到了寧伯侯府也能有機會查。

劉夫人給素顏梳著頭，邊梳邊唱著吉祥話。「一梳梳到尾，二梳梳到白髮齊眉，三梳梳到兒孫滿地，四梳梳到四條銀筍盡標齊。」

紫綢等十全奶奶給素顏梳好了頭，才開始給素顏化妝。這個時代的粉還是比較細膩的，素顏讓紫綢給自己塗了些潤膚的膏，才准她抹粉。她的皮膚原就白皙透亮，如細瓷一般潤澤，再一塗上粉，抹上胭脂，打上唇紅，再加上皇后賜的珠冠，整個人便是光彩照人起來，氣質端雅俏麗，劉夫人饒是看過不少漂亮的新娘，也被素顏的美貌給驚呆了，連聲誇道：

「大姑娘可真是個天仙般的人兒，世子爺眼光可真好啊！」

藍家大門外，大紅的綢子掛在匾額上，府中到處貼著大大的囍字，下人們都忙上忙下的，小孩子們便一個勁兒地往府門前擠，迎親的隊伍來了，都想著去討喜錢呢。

葉成紹一身大紅喜袍，腰間繫一條紅色鑲玉的絲條，頭帶紫金冠，面如冠玉，身如松竹挺拔，春風得意地騎在高頭大馬上，那馬頭繫上了一條大紅綢，喜樂喇叭吹得震天價響，一路上圍了不少人看熱鬧，有的人便大聲喊著恭喜，葉成紹很騷包地對認識的、不認識的拱手道謝，跟著的隨從便向空中撒著喜錢，一把一把的銅錢朝天撒著，人群便轟動起來，紛紛去撿那喜錢，恭賀的聲音更為響亮了。

到了前院，有藍家人引著他去給老太爺和大老爺磕頭，老太爺和大老爺分別都給了他一個大大的紅包，他也老實不客氣，全都收了，笑咪咪地去迎素顏。

素顏已被蓋上了大紅蓋頭，十全奶奶和喜娘一左一右地站在她身邊，一會子外面喧鬧四起，丫鬟婆子們都圍著去看熱鬧討喜錢去了，紫綢和紫晴兩個還是留在屋裡。素顏這一次總共要帶去六個丫頭，一個貼身的婆子，四房陪房。六個丫頭裡，原在自己身邊的三個，紫晴、紫綢、紫雲便都有分，大夫人把青荷給了她，她又在府裡挑了兩個家生子，一個叫紫魚，另一個叫紫畫，這會子有兩個在幫她看著嫁妝去了，一會子嫁妝會跟在花轎後頭往寧伯侯府去，還有幾個是跟轎的。

嘻嘻哈哈地鬧了好一陣，便有喜娘在喊：「吉時到，送新娘上轎！」大夫人在老太太走了後便來了，這會子看見素顏要上轎了，眼淚汪汪地拉著素顏的手。「去了凡事要忍，不要如在家裡這般任性，要孝敬公婆，要友愛妯娌，要與小姑兄弟打好關係，不要牽欠娘，三日後，娘便接了妳回門子。」

那邊喜娘已經在催了，大夫人只能依依不捨地鬆了手。素顏被族兄揹出了門，葉成紹跟在一旁走著，看著心心念念的那個人身穿大紅的嫁衣，頭蓋大紅的頭巾，就要成為自己的妻子，他的心便被幸福填得滿滿的。

上了花轎，一路上熱熱鬧鬧地往寧伯侯府而去，迎親的、送親的，再加上嫁妝隊伍，竟是綿延了好幾里路，真是十里紅妝，藍家長女嫁得好不風光。

拜完堂、行完禮，素顏被喜娘扶著，牽著紅綢進了洞房，坐在床邊。

蓋頭下，她只看得到自己腳前方兩尺不到的距離，只見一雙絲繡著盤枝暗紋的青色靴子在自己身前停住，喜娘講著吉祥話，唱喏了好一陣子，才讓挑蓋頭，旁邊就聽到有女子嘰嘰喳喳和男子起鬨的聲音。

「成紹兄，快挑了蓋頭，讓我等看看新娘子美還是不美。」

「就是，大哥，快看看嫂嫂好看不，我們要看新娘子，你快些動手啊！」

「唉呀，真是難得啊，世子爺竟然臉紅了！哈哈，原來我們一向恣意霸道的世子爺也有臉紅的時候，今兒可真算是開了眼，快挑了喜帕看看新娘子是何等人物，讓咱們世子爺也情怯了呢！」

「我就不挑，她是我娘子呢，不給看，不給看。」就聽某人如護食的小孩子一樣跟人爭了起來。

「鬧洞房哪有不給看新娘子的？成紹兄，你若不給看，那一會子可別怪兄弟幾個下力氣灌你酒啊！」

「就是，鬧洞房哪有不挑蓋頭的，你是想成心餓著新娘子吧，不挑蓋頭，東西都不方便吃呢。」

此人話音剛落，某人終於拿著秤桿將蓋在素顏頭上的喜帕挑了。

燈光下，美人如月中仙子，膚若凝脂，眉目若畫，氣若幽蘭，腮暈潮紅，秀娥凝綠，就聞得房間裡有吸氣的聲音，接著就有人道：「天，怪不得成紹兄看若至寶，果真沈魚落雁、貌若天仙。」

身前的那雙青色皂靴卻是一動不動，半晌都停滯著，素顏只盼望這鬧洞房之人早些離去，她對此種被人當作物品觀看的熱鬧實在不喜，不覺微抬了眼眸，看向面前之人，便觸到一雙燦若星辰、黑若點漆的眼睛癡癡地看著自己，竟是面若桃花，俊美無儔，只是整個人都呆呆地發著傻。

揭開蓋頭的那一瞬，葉成紹就看呆了。他是第一次看到盛裝的素顏，太美了，美得震住了他的心，讓他忘記了呼吸，忘記了還有一屋子的人與他同在，這一刻，他什麼念頭都沒有，只想就此凝望著她，一直到他與她鶴髮雞皮，垂垂老去……直到邊上有人在推他。

「成紹兄這是看傻了吧！」

「呀，嫂嫂太美了，哥哥看成了呆子呢！」

他卻充耳不聞。當素顏抬了眼，眼眸如瀲灩波光，流轉間，半羞半嗔，更是風情無限，他感覺自己的心跳又急促了起來，喉嚨也有些發乾，此刻，他好想就此攬她入懷，從此便是一體，再不分開。

素顏看這呆子越發呆了，心中著急，不由著惱，瞋了他一眼後，清咳了一聲，葉成紹這才猛然警醒，對著邊上鬧哄哄的人群道：「看完了、看完了，走走走，爺要跟新娘子喝交杯酒。」

說著，橫了屋裡的喜娘一眼，喜娘最是看眼色，忙開始唱吉祥話，端了花生、松子、桂圓、紅棗往床上撒，邊上的人看著鬧得差不多了，最重要的是某人是個小心眼的，再多看兩眼，將來說不定也會被他報復兩下，便哄笑著將葉成紹往外拖。

「新娘子不給多看，你這交杯酒啊，那可得陪了哥兒幾個喝夠了再回來喝。」

葉成紹也知道今天不被他們灌酒，定是脫不得身，便半推半就地將那些個男人一同轟走，但人還沒走多遠，便聽得有人喊：「大皇子、二皇子駕到！」

葉成紹一聽，眉頭微蹙了蹙，隨即笑著迎了出去。兩位皇子很快便走到新房前，跟著的人早拜了下去，葉成紹剛要行禮，二皇子便將他托住。「今天可是你小登科的日子，那些個俗禮就免了吧，本王也是和皇兄一道來看熱鬧的，大家隨意些就好。」

大皇子也附和道：「不錯，隨意，大家都隨意。成紹啊，本王可是來看你的新娘子的喔！」

說話間，人已進了新房。說起來，兩位當朝最有權勢的皇子都來給葉成紹賀婚，這可是天大的體面，也足見寧伯侯在皇室中受寵的地位，那些個看熱鬧、鬧新房的又跟著回來了。

饒是二皇子見過素顏，還是被眼前的美人給震到，一雙清冷冷的星眸專注地看著素顏，一時有些錯不開眼。大皇子也是多看了素顏兩眼，拍著葉成紹的肩膀說恭喜抱得美人歸這類的話。

屋裡還有不少女眷，見兩位皇子進來，忙福身行禮。

素顏起身來，步態輕盈地往前走了一步，盈盈下拜，要給兩位皇子行禮，又是二皇子上前一步，伸了手正要托住素顏，葉成紹卻是一步跨了過來，自身後扶起素顏。「娘子無須多禮，兩位親王今兒可是來給咱們道賀的，那些個虛禮說是全免了呢。」

素顏聽了謝道：「多謝兩位親王。」

抬眼才看清，原來大皇子長得有些胖，身材也比二皇子矮了半個頭，卻是一臉溫和的笑，臉相稍顯溫厚，就是那眼神也是暖暖的，並不凌厲，更沒有身為上位者的威嚴氣勢，觀之可親。

不過，相貌上卻是遜了二皇子不少，二皇子也是個玉樹臨風的俊美男子，面容清俊，只是神情太過端嚴，眼神也是冷冷的，不帶一絲溫度，比起大皇子來，他的親和就差了許多。

「這就是你與明昊兩人爭得快破了頭的藍家大姑娘嗎？果然天姿國色。」大皇子笑得溫和，但那話說出來，卻是不太好聽。

屋裡果然就響起一陣竊竊私語，那些個女眷的眼光便有些異樣。

葉成紹臉色一肅，眼裡閃過一絲惱怒，正要說話，二皇子卻是打著圓場道：「皇兄啊，你是不知，這裡面的故事可是多著呢！咱們成紹表弟原可是想娶藍二姑娘的，卻是聽聞大姑娘賢慧端莊、品貌出眾，愣是退了二姑娘，求娶大姑娘，不過如今看來，成紹的眼光可真是不錯啊。」

這便是把這場爭婚的責任推到了葉成紹身上，摘去了素顏的過錯，更是為素顏全了名聲。這二皇子果然是向著葉成紹一些。

她突然想，那日非要將劉婉如送給上官明昊做妾，會不會是要成全了葉成紹？

第三十三章

「那倒是，著實是個美人兒，成紹表弟有福了。」大皇子笑著曖昧地半挑了眉看葉成紹，葉成紹眼裡閃過一絲不耐，卻還是笑。

「走走走，總待在此處做甚，我家娘子可是會害羞的，兩位親王可是來喝喜酒的，今兒可要不醉不歸啊。」

說著便拖了二皇子往外走，二皇子卻是推開了他道：「我既是你表兄，弟妹初進門，我這個表兄總要有所表示吧。」

葉成紹的聲音立即帶著警惕。「你對我表示也是一樣的，可是有賀禮？拿來。」說著，就伸了手去。

二皇子瞪他一眼，向素顏走了過來，手裡拿著一個紅色緞面繡盒遞給素顏，素顏大大方方接了過來，又向二皇子行了一禮道謝。

而二皇子送完禮後，卻是對著一旁的大皇子瞥了一眼，大皇子沒料到他有這一齣，略顯憨厚的濃眉微皺了皺，想來他也沒有隨身帶禮物來。不過，他反應很快，隨手就摘下腰間掛著的一塊玉珮，打了個哈哈道：「本王可沒帶那麼貴重的東西，不過，這塊玉珮也是父皇賞的，就送給表弟妹妳玩吧。」

二皇子聽了臉色微變，但隨即笑道：「弟妹可要多謝皇兄了，這可是皇兄的心愛之物呢。」

葉成紹卻是手急眼快地替素顏接了過去，笑嘻嘻地說道：「真是好東西呢，不過，娘子，這種玉珮只適合妳相公我戴，我就替妳收著吧。」

素顏正覺得接也不好，不接也不好，畢竟那玉珮便是再好，也是大皇子戴過的，一個外男戴過的東西，自己怎麼好收？不收，人家又是親王，二皇子的收了，他的自然也得收，不然便是駁了人家面子。

不過，這樣最好，東西也收了，也沒覺得尷尬。素顏抬眸瞭了葉成紹一眼，見他正好看過來，眼裡盡是安撫之意，她心中微暖，垂了眸作賢良狀。

葉成紹見素顏垂了眼，心知她不太喜歡這種狀況，便笑著拉了兩位皇子往外走，先前的那些客人也鬧著要出去喝酒，倒是將素顏的尷尬全然解了。

素顏有些疲累地坐回床邊。

喜娘還有事沒辦完，便仍在屋裡，素顏看著就急，只盼著在外頭喝酒的那位早些回來，好將禮成了，自己也好吃點東西洗洗睡了。

陳嬤嬤知道她的意思，便笑著拖了那喜娘在一旁坐下，倒了杯酒。「嬤嬤今天辛苦了，喝杯酒暖暖身子吧。」

那喜娘很受用地接過陳嬤嬤手裡的酒，就著桌上的點心乾果喝了。陳嬤嬤又拉著她說閒話，紫綢很有眼力地站在陳嬤嬤身邊，正好擋住了喜娘的視線。紫晴剛偷偷拿了點心，又端了杯水給素顏，素顏開始狼吞虎嚥了起來，連吃了好幾塊點心又喝了杯茶，才感覺身體熨貼了些。

大約一個時辰後，葉成紹一身酒氣地被兩個小廝架回來了，嘴裡還嚷嚷著：「來，再喝一杯，爺……要把你喝趴了。」

小個兒小廝揹著他進屋便往床上一放，葉成紹高大的身子便軟軟朝床上倒去。素顏聞到一股濃烈的酒味，不由皺了皺眉，忙站了起來，對紫晴道：「世子爺怕是醉了，妳們打些水來給他擦擦臉。」

陳嬤嬤也乘機對那喜娘道：「嬤嬤您看，世子已經醉了，這交杯酒怕是只能做個樣子了。」

喜娘聽了便走過來，吩咐紫晴、紫綢兩個將葉成紹扶起。葉成紹似乎還有些神志，喜娘端了酒塞他手上時，他接穩了，又主動勾了素顏的手臂，一仰頭，將酒喝了，倒頭又睡。

喜娘見禮也行得差不多了，就又說了不少吉祥話，素顏讓紫綢又打了個紅包給她，她才歡天喜地的出去了。

喜娘一走，葉成紹的眼睛就突然睜開了，眼神黑亮清明，哪裡見得有半點醉意？

陳嬤嬤忙將素顏卸妝，葉成紹在一旁喜孜孜地看著素顏。素顏腦子轉得飛快，要怎麼才能將這廝弄出自己的新房？或者，要怎麼跟他保持距離，不讓他碰自己？

就聽葉成紹揚了聲道：「服侍爺安置。」

這時，有兩人打了簾子進來，素顏一看，是兩個長得俊俏的丫頭，她們進來後，給素顏行了一禮，稍高的那個，長相俏麗，明眸皓齒，體態輕盈。「奴婢茯苓見過大少奶奶。」看來，這兩個是葉成紹的貼身丫頭了，長得如此俊俏，這廝果然是個好色的。

兩個丫頭也在暗暗打量素顏，只覺少奶奶長得貌若天仙，原先還有著攀比下的心思立即就熄了不少，對素顏也恭謹有禮。

素顏讓陳嬤嬤給她們一人賞了個大紅包，吩咐她們服侍葉成紹洗漱。

兩個丫頭立即打了水來給葉成紹洗臉，茯苓很自然地給葉成紹脫衣服，葉成紹也是坦然接受，沒有感覺半分不自在。素顏冷冷地看了眼葉成紹，便走到了後堂去了。

她在後堂拿件自己做的睡衣，卻沒有穿，等她回到屋裡，兩名丫頭已經退了下去，就連紫綢、紫晴、陳嬤嬤也走了，屋裡便只剩下了葉成紹和素顏兩人。

「娘子！」葉成紹頭上的髮冠被拆了，滿頭烏青的頭髮披瀉下來，絲滑如瀑布一般，俊逸的臉上泛著通紅，墨黑的大眼亮晶晶地看著素顏，端的是唇紅齒白、玉面桃腮，陽剛中帶著一絲羞澀，真是極品美男。素顏一時看怔了眼。

葉成紹被素顏盯著，又興奮又期待，還有些羞窘。今天，終於可以不只是牽小手了，還可以……抱一抱的，可他感覺自己的腳像是黏在了地上，心裡只想走過去，將眼前的人兒攬入懷裡，偏生心跳如鼓，幾次提腳都沒提得起來，不由又有點沮喪，怪自己沒用，又有點怕素顏不喜歡，只好瞅著素顏，等她乖乖到床邊來。

素顏被他一聲娘子喚醒，心裡一咯噔，便有種想要逃的衝動。這廝長得太帥，她怕自己會把持不住，她可不想就此失身啊，第一次，總是想給自己最愛的那個人吧……

素顏輕輕應了一聲，淡淡笑著走近葉成紹，清了清嗓子。「呃，那個……相公，早些安置了吧。」

葉成紹聽得大喜，忙不迭地點頭，黑亮亮的眼睛黏在素顏的身上就不肯錯開。素顏硬著頭皮爬上床，葉成紹張臂一抱，便將素顏摟在了懷裡，心跳得怦怦的，好半晌，他才平復了些，聲音有些乾啞。「娘子，我……終於可以抱著妳了。」語氣裡帶著極度滿足的喟嘆，一雙長臂緊緊地環住素顏，卻不敢亂動，將頭埋在素顏的肩頭久久沒抬起來。

素顏突然被他抱住，那一瞬，她也感覺心跳加速，身上血液沸騰，似要燒著了一般，腦子也跟著發熱起來，心道，完了，自己對這廝的身體有感覺啊，難道要就此從了他嗎？不由得掙了一掙，想推開葉成紹，但他的手如鐵箍一樣，哪裡是她能掙得動的？

素顏的身子嬌柔溫軟，清幽的少女體香絲絲入鼻，葉成紹只覺心神蕩漾，整個人便像要飛起來了似的，身體裡也叫囂著一種他以前不知道的感覺，像是要將懷裡的人兒揉碎了，化到自己骨子裡。他本能地就想要親她，可是又怕她會生氣，會像上回一樣咬他一口。他喜歡她，最想的就是看到她小狐狸般得意的笑容，所以不想她生氣，不願意忤逆了她的意思，還有……其實他這會子根本就不知道要如何面對她，根本不好意思看她的眼睛……怕一看之下，自己便會做出更出格的舉動。

這時，懷裡的人兒扭動了一下，他忙放鬆了一些，垂下眼眸，偷偷地瞄了素顏一眼，卻看到她雙頰緋紅，面帶薄怒，不由一怔，吶吶道：「我……我弄疼了嗎？」

素顏只是掙了幾下沒掙開，有些惱火罷了，其實並非是生氣，見他像是有些顧忌，便順了他的話道：「是的，好痛，你……別抱得太緊了，我不習慣。」心裡卻想著，怎麼混過這一晚才好。

「喔，我知道了，那……娘子，我輕點。」葉成紹很仔細地看著素顏的臉色，小心翼翼又靠了過來。抱著她的感覺可真是舒服啊，他怎麼捨得放開她？

素顏也是小心翼翼地觀察著葉成紹的臉色。按說，這廝花名在外，如果真是色中餓鬼，應該不是現在這個樣子吧，他這分明就像是不懂人事的樣子，她不由疑惑了。

「不行，我累了，我要睡了，相公也早些睡吧。」素顏試探著說道，畢竟新婚，她對整個侯府陌生得很，基本只認識眼前這個男人，若他不肯站在她身後幫她，她便是一抹黑，在這比藍家怕是更為複雜水深的地方步步驚心、如履薄冰，她必須有他的幫助才能在侯府立得住腳。

呃，洞房裡的事可不只是睡，他看過好多……那些書的。葉成紹紅著臉，又小心挨近了素顏一些，小聲道：「娘子，我們……我們還沒有那個……」那畫雖是畫得醜，但那些人身上的器官卻是活靈活現的，他每次一看便心血沸騰，總把裡面的女子想成了她。如今她就在眼前，又是自己名正言順的妻子，他……一時間，越想越覺得血脈賁張，加之伊人又近在咫尺，身體的某個部位已經囂張地昂首挺胸了。

素顏見他一靠過來，她又移開了一些。他身上有著淡淡的青草氣息，乾淨清爽，很好聞……不行，她得離他遠一些，找個藉口吧，可是……垂眼時，她看到了他某處像個小帳篷似地撐著，她自然知道那是什麼意思，心裡一下子就慌了起來。這廝果然是個色狼，羞得自己往床上一爬，躲到了床腳去，扯了被子捲在身上，衝口就對葉成紹道：「你走開，不要靠近我！」

葉成紹看素顏像躲瘟神一樣地躲到了床裡，頓時如一瓢冷水直澆透了全身。她……是真的不喜歡自己嗎？

葉成紹垮著臉，大大的黑眼裡滿含著不自在，像個做錯事的孩子，也不敢動，看著床角那個裹得嚴實的小女人。「娘子，我……我嚇到妳了嗎？」他也覺得自己那樣子怕是真的很嚇人，像個急色鬼一樣。天知道為什麼一見到她就控制不住，以前在倚香閣裡，那麼多女子貼在身上挑逗著也沒感覺，怎麼對上她就……

「是的，你嚇到我了。我累了，我要睡覺，你不要吵我。」素顏見他好像真的有些怕自己，不由穩了穩神，冷著聲音說道。

「喔，那妳睡吧，我……我去洗個澡。」身上那個部位根本沒消，若是再讓她看到，又嚇到她可不好。

於是，他起身向耳房走去，揚聲道：「爺要沐浴。」

素顏聽得眉頭一皺，不過，也鬆了一口氣。這廝雖然怪怪的，但還好，對她還算不錯，而且像是很聽她的話，今晚應該能安全度過了吧……

葉成紹進了耳房，茯苓守在外頭聽到他說要沐浴，熱水是早就備好了，忙進去服侍他。

素顏在屋裡聽到一陣水聲，接著，又聽到茯苓問：「爺，水溫可以嗎？要不，奴婢再加些熱水進去。」

「用冷水吧。」葉成紹略帶沙啞的嗓音，有些發乾。

這廝怕是去降火氣了吧，素顏支著耳朵聽著耳房裡的動靜。

一陣窸窸窣窣的聲音響起，緊接著，就是嘩嘩的水聲，中間還夾雜著一聲細微的尖叫，她的眉頭蹙得更高了起來。這廝是光著身子讓貼身丫頭服侍的吧？哼，自己才剛進門呢，他們……也不能當自己是死的吧！

她連自己也不知道為什麼，心裡便突然怒火熊熊，蹭地一下自床上爬了起來，穿了鞋往耳房衝去，果然看到茯苓正在幫葉成紹擦著身子，葉成紹的頭慵懶地靠在桶邊，閉著眼睛正享受著，而茯苓一隻手拿著帕子，正往葉成紹健康的、裸露著的肌膚上慢慢摩挲著，另一隻小手則乾脆沒拿帕子，直接就往葉成紹背上摸著……

「葉成紹，你這個——」素顏脫口就罵道，到底想起這是在古代，妻子是不能罵丈夫的，何況還有第三者在場。

葉成紹被罵得一怔，睜開眼來，便看到素顏正憤怒得像隻發怒的小獅子，狠狠地瞪著自己，像要生撕了他一般，他嚇了一跳。「娘子……怎麼了？」

第三十四章

一旁的茯苓被素顏眼神震住，睜著水汪汪的大眼無辜地看著素顏，眼裡閃過一絲驚恐。

素顏終於冷靜了些，深吸了口氣，再徐徐吐出，臉色卻並沒緩和，冷著臉盯著葉成紹看了好一會子，轉過身，什麼也沒說就走了。

葉成紹心裡七上八下的，根本不知道自己哪裡惹了素顏生氣，也懶得再洗了，自澡桶裡站了起來。茯苓忙拿了大巾子給他擦身，他心中煩躁，自己扯了巾子胡亂擦了幾下，又自己拿了衣服往身上套。茯苓站在一旁，空著手呆呆地看著。她是打小就服侍世子爺的，這種事情她做過不知有多少回了，世子爺也習慣了她的服侍，從來沒有如今天這樣厭煩過，是因為大少奶奶吧？

茯苓小心地站在邊上，看葉成紹要什麼衣服，她便乖巧遞上，並不上前。葉成紹模模糊糊的感覺到素顏的不高興怕是因著茯苓，但他是沒弄清原由，只好悶悶地回到屋裡。

素顏此時已躺在床上，捲著被子身子向裡睡著，床邊放了另一床緹花錦被，早已鋪開。看那樣子，似乎是要一人一床了。他皺了皺眉，有些委屈地上了床，鑽進被子裡老實躺好，耳邊聽到素顏均勻的呼吸聲，他又忍不住轉過頭，靜靜看著她。

她的長髮散落在繡枕上，如絲綢般亮澤，小巧白皙的耳朵可愛地自髮絲間鑽了出來，修長的頸子優美平躺在繡枕上。葉成紹忍不住伸了手去撫摸素顏的頭髮，看素顏沒有動靜，又大著膽子去碰了碰素顏的耳朵，見她沒有發脾氣，他乾脆用手支著頭，像個第一次偷到魚的小貓，興奮地又伸手向素顏的脖子撫去。

「不許碰我，你這混蛋！」素顏突然就轉了身坐了起來，怒視著葉成紹。這廝竟然赤身裸體地讓別的女人一頓亂摸，這會子又來摸她，沒門兒！

「怎麼了娘子？為什麼不許我摸，咱們可是夫妻，今天是洞房花燭呢。」葉成紹嘟囔著，耳畔聽到紅燭發出嗶啪的聲音，燭光搖曳，將素顏素淨的臉龐映得緋紅，更顯得豔若桃李。

「我嫌你髒，離我遠點。」素顏一直心裡氣鼓鼓的，像堵了塊大石頭一樣悶得難受，眼前又浮現出茯苓纖細白皙的小手來，那雙手方才還在自己面前這個男人身上摸來摸去呢，哼，怕是每一寸肌膚都摸遍了吧！

「我才洗的澡，哪裡髒了？妳……妳亂發脾氣。」葉成紹也火了。素顏這脾氣發得太過古怪了，無緣無故的。

「哼，你就是髒。你說說，這府裡你有多少個通房，有多少個小妾，在花樓裡有幾個相好？」素顏是氣暈了。以她從前那沈穩的性子，就算不喜歡這個男人，也會繞著彎地想計策來對付他，但她現在不願意了，她就是想讓他知道，她在意的是什麼，也讓他明白，她和他是沒可能真心相愛的。

通房？一個也沒有；小妾，那倒是有的，可那不是……相好的，那也是有的，倚香閣有，翠雲樓也有，怡香院也有，可是，那怎麼就髒了？他突然就感覺，素顏是在吃醋……對，就是在吃醋，她是在乎他的。

他突然就狂喜起來。他以為她是不喜歡自己，所以才不想讓他碰，如今看來，好像不是這樣的呢？

「娘子，我沒有通房啊。」葉成紹的眼睛極亮，像黑夜中璀璨的星辰，灼灼地看著素顏，熠熠生輝，像是發現了一件極令他開心的事一樣。

素顏都不知道他在高興什麼。沒通房？那兩個貼身丫頭嬌滴滴的，會不是通房？不是通房卻讓人家看光光？哼。「真沒有？」

「沒有，絕對沒有。」葉成紹說得堅決自信。

素顏狐疑地看著他，又問他：「那小妾呢？不會小妾也沒有吧？」如果連小妾也沒有，那人家怎麼會傳說他是浪蕩子，成天流連於花叢之中，所謂傳言，總不會是空穴來風吧？

說到小妾，葉成紹紅了臉，垂了眸子不敢看素顏。那些人……都是有來頭的，又不得不收的，是……有原因的，可是……

素顏剛下去了一點的火氣又冒上來了，冷哼一聲道：「不作聲，那便是有小妾了，那你就莫想碰我。」說著，被子一蒙，背對著葉成紹睡了下去，再也不理葉成紹。

可憐的寧伯侯世子，眼巴巴地望著自己的新婚妻子，隔著被子推了推，像哄小孩子一樣。「娘子，妳不要不理我啦，不是妳想的那樣，我……我說過，只喜歡妳呀。」

素顏索性連頭也蒙住了，捲著被子像個蠶蛹一樣往床彎裡滾，只想離葉成紹越遠越好。這樣子還不悶壞嗎？就算生他的氣，也不用虐待自己吧！葉成紹急了，抓著被子用力一扯，那床繡著百年好合大紅錦面的被子便被他拉著丟到了一邊去。素顏原只是耍脾氣，沒想到他會扯被子，整個身子驟然間暴露在空氣裡，又是寒冬臘月的，突然從暖被子裡出來，就有些受不住，張了口剛想罵，不由打了個噴嚏，眼淚也跟著出來了。

葉成紹看著立即慌了神，忙拉了自己的被子將她裹緊，又在床頭找了帕子給她擦鼻子，嘴裡忙不迭地道歉。「娘子，可別凍著了，我的被子好暖和的。」

不等素顏開口罵他，又自床榻前的茶壺裡倒了杯水，殷勤地遞給素顏。「娘子，喝口熱茶吧。」

素顏也著實覺得喉嚨有點癢，順著他的手，喝了兩口。他把被子揭開，又細心地拿了帕子擦乾素顏唇角的茶，柔聲道：「可還冷？」忍不住就把素顏邊往懷裡攬。

素顏原是要罵的，卻瞧見他只著一件白色中衣坐在床上，瞋了他一眼道：「還一床被子呢，怎地不蓋著？」

葉成紹燦然露出一個笑臉，卻沒有去撿那床被子，嘟了嘴道：「娘子，床只這麼大，放兩床被子太擠，就一床吧，我身上暖和著呢，妳要冷了，就可以……就可以……」他原想說是可以睡在自己懷裡的，可是素顏不等他說出來，清麗的大眼就橫了過來，嗔視著他，後面的話就弱了下去。

「世子爺……」素顏突然拖了長音，恭敬地叫了葉成紹一聲，葉成紹聽得奇怪。自進了屋後，素顏就從沒有如此叫過他，不覺心裡有些發毛。

「在，娘子有何吩咐？」他答應得就像個被軍官點名的士兵。

「妾身今兒不太舒服，不能服侍世子爺您了，煩勞您去二姨娘或是三姨娘、四姨娘屋裡去歇著吧。」素顏只差沒有給葉成紹正經行禮了，她也想行禮，只是身子被葉成紹用被子裹得死緊，動不得。

「不去，娘子不舒服，我自然是要留下來陪著娘子、照顧娘子啦，怎麼能夠丟下娘子不管呢？」葉成紹拍著胸脯，像是在表決心一樣。

「葉成紹，你離我遠一點，我有潔癖，人家用過的，我碰都不想碰。」素顏懶得跟他再磨嘰下去。這廝看著好說話，其實就是個厚臉皮——不對，是沒臉沒皮，打也沒用、罵也沒用，只能攤牌。

葉成紹聽得愣住。什麼人家用過的？她是指自己嗎？

「妳什麼意思？什麼人家用過的？妳是說我……呃，那個……我其實……」他很想說，他還是原裝的啊，可是誰會信？再說，那話說出來……還真沒面子啊，不過，娘子的這一點和自己好像喔，他也是，除了自己心愛的人，誰也不想碰呢。

「你這二手貨——不對，如今怕是三手四手五手了吧，誰知你的小三小四小五排到第幾去了？你那後園子是不是塞滿了人？想讓我當婦聯主任，哼，門兒都沒有，窗兒也沒有！」素顏豁出去了，也不顧葉成紹聽得懂聽不懂，噼哩啪啦地說了一大通，又想要背過身去，但身子被葉成紹抱得死死的，連臉都必須面對著他。

葉成紹快被素顏氣得吐血了，他就算再聽不懂，也知道二手貨是什麼意思。她快把他說成小倌了呢，這丫頭，嘴怎麼這麼毒啊！當爺是什麼呢，誰說藍家大姑娘知書達禮來著，這滿嘴的話可有一句是合了禮儀規矩《女訓》《女誡》的？三從四德中，出嫁從夫這一條，她怕是從來也沒領悟其中真義吧？真是，老虎不發威，她會當他是病貓？

一吸氣，正想抖出他平素那痞子樣，張了張口，聲音還沒出得來，就見素顏眼圈紅了，明亮的眸子裡有水光閃動，心一軟，剛想振夫綱的勇氣又全洩了去。好吧，在她面前，他就是隻病貓。

「娘子，妳莫傷心，我……我……真的不是那樣的啊，妳誤會我了。」葉成紹的聲音柔得膩人，要是給旁人聽到，怕是會抖落雞皮疙瘩。

「誤會？你那一園子的小妾是假的不成？是我冤了你不成？葉成紹，你行行好，你與我兩個裝幾年夫妻，你不管我，我也不管你，然後，再找個理由和離算了吧！」素顏雖然早就想過葉成紹定然是小妾滿園的，也早就有了準備，原打算著施些小計，先與他好好周旋，努力保住自己的清白之身，然後再尋了葉成紹的錯處，沒有錯處便製造錯處，想法子與他和離。

可如今面對著他，不知為何，她的本性就全部暴露無遺。她說什麼？和離！原來，她真是懷著這個心思嫁給他的……葉成紹只覺得自己頭頂轟地一聲響，整個人像是快要爆炸了一般，渾身的血要凝固了。

他費了好些心力才將那上官明昊打敗，才將她娶了回來，沒想到，她竟只是拿他當個救助家族的跳板，用用就要丟？這個死丫頭，她真以為自己就拿她沒法子了嗎？他葉成紹是誰，全京城、全大周都出了名的高級混混，是令閨中女子聞之色變的紈袴浪子，這麼些年的名聲可不是浪得來的，他無法無天慣了，被一個小丫頭拿捏死了，說出去，要笑掉人家的大牙了！

這丫頭，不治治，她真當他是病貓啊？

葉成紹雙目赤紅，眼裡露出陰狠的光芒，有如草原上的餓狼看到小羊一樣地看著素顏。素顏不禁有些害怕，身子不自覺就往裡面挪著。這廝要是真發起火來，用強的怎麼辦？難道真的要用那一招？可這廝武功詭異得很，一招不中，自己的下場怕是更慘呢。

看見素顏眼裡的一抹恐懼，葉成紹又有些心軟。自己這副樣子怕是嚇到她了，她不會因此就更加不喜歡自己了吧，正猶豫著要不要繼續，又猛地搖了搖頭，狠狠心。這丫頭可是個得理不饒人的，自己這一回一旦軟下來，依了她……不對，這怎麼能依？其他任何事情都好說，就這不能依，一想到素顏幾年後就要離開他，也許會是投入別人的懷抱，他的心就像被放在油鍋裡煎熬著一樣，於是，他緩下的臉色又沈了下來，長臂一伸，便將素顏攬進了懷裡，被子一抖，自己也鑽了進去。

這下便不再是隔著被子抱著她了，兩人都只穿了一層薄薄的中衣，身體挨著身體，肌膚貼著肌膚，葉成紹體內的血液像是驟然又沸騰起來，如此冷熱交替，令他瘋狂，身體因冷水澆下去的某處很不聽話地又昂首挺胸了，他忍不住地就將頭湊到素顏的脖頸，含住那覬覦好久的小耳垂。

素顏原被葉成紹的神情震住，腦子飛快轉動著，要如何穩住這廝才行，好不容易看到這廝眼眸中有一刻閃過一絲溫柔，她便想著裝柔弱或是先說兩句軟話，讓他消了氣再說，沒想到他立即化身為狼，還鑽進了自己的被窩，待要反抗，溫熱的呼吸噴在自己的頸窩，耳上傳來一絲熱麻的感覺，身子一顫，有股異樣的感覺自脊背處直竄大腦……

這身子還真是對這個男人有反應呢！素顏忙深呼吸著，極力壓制身體裡的慾望，努力掙扎著伸出手來，「啪」地一巴掌打在了葉成紹的臉上。

臉上傳來一陣火辣的痛感，卻更激起了葉成紹體內的慾望，他身子一伏，便將素顏壓在了身下，雙手本能在她身上撫摸起來。細膩如絲的肌膚，觸手滑軟柔順，還有胸前那一對高聳的小山峰，引誘著他的手，他輕輕搓揉著，想將身下的人兒揉成一小團，然後再吞吃了她下去，從此，她就是他的一部分，再也不能逃開。

素顏拚命掙扎著，身體的慾望和心底的恐懼和抵制像是快要撕裂她的靈魂，她死咬著唇，得了空的手往枕頭處摸索著，想找到自己早就準備好的銀針。

只要刺進他後腦處的那個穴道，她就能控制他了。

似乎感覺到了素顏的異樣，葉成紹將素顏的手捉了回來，箍進自己的懷裡，唇開始向素顏唇上貼。

手竟然被制住了，最後一招都被廢掉，素顏只覺萬念俱灰，沒想到，她費盡了心機，想要在重生的這一世能活得自在恣意一些，卻還是不能嗎？她的要求不高，她只想要一個自己愛著的，又愛著自己的男人，一起過著平凡安寧的小日子而已，她的愛情裡不要有小三，也不要有懷疑，更不要有猜忌，真的只是個很小很小的願望啊，為什麼就如此難以實現？難道，又要讓她死一次？

想到傷心處，眼淚奪眶而出，無聲地順著臉腮流下。

葉成紹嚐過一次素顏的味道，後來便心心念念著，想要再品嚐一次。這一次，他沒有只貼著唇瓣了，而是將她柔軟又豐潤的雙唇包裹起來，吮吸著……卻還是不知道要叩開大門，只知道在外面游移著……

怎麼有股鹹澀的味道，還濕濕的，她哭了？

他的心像是被人用繩子縛住一樣，緊張而疼痛。她……真的很傷心嗎？真的就這麼討厭他？

他猛然抬起了頭，幽黑的雙眼凝視著身下的人兒，卻見她兩眼睜得好大，清澈的美眸裡滿是失望痛苦之色。不對，那眼睛再無光澤，像是陷入死地一樣的絕望，原來，她是真的不喜歡他……

這個結論讓他的心像是被人用鈍刀一片一片地割著，割了幾下，割不下來，又痛得很，偏還死不了，還是捨不得她，看不得她的眼淚，那鹹澀的味道讓他愧疚。他娶她，是想給她幸福的，不是想要逼死她的，更不是要她痛苦的。葉成紹，難道你就這麼沒用，連個女人的心都不能贏回來嗎？他甩甩頭，在心裡對自己說道，雖然有點沒底氣。

「莫哭了，乖，好好睡覺吧。」他自她的身上下來，又拿了帕子給她拭淚，卻是手忙腳亂。她的淚水還是不停流著，打濕了他的心，他好不容易積聚下的勇氣這會子是真沒了，如今他只有一個念頭，只要她不哭，什麼都答應她。

素顏無聲哭著，越哭越傷心。葉成紹手裡的帕子濕了一條，他甩到床下去，不知道從哪裡又摸了一條出來，又給素顏擦，好像又濕了。好吧，他再次承認，他是病貓，中了她的毒的病貓。

「莫哭了，妳說什麼，我都應了妳就是，莫哭了啊，明兒還要見長輩呢，妳看，眼都腫了。」她的眼睛腫，沒有他的心痛來得糟糕，他不記得自己是何時心痛過了，是那一年祖母死的時候嗎？還是發現自己其實是有一對很可笑的父母？好遙遠啊，他早就練就了鐵石心腸了，怎麼還是會心痛？這種感覺一點也不好，他不喜歡。

素顏一動不動，只讓淚水無聲地流著。葉成紹越看越急，越看越心痛，想將她攬進懷裡，好生呵護她，又怕她說他冒犯了她。認識她、喜歡她，就像心裡某個地方被她種下了顆種子，不經意地就發了芽、生了根，如今扯出了藤來，攀攀纏纏地揪著他的心，即使想掙脫也已經不能了。

還是不捨她難過，他俯了身，將她摟在懷裡，輕輕地拍著她的背，聲音柔軟得像微浪輕拂著細沙。「傻瓜，我跟妳一樣，也有潔癖的，不喜歡的人也不會碰，除了妳，我沒碰過別的女人，從來都沒有過。」

素顏其實不是那麼恨他，只是氣他對她用強，又覺得自己一旦與他有什麼，將來就沒有了退路。她雖是穿越女，思想與眾不同，但這裡的男子就算再開明，也還是在乎貞潔的，她只是想為自己將來所愛的人留下最完美的東西罷了。

後來，哭著哭著又想起了前世的父母，想著他們養育了自己幾十年，自己卻是說走就走了，永遠地離開，成了死別，再也難見，於是一哭就越發不可收拾，越哭越傷心。如今躺在葉成紹的懷裡，溫暖又舒適，他那帶著薄繭的手輕輕摩挲著她的背，好像小時候夏日的夜晚，她喜歡搬了個小竹床在外面乘涼，媽媽會邊打著扇，邊給她摸著背，很安寧、很溫馨。

她懶懶地在葉成紹懷裡抽泣著，忘了這個男人是她不喜歡的，忘了這個樣子太過親密，更忘了要抵抗，要掙開他，只覺得眼皮有些發沈，哭累了，好想睡啊……

葉成紹看著懷裡偶爾抽泣著、聳著肩膀的人兒，心柔軟得像要沁出水來。漸漸地，看她不再哭了，也不動了，歪了頭去看她，卻見她閉著眼睛睡了，長長的睫毛上還泛著幾粒晶瑩的淚珠，顫巍巍的，煞是可愛，秀氣的眉毛微微蹙著，神情卻恬靜安逸，偶爾還會抽泣一下。

他不由笑了，輕輕將她平放在枕頭上，俯下身在她唇上輕吻了一下，一條長臂攬在她的腰上，也閉著眼睛睡了。

第三十五章

素顏醒來時，天已經濛濛亮了。

她是被熱醒的，睜開眼，觸目的是光潔健康的小麥色肌膚，離得太近了，連細細的毛孔都看得清楚，鼻間是好聞的青草氣息，耳中聽到強勁有力的心跳聲，她還有些迷糊，沒弄清楚狀況，一副不知身在何處的感覺，再一抬頭，便觸到一雙漆黑如墨玉般的眼睛，正小心翼翼地看著她，滿滿的溫柔底下竟還有一絲的惶然。

「妳醒了？」葉成紹的臉很紅。昨夜會摟著素顏睡一晚，先是被氣的，後來是心痛，捨不得她哭，等早上醒來，看到她像隻小貓一樣地窩在自己懷裡，心裡又覺既滿足又歡喜，感覺她的頭在自己懷裡拱動，知道她醒了，立即又想起她昨天說的那些絕情的話，心中又惶恐不安起來。她不會……又要說什麼和離的話吧？

素顏也沒想到自己竟是窩在他懷裡睡了一覺的，原本以為自己會提心弔膽地過一夜，或者是哭一整晚，總之昨夜在她的計劃裡不會有好眠，可偏偏她好眠了，而且還睡得很香，甚至連夢都沒有，這幾乎是她穿到這裡來後，睡得最沈最踏實的一次了，她有些訝異，有些摸不清自己心裡的狀況，更有些……不相信，自己會在這個男人懷裡睡了一夜，不由得又抬了眼眸。

卻發現，眼前人的臉異樣地紅，眼睛也躲閃著不敢看她……咦，他在害羞，他害羞什麼，昨晚就像個急色鬼一樣，還要將自己……哼，本姑娘還沒害羞呢，他害什麼羞？她不由氣得將面前的人一推，鼻子裡哼了聲。

葉成紹猝不及防被素顏推開，心中一涼。來了、來了，果然是要發火的，她要是想罵，就讓她罵吧，只要不說和離就好，他聽不得那話。

於是老實地待在一邊，偷偷地注視著素顏，等她一看過來，他又將目光閃開，她一回過頭去，他又偷偷地注視著。如此幾回，素顏惱火起來，猛地自床上坐起，衝口道：「你羞什麼羞？好像本姑娘欺負了你似的！」她也不想想，哪個初婚的女孩家與她一樣，從丈夫懷裡醒來，竟是半點也沒臉紅，聲音比他還大了好多。

素顏其實很羞，只是一時想七想八地忘了要害羞這一回事，等回過神來時，那個始作俑者倒是一副小媳婦模樣，臉比煮熟的蝦還紅，還小心翼翼偷看她，這教她又羞又惱，乾脆將悍妻的形象做了個十足十。

葉成紹聽得愕然，他哪裡說她欺負他了，他只是怕她生氣嘛，又得罪她了，忙小意地賠小心。「不是、不是，娘子，妳沒有欺負我，是我……是我欺負妳。」後面的那半句，被素顏橫過來的眼神給壓小聲了。

一說到欺負，素顏昨晚的氣又升騰了起來，冷冷地看著葉成紹道：「你滿園子的小老婆，我又不嫉妒她們，你大可以跟她們去歇夜就是了，幹麼死揪著我不放？」

哪有小老婆，那些不過是擺設嘛，可現在又不能跟她明說，不說她又氣，氣了就不許他碰她，還說要和離，葉成紹只覺得自己的腦子快攪動成一鍋粥了，用手撓了撓頭髮，垂了眼眸不敢看著素顏。「娘子，我……我和妳一樣，不喜歡的人，絕對不碰，而且，也從來沒有碰過。」

呃，這是什麼意思？素顏有些懵，但也聽清楚了他的話，明亮的大眼睛直直地看著葉成紹，心裡自然是萬般不信。沒有碰過，弄那麼多小妾做什麼？擺著看嗎？可是這廝……依著她前世的經驗看，好像著實像個處男啊，就算是裝，有些眼神、有些動作也是裝不出來的，何況他為什麼要裝，小妾是擺在後院的事實，裝單純自己就能信他了嗎？

素顏的頭也有些暈了，審視地看著葉成紹。葉成紹突然燦然一笑，兩臂猛一張，將她摟了個滿懷，頭埋在她頸窩裡小聲道：「娘子，我是不是髒的，妳試一試就知道了啊。」

「呃……試什麼？」素顏衝口說道。這種事情也是能試的嗎？

「我……我沒有……從沒有做過那……那事情，我就看書上畫的有，可是……」葉成紹很難啟齒。他覺得一個大男人連這種事情也不會做，也太糗了，不過，好像他家娘子是喜歡的。

話音剛落，葉成紹又將素顏壓在身下，大手又像昨夜那樣在素顏身上亂摸起來，素顏也感覺到了他身體的異樣，那勃張的昂揚，頓時心裡倒抽一口涼氣，大聲喊道：「不試、不試，你走開！」

他胡亂壓著她，根本就不知道要如何下手，只知道在上身亂摸著，手根本不往下面去，修長的雙腿倒是直往她身上擠，那勃張的某處在她身上磨蹭著，弄得素顏渾身難受，嬌嫩的肌膚也被他弄得紅痕點點，偏又有些感覺，只覺得他像瞎子摸象，心裡便信了幾分，手用力地推拒著他。

葉成紹如今像頭發情的獅子，渾身都血脈賁張，像是炸了一樣，只想找個突破口，偏又不得其門而入，越是急，越不知道如何是好，整個人像灼燒著似的，口裡喃喃喊著：「娘子、娘子，我只喜歡妳，我只想要妳，娘子，教我……」

素顏被他弄得痛死了，再讓這廝進行下去，今天非斷幾根骨頭不可。她的手又伸向枕頭後，這一次終於摸到了那根針，悄無聲息地，她向葉成紹的後腦扎了去——

待要觸到他頭髮的那一瞬，她突然手滯了滯，她看到葉成紹停住了，星眸幽幽地看著她，眼裡竟有著一絲沈痛和委屈。她的心咯噔了一下。

他發現了。

葉成紹武功深厚，對危險有著異乎常人的直覺，素顏手上的針剛夾到手上時，他就感覺到了那一絲金屬的光亮。他沒有動，只是看著她。如果，她真的恨他到了想親手殺了他的程度，那就死在她手裡吧。

素顏怔怔看著葉成紹，他竟沒有動手，也沒有反抗，似在等她下手，這……她突然心慌了起來，縮回了手，眨著大眼，第一次帶著愧色對他道：「你……你欺負我，我……我只是想制住你，不讓你欺負。」

他還是默默地注視著她，沒有說話。素顏有些急了，身子自動往外移了移，用另一隻手摸到他的腦後，按住自己想要下手的那個穴道：「這裡，不會有生命危險的，就是讓你動不了而已，我學過醫的。」

他突然就笑了，那笑容裡有如冬日裡綻放的雪梅，光耀奪目，眼裡閃過一絲的狡黠，俯了身，在素顏臉上親了一下，趁她沒反應過來時，快速地自她身上翻了下來，躺在一邊。

「娘子，咱們來日方長，我會讓妳知道我對妳的心，也會讓妳心甘情願跟著我的。」他仰天躺著，長長地吁了一口氣，卻說得自信滿滿。

素顏也覺得鬆了一口氣，側過頭看了他一眼，道：「你說的喔，可不許反悔。」

「不反悔，妳一定會喜歡上我的。」他也轉過頭來，認真看著她道。

「那你就等著吧，也許我會喜歡你。」素顏笑了，因為第一次看他既不像是個大男孩，也不像個痞子，神情認真而執拗。

「嗯，那再睡一會子吧，離辰時還有幾刻鐘呢。」他說著就閉上了眼睛，臉卻又異樣地紅了。要不要再去沖個冰水澡啊？這個樣子，她還睡在身邊，怕是好難消。

如此一想，他翻身起來，剛想揚聲，又止住了，只問道：「娘子，我昨兒洗澡時，妳為什麼要發火？」

素顏只是閉目養神，被他問得一滯，差點衝口又罵，睜開眼來，看他眼裡坦然而又純淨，還帶著一絲迷茫，不禁搖了搖頭。這廝怕真的不知道自己在惱什麼，她不想明說，怕他說她吃醋，可是不讓他清楚，他以後再犯又怎麼辦？她可受不了自己的丈夫與丫頭卿卿我我的，還一副理所當然的樣子。

「如果我讓一個男子服侍我洗澡，你會如何？」素顏吸了口氣才道。

「這怎麼可能，那是傷風敗俗……不行，絕對不行！」葉成紹氣得暴跳如雷。他這娘子還真是什麼都敢說啊，這種話若是傳了出去，且不說名聲了，怕是立馬就要浸豬籠了。

「所以說，己所不欲，勿施於人。」素顏說完這句話，一個翻身，頭朝向裡面，裹著被子閉上了眼睛，讓這個男人自己想去。

葉成紹這才反應過來，原來她是氣自己讓茯苓服侍洗澡了，他也才回想起來，昨夜茯苓服侍他洗澡時，看到他身體的異樣，突然就小聲尖叫了一聲，還是他瞪了她一眼，她才生生忍住了。那丫頭……今年也有十四了吧，是到了要放出去的年紀了。

想著想著，心裡又雀躍了起來。原來她那麼生氣，是在吃醋呢，如此一想，又撇了撇嘴。分明就是在意自己的嘛……

他抬眼又向床上看去。懶得去沖涼了，還是挨著她再歇會子的好。

他很小聲地在素顏耳邊說了句：「娘子，以後妳幫我洗澡吧。」

「自己有手有腳，自己洗。」素顏頭也沒回地說道。

自己洗就自己洗，也不是沒洗過，只是人家屋裡，好像都是娘子服侍的……他在素顏身後小聲嘀咕。

門外就響起了敲門聲，好像是茯苓。「世子爺、少奶奶，可醒了？一會子要去敬茶，夫人吩咐今天族裡有很多客來，讓少奶奶早些起了。」

葉成紹皺了皺眉，見素顏要起來，他手一按，對外頭吼道：「爺還沒睡醒，讓他們先候著！」

茯苓一聽少爺的聲音裡帶著火氣，便沒作聲了。

素顏瞋了葉成紹一眼。他是這府裡的霸王，自己可是新媳婦呢，不起來，人家不會說他，只會說自己不賢慧。第一天總要給府裡人留個好印象的，何況還有許多親戚來了。好在昨夜睡得踏實，精神也好，只是眼睛有點腫，一會子讓紫綢弄點冰來敷敷，再撲點粉，應該能蓋過去的。

素顏剛一坐起來，葉成紹又將她按了下去。「妳只管睡著，往日裡請安也沒這麼早，如今還是卯時三刻呢，又不是上朝，起這麼早做甚？分明就是給妳下馬威。」

「就算是下馬威又如何，我是你家媳婦，孝敬公婆是分內事情，再說了，今兒不是有客嗎？早些起來事情也從容一些。」素顏仍顧自起來穿衣。

葉成紹拿素顏沒法子，只好也起了身，伸了手找不到自己的衣服，平素他的衣服都是茯苓和芍藥給他備好了，可是……轉頭看自家娘子，正自己穿衣服，也沒喊人進來服侍，他剛張了的嘴又老實地閉著了。他的衣服在哪兒啊？

素顏轉頭一看，也知他再穿那一身紅不合適，忙進去拿了自己帶來的，將早就給他做好的一身絳紅色青竹彩繡直綴扔給他。

門外茯苓又在說：「爺、少奶奶，可起來了？白嬤嬤來了，可以進來了嗎？」

白嬤嬤是誰？素顏看向葉成紹。葉成紹劍眉緊蹙，卻沒作聲，素顏便道：「請嬤嬤進來。」

「等等，不許進，爺還沒起呢！」葉成紹卻又吼了一聲。

素顏只當他耍慣了少爺脾氣，懶得理他，自行坐到梳妝檯前，拿了梳子梳頭。

卻見葉成紹走到她的妝檯前，撿了根頭尖些的簪子向自己的左手食指扎去，頓時，一滴鮮紅的血冒了出來。素顏一驚，不解地看著他，就見他走到床上去，右手掀了被子，拿了塊雪白的元帕，擠了滴血上去，想了想，又抹開了些那血跡。

素顏的臉色便紅了起來，心裡既感激他的心細、他對自己的維護，又疑他連這個都懂，怎麼會是處男？一時心情好不複雜，看著葉成紹半晌也沒吱聲。

「倚香閣那些被買了初夜的小姑娘……呃，總之，我見過。」他心想解釋，卻發現自己越描越黑，抬了眼看素顏，果然她的臉色更沈，不由又急了，衝口就道：「那是我的產業。」

素顏頓時震驚得無以復加。這廝竟然是開青樓的？寧伯侯世子竟然會去開青樓賺錢？說出去，怕是連皇后的臉都要丟盡了，這廝還有什麼出格的事情沒做過？那些花名難道就是這樣得來的？

葉成紹皺了皺眉，走近她小聲道：「不要聲張，娘子，這可是我的秘密，讓人知道了，我可死定了。」

素顏看著他神神秘秘的樣子，突然就想笑。整個京城的公卿貴族裡的公子，怕也就他一人敢去開青樓吧！不過，這也好啊，至少也是個產業，說明他也沒有遊手好閒。

葉成紹將滴了血的元帕又放回床上，懶懶地喊了聲：「進來。」

素顏也難得賢慧地走到床邊來給他穿衣，他有點受寵若驚，揪著衣服道：「娘子，妳若不喜歡她們服侍，那我自己來就好。」

素顏瞪了他一眼。誰想服侍你了，不過是做給人看罷了。

他立即就鬆了手，乖乖等著素顏幫他穿衣。

一會子，紫綢、紫晴、茯苓和芍藥幾個魚貫而入，稍後又進來一個年約五十多歲的婦女，白白淨淨，上著一件杭綢緹花短襖，下著一條煙青色羅裙，一件元寶五福的褙子，頭上插著金晃晃的一根如玉釵，手上帶了一對絞絲金手鐲，看這穿戴便是個有體面的管事嬤嬤。

那婆子先是上前給素顏行了一禮。「奴婢白氏給大少奶奶請安。」

素顏忙讓紫綢封了個紅包給白嬤嬤，笑道：「嬤嬤不必多禮，您可是夫人跟前得力的，我年輕，以後還有諸多事要請嬤嬤提點呢。」

那婆子忙躬身道：「大少奶奶折煞奴婢了，奴婢怎麼敢提點少奶奶？奴婢早就聽說，少奶奶最是貞淑賢達，以後有了少奶奶在府裡，夫人也能輕鬆許多，奴婢幾個也為夫人高興呢，早盼了世子爺娶了您進門。」

白婆子一臉的笑，話也說得得體，素顏看她接了自己的紅包，並沒有像別人一樣去掂量紅包的分量，只是不露痕跡地將紅包放進紅袋裡，正正經經謝了賞，心裡便提了幾分心。這怕也是個厲害的角色。

白婆子與素顏說過話後，便走到床邊去，看床上被子凌亂，紫綢忙過去鋪床，那白婆子卻是笑道：「姑娘且站一邊，這第一天的床，還是婆子來鋪吧。」

紫綢臉一紅，知道白婆子的意思，卻不肯退到一邊，只是讓了讓，眼睛卻是看著白婆子，沒一絲放鬆。這床上，說不定也有少奶奶的私物呢，這婆子雖說是府裡的燕喜婆婆，但畢竟是陌生的，有些東西讓她看見了可不好。

白婆子找到了那塊滴血的元帕，拿在手裡瞧了瞧。素顏在一邊看著就有些急，生怕她看出破綻來，如白婆子這種人對這種事是很有經驗的，若是讓她看出假來，怕是會被府裡人懷疑她的貞潔，與其這樣，還不如不作假，就讓他們知道自己與葉成紹沒有同房就好，如今這樣反而是欲蓋彌彰，會弄巧成拙也不一定呢。

好在那白婆子拿了元帕後對素顏笑了笑，神情也恭敬了幾分，素顏這才鬆了一口氣。

白婆子拿到自己想要的，便告辭走了。

紫綢便將床上的鋪蓋全換了下來，紫晴拿了水來給素顏淨面，茯苓和芍藥兩個進來後，便也一個進去打水，另一個要給葉成紹穿衣，但葉成紹卻是抬了抬手，身子偏到一邊，並不讓茯苓碰，只是拿了眼瞄著素顏。素顏打發白婆子後，轉頭看到這一幕，便走了過來，親自服侍葉成紹，葉成紹的眼睛亮亮地看著素顏，嘴唇微微翹起，一副很滿足很幸福的樣子。

茯苓有些不知所措，呆呆拿著自己幫世子爺備來的衣服站在一邊，眼睜睜地看著世子爺穿著少奶奶做的衣服，笑咪咪的樣子，眼圈就有些泛紅。

芍藥打了水來，絞了熱帕子，素顏很自然地接過，邊給葉成紹擦著臉，邊道：「兩位姑娘，爺以後的貼身事情就由我來打理，妳們也辛苦了這麼些年，就歇會子，只打下手就可以了。」

這就是奪了她們近身的差事嗎？只打下手，她們服侍少爺已經有年頭了，少爺不也沒說不喜她們的服侍啊？

茯苓怔著沒有說話，芍藥卻很爽快地退到了一邊，躬身應了，態度很恭謹，沒有半點不豫之色。

一旁的紫晴見茯苓神情不對，便笑著走上前道：「是茯苓姊姊吧？我是紫晴，姊姊可是世子爺身邊得力的，又是服侍多年的老人，以後爺有些什麼顧忌、習慣什麼的，還請姊姊多多提點一些，也省得我們初來不懂事，壞了爺的規矩。」

這句話聽著客氣，其實也是在暗中告訴茯苓，世子爺有規矩，大少奶奶也是有規矩的，她們是大少奶奶的人，來了這個府裡，就要遵守世子爺的規矩，但茯苓既然也是這個屋裡服侍的人，也就要守大少奶奶的規矩，別以為是老人就可以拿喬了。

茯苓聽得一怔，乾笑道：「妹妹說哪裡話，我們左右都是服侍人的，只管聽主子的就是。爺的習慣雖是有，但如今大少奶奶來了，有的習慣自然是要改了的，顧忌不顧忌的，也就不重要了。」

素顏一聽這話，眉頭就皺了起來，清凌凌的眼眸看向葉成紹。那傢伙根本沒聽到，正喜孜孜地看著自己身上的衣服，高興地問：「這是娘子親手給我做的？」

素顏被他問得一滯。她連自己的都不會做，怎麼會做他的？他身上這件可不正是三姨娘做的嗎？她不禁怔住，不知如何回答。茯苓和芍藥見了便看了過來，葉成紹也是眼巴巴地看著素顏，滿臉期待，素顏輕咳了一聲，正要否認，就聽紫晴道：「自然是少奶奶親手準備的，爺穿著可真好看，好合身呢。」

說著，又轉過頭問茯苓和芍藥兩個。「兩位姊姊說是吧？」

葉成紹聽了笑得眼都彎了，一高興，拿了個大紅包賞了紫晴，又見紫綢幾個都在，隨手又每人都賞了一個，一時皆大歡喜，芍藥得了賞，也不住誇著葉成紹的衣服，茯苓也跟著說了幾句話。

紫綢向來是個老成的，給素顏換了鋪蓋後，便去了院子裡。

第三十六章

素顏剛給葉成紹收拾妥當，自己的頭髮還沒梳好，便聽紫雲在外頭報。「大少奶奶，夫人屋裡來人了，說是客人都到了，就等大少奶奶過去呢。」

素顏聽得心中一急，忙讓紫綢快些給她梳妝，葉成紹卻是沈了臉，就要走出去，素顏忙扯住他道：「相公，你不等妾身一起嗎？」又不停地給他眨眼，怕他出去又吼，怕是誰都知道她還沒穿戴停當，讓長輩們等呢。

紫綢快速地給素顏梳了個流雲髻，又戴上皇后娘娘賜的那套頭面，一支三尾鳳金步搖，穿上大紅去霏妝花緞織彩百花飛蝶錦衣，配一條縷金百蝶穿上花雲緞裙，外著一條軟毛織錦披風，富貴喜氣，襯得小臉更加豔麗端莊。她是故意穿得高調的，反正是她的新婚期，她穿得再怎麼高調也沒人能說什麼。

深門貴戶裡，你弱人就強，她這是第一次出現在寧伯侯府人的面前，太過素淡只會讓看慣富貴的侯府人瞧不起，就今天早上的情形來看，的確是有人要給她下馬威。

看著一身簇新的素顏，葉成紹眼睛一亮，認認真真打量她一番，點了頭道：「本世子的娘子就是長得美。」

素顏不禁又白了他一眼，看茯苓和芍藥都在等著便道：「走吧，再遲可就真的不好了。」

葉成紹懶懶地點了頭，率先走出了內室，素顏趕緊跟在他後頭半步之遠，紫綢和紫晴兩個跟著。茯苓兩個也要跟上，素顏回頭看了她們一眼道：「我屋裡就妳們這四個大丫頭，全都跟去了，誰收拾屋子？紫晴，妳和芍藥留下。」

紫晴聽了忙低頭應了，芍藥微怔了怔，也笑著垂首應了。兩人也知道，跟著去未必就是好，看這情形，新奶奶去上房怕是要吃排頭的，主子吃排頭，下人跟著一般是要頂罪挨罵的。

紫綢是跟慣了素顏的，茯苓又向來以葉成紹身邊人自居，自是更覺得自己該去，如此皆大歡喜，葉成紹帶著素顏七彎八拐地在寧伯侯府裡走著。

素顏雖知道一路上會有不少人打量和觀察自己，但這個府邸會是自己將來幾年，甚至十幾年、幾十年都要生活的地方，必須要儘快熟悉起來。

於是她一雙美目裡淡淡地看著周圍的事物，寧伯侯府果然很大，亭臺樓閣錯落有致，九曲迴廊又長又多，他們住的叫苑蘭院，出了自己的院子，便是一座大湖，湖裡種著睡蓮和湘荷，不過，這個時候不管是睡蓮還是湘荷，都只剩了殘枝敗葉，早就枯了，沒什麼花好賞，但園裡有幾株高大的玉蘭，還有西府海棠，也沒到花季，那葉子卻是綠的。倒是遠處有一片梅林，不少枝椏上都打了花骨朵，素顏便想起在壽王府裡的那片梅林，再過些日子，那梅花怕是要開了吧。

微仰了頭，看了眼前面修長的身影。葉成紹身姿挺拔，肩寬腰窄，如竹如松，如果他不是一步三搖，故意晃著走路的話，還真是玉樹臨風，一個翩翩美少年。

「你上回在壽王府時，看到素情和上官明昊在一起，是真的很生氣嗎？那樣子，像要吃人一樣。」素顏突然便走上前一步，問葉成紹。

葉成紹被她問得一愣，微挑了眉，眼裡卻滿含了笑意。「娘子以為呢？」

素顏撇了撇嘴。這廝的腦子就不能用常人來衡量，她哪知道他是為什麼？

「我不過是看到某個人裝好姊姊裝得辛苦，乾脆如了她的願而已。」葉成紹眼裡閃過一絲促狹的笑。「只是好像人家不太領情啊，到現在還疑心我呢。」

素顏聽他暗中罵自己，不由輕哼了一聲，頭偏到一邊去，就看到寧伯侯府種了一大片像鬱金香的植物，她不由詫異。這個時代會有鬱金香嗎？她記得，前世時，鬱金香是荷蘭的國花，很常見，品種也很多，但是在這裡，她還是頭一回看見。

「那是金香子，父親的一個朋友自南洋帶回來的，種了好些年才得了那一小塊。現在還不是開花的季節，得到二月過後才開。」葉成紹看她眼露驚疑，很意外地給她解釋道。那金香子的葉子長得和蘭花有些相似，大多人都當它是另一品種的蘭花，很少人過問的，沒想到素顏好像認識。那東西金貴得很，侯爺花了不少錢才培育了這麼多。

「金香子嗎？我以為它叫鬱金香，花色很好看，還可以入藥呢。」素顏心裡有些小小的興奮，沒想到在這裡能看到前世很喜歡的花兒。鬱金香花語是「愛的告白」，前世的她很想有人送她鬱金香，可惜一直沒人送，到了這世，便不存此種奢望了。連花都沒有，拿什麼送？再說了，就算有人送，那個人也該是自己心儀的人才會開心。

「娘子很喜歡嗎？等花開了，我再搬幾盆送給娘子，剪些插在花瓶裡也很好看的。」葉成紹見素顏眼睛亮亮的，很隨意地回頭牽了素顏的手道。

呃，他會送給她？素顏被葉成紹的話弄得有些臉紅，這廝其實也很貼心的嘛，心裡不免又有些暖，被他牽了手也沒有反感。兩人一路走著，路上的丫鬟婆子們看到世子爺和新奶奶感情如此甜蜜，一個個捂了嘴偷笑。

侯夫人住在松竹院，院子裡卻沒有松樹，而是栽滿了山茶，山茶也如梅花一樣，不畏寒，只是沒有梅開得早，不過，看鬱鬱蔥蔥的樹葉，便知正在孕育花朵，再過上個把月，這院子裡就會山茶爛漫了。

早有一個穿著講究的丫頭立在廊上等，見了葉成紹和素顏，那丫頭笑吟吟地迎了上來行禮。「奴才晚香給世子爺、大少奶奶行禮，侯爺和夫人正等著兩位主子。」

素顏見這丫頭長相只是中等，不過行止有度，話未說便先帶笑，看著讓人很是舒服，臘月天裡，站在廊上迎人，白淨的臉蛋凍得通紅，便有幾分愧意，忙讓身後的紫綢拿了個荷包給她。「讓姑娘在此迎接，著實不好意思，姑娘辛苦了。」

「奴婢應該的，大少奶奶快別叫奴婢姑娘了，可折煞了奴婢。」晚香高興地收了荷包，打了簾子。

葉成紹大步跨了進去，素顏小步跟在後頭。進得屋去，果然看到屋裡坐滿了人，正中坐著的一位年約四旬，長相硬朗中帶了幾分儒雅氣質的中年美男子，邊上，端坐著一位處處透著貴氣與精緻的中年美婦。

葉成紹帶著素顏上前見禮，一旁早就有人拿了蒲團放在地上，葉成紹上前給侯爺磕了個頭，站起身後，卻只是向侯夫人作了個揖，並未行大禮，懶洋洋退到一旁去了。

侯夫人臉色有些發白，嘴角抿了抿，看了侯爺一眼，侯爺卻是面帶微笑看著葉成紹，侯夫人眼中閃過一絲恚怒，抬眸掃了素顏一眼。

素顏覺得奇怪。葉成紹就算不是侯夫人親生，但名分上，侯夫人可是他的繼母，他如此做派卻是沒將侯夫人看在眼裡，對繼母著實不敬。不過，這禍水似乎移到自己這裡了呢……

她不禁加了幾分小心，先恭敬地給侯爺磕了個頭，一旁，侯夫人的丫頭端上早就沏好的茶，素顏端了給侯爺斟上，侯爺微笑著接了喝了一口，給了她一個大紅包，說了幾句勉勵的話，便讓她起來。

素顏謝過起身，又走到侯夫人面前，卻看到她跟前的蒲團已被人收了，不免詫異，轉了頭看了葉成紹一眼，卻見他眼裡有些鼓勵和安慰，但她心中仍有些惴惴。葉成紹可以不敬繼母，她可不能不敬婆婆啊，但看侯爺也一副很自然的樣子，心中才算安定，躬了身，正要給侯夫人行個晚輩禮。

面前突然一聲悶響，一陣灰塵迎面而來，她不由微嗆了下，強自鎮定地沒有去捂嘴鼻，定睛看時，原來方才那抱著蒲團站著的一個丫頭突然將蒲團扔在她面前，臉上卻是帶著謙卑的笑。「大少奶奶，奴婢給您備好蒲團，奶奶可以行禮了。」

素顏心中惱怒，面上卻不露半分，只是抬眸看了侯夫人一眼，只見侯夫人臉上帶著溫婉可親的笑容，笑吟吟地看著她，像是根本沒看到那丫頭所做之事一樣。素顏心中冷笑。果然是個厲害角色。

微提了裙，素顏面色如常地跪在蒲團之上，給侯夫人磕了個頭，一旁的丫鬟端了茶盤子來，遞給素顏，卻是將托盤傾斜，使得那杯裡的茶水微微溢出。素顏端著時，發現這杯茶竟沒有茶托子，感覺好不燙手。她強忍著灼燙，看了那丫頭一眼，只見那端茶的也是好不嬌俏，與晚香的打扮相同，怕也是侯夫人身邊得力的。

只見那丫鬟也是一臉的恭敬，只是眼裡帶著幾絲譏諷，很自然地收回托盤，立在侯夫人身邊。素顏淡然將茶杯舉起，杯緣上的茶水順著杯子流向手腕，再流進衣袖裡，很不舒服。

侯夫人卻沒有立刻去接，倒是含笑看著素顏道：「侯爺，怪不得紹兒就是跟人打破頭也要娶了兒媳回來，果然是個一等一的美人兒呢，就是妾身看著也好生喜歡。」

這話可是說素顏品性不端，拿她與那些花街柳巷的女子相提並論，試問大家閨秀哪裡會惹得男子為她大打出手？加之葉成紹又是花名在外，聽在人家耳朵裡便更是那麼回事。一時間，素顏幾乎可以聽到屋裡的輕嗤之聲此起彼落。

侯爺一聽這話，臉便沈了沈，星眸清冷地看向侯夫人，嘴角抿成一個嚴厲的弧形，但一屋子的人，他也不好太給侯夫人沒臉，只是冷哼一聲，臉色變得嚴厲起來。

見無人答她的話，便笑著接了素顏手上的茶，卻是手微微一抖，似是被燙著，素顏不禁就要縮回手。那種敬婆婆茶卻故意弄翻燙傷媳婦的戲碼她早已熟知，還是防備些的好。

誰知侯夫人只是抖了一下，還是穩穩端起茶來，只是茶水溢出得更多，那杯底下滴滴答答地不停滴著茶水。她皺了皺眉，嫌惡地端起茶，故意將杯子挪出老遠，傾了身子喝了一口，立即放在桌上，只怕也不敢久端，怕燙著手吧。

她這奇怪的樣子引得不少人來看，她卻若無其事地喝了茶，又笑著給了素顏一個大紅包，卻不及時叫起，正色地說道：「妳以後可是我寧伯侯府的世子夫人，侯府可比不得普通官宦人家，規矩禮儀都是重的，我雖知道妳素有賢名，就連皇后娘娘也對妳青睞有加，但妳進得我侯府，就要守我侯府的規矩，以前的那些習慣可就得改掉了。」

我以前有什麼習慣？這話說得沒頭沒腦，好像素顏以前在娘家時行止很不端正似的，這侯夫人怎麼句句打機鋒，尖刻得很？素顏心中惱火，面上卻是很柔順地應了一聲。「多謝婆婆教誨，兒媳謹記。」

只是站起來時，身子稍稍踉蹌了一下，像是因跪得太久有些站不太穩的樣子。哼，妳會下暗手，我不會裝柔弱？

果然早已忍得快要爆發的葉成紹幾步便上來扶住了素顏，對侯夫人冷聲說：「今天是兒子大喜的日子，母親就是要教訓兒媳也不在這第一天，兒子餓了，還要用早膳呢，這些個虛頭巴腦的禮還是能免則免吧！」

說著，就要拉著素顏走。侯夫人一聽，眼圈就紅了，哽著聲道：「紹兒，為娘不過是教教她罷了，你怎麼用這般語氣跟為娘說話？」

「我自來便是如此，母親應該早就習慣了才是。」葉成紹語氣又是吊兒郎當的，牽起素顏的手，感覺觸手濕涼，不由抬了她的手看，見袖子都是濕的，他臉色更為陰沈起來，橫眉便掃了那端茶的侍女一眼，那侍女嚇得微退了半步，垂了眼眸不敢看他。

素顏微窘著臉，故作驚慌地推開葉成紹的攙扶，直起背脊，垂首站到一邊去。當著眾人的面，與葉成紹太過親密，人家不會說葉成紹如何，只會說她太過孟浪無狀，她可不想送了話頭給人說。

「你……你如今也是成了親的人，可不興再如以前一般無形無狀，得好生過日子才是啊，咱們侯府將來可是要交到你手裡的，幾個弟妹還要靠你扶持，你再不上進，可怎麼對得起侯爺對你的隆寵？」侯夫人苦口婆心地對葉成紹道。

原來還是為了那世子之位。利之一字，放在哪裡都是把刀，只要牽扯到利益，就沒有不鬥爭的。素顏在心裡嘆了一口氣，看來嫁出來後，只是換了個戰場而已，這深宅大院裡的爭鬥從來就沒有消停過。

「娘，還是讓嫂嫂見見叔伯們吧，大傢伙兒都是一大早就起了，早些見完禮，也好回去喝碗熱粥。」侯夫人的親生女兒葉文嫻看侯爺聽了夫人的話臉色更加不豫，忙出來打圓場道。

「可不是？大喜的日子，娘應該給我備些好吃的才行。大嫂，我是二弟紹揚。」一個清俊文雅的少年走過來給素顏拱手行了一禮，臉上帶著清朗的笑容，一雙大眼溫和乾淨，眼中帶著友善的笑意。

素顏忙回了一禮。「見過二弟。」

侯夫人這才開始給素顏引見在座的親戚。寧伯侯有兄弟三個，寧伯侯在長，二叔葉志高如今也是朝廷命官，位居四品，乃工部左侍郎，三弟如今外放福州，並不在府裡。

二嬸是個爽利的中年美婦，也是見人三分笑，說話也大剌剌的，見素顏過來，親親熱熱牽了她的手，但觸到她濕濕的衣袖時，臉色微變，隨即像不知道一般，對素顏道：「這孩子真是長得俊呢，怪不得大嫂喜歡，我看著也喜歡，聽說女紅德容都是好的，什麼時候也讓我家文靜跟妳學學？」

素顏聽得心裡一咯噔。自己什麼時候女紅好了？她不由看了葉二嬸方氏一眼，見她眼裡笑意融融，臉色也是真誠得很，哪裡看得出半點刻意，不由皺了皺眉，白著臉，點了點頭，心裡打算著，到時就算葉文靜等人去問她女紅，她便將做那小吊飾什麼的法子教她們就是。

素顏正要走向下一個，方氏突然又唉呀一聲。「姪媳，妳的袖子怎麼全濕了？這是怎麼弄的，這天寒地凍的，穿個濕衣服好難受啊，會著涼的，快回去換了吧。」

素顏頗感意外地看著她。她應該早就發現自己的袖子是濕的，早不說，卻在此時嚷了起來？

一轉頭，看到自己正要見禮的人，一個三十多歲的婦人，個子小巧玲瓏，卻是一副很精幹的樣子。她正要與素顏說話時，二嬸子就嚷嚷了起來，使得她正要說的話又吞了回去，卻是一聲冷笑，很自來熟地去探素顏的袖子。「真的呢，怎麼會是濕的，是身邊的奴才侍候不周吧……」話說到一半，眼珠子一轉，又拿起手來打自己的嘴。「唉呀，妳看三嬸這話說的，姪媳可是出自書香門第，家風定是嚴謹的，身邊的下人做事也定是妥當周到的，妳這袖子不會是方才敬茶時弄濕的吧？怕是燙著了呢。」

說著，這自稱三嬸的婦人拿起素顏的手一根根細看，邊看邊嘖嘖讚嘆。「莫說，姪媳這雙小手長得可真好看，又柔又軟，嬸娘的手與妳的放在一起，粗皮粗骨的像雞爪子似的。」

素顏聽了就想笑。這三嬸子還真是個妙人兒，她其實長得很漂亮，只是兩隻手肉肉的，手背還有幾個小窩兒，很可愛，只是不太符合當今社會對美手的評定而已。

「唉呀，真是燙的，二嫂，妳看，都起泡、紅了呢，可憐見的，哪個天殺的丫頭這麼不會辦事，沏這麼滾的茶，是想燙著妳，還是想燙著大嫂啊？」三嬸子尖叫著，滿屋子聽了都看了過來。

第三十七章

侯夫人原是坐在自己的位子上看戲的，只是指著人讓素顏認親，這會子聽到三嬸子的話，臉上就有些掛不住，大聲道：「大喜的日子，妳們嚷嚷什麼，別嚇著新媳婦了。文嫻啊，還不引妳嫂嫂去給叔祖母見禮？」

三嬸子聽了好不高興，大聲道：「大嫂，弟媳我可不是亂嚷嚷啊，妳看看，姪媳的手真的起泡了。不是我說，如今的下人們越發沒規矩了，主子們給幾分臉面，就不知道天高地厚、大膽妄為，姪媳可是來第一天呢，手就被燙了。可憐的孩子，妳當時怎麼也沒吱一聲？我看妳眼圈都是紅的，是怕第一天進門得罪了公婆吧？妳放心，咱們侯府可不是那古板人家，侯爺最是仁義公道，妳受了苦就該說出來，不然老實了就會被再欺負呢。」說著，邊拿手捅素顏的腰，眨著眼睛想讓素顏哭。

素顏確實很生氣，那端茶的丫頭分明就是得了侯夫人的命令，才敢如此做的，她原本想著忍了今天，日後找機會再治治那丫頭，沒想到這二嬸子、三嬸子兩人合唱了一齣戲，硬將這事捅了出來。

看樣子，妯娌間關係也不是很融洽，而且這兩個嬸娘分明就是在借題發揮，想整治侯夫人。

她既不想被人當槍使，也不想太過軟弱讓人總欺負，也沒哭，只是苦著臉無奈地站著，小聲道：「無事的，一點小傷，也不是很疼，謝嬸娘關心了。」

這話雖沒直說，但也是側面承認她的手是被侯夫人的丫頭燙著了。

果然侯爺氣得大喝一聲道：「真是反了天了！方才誰給大少奶奶送的茶？」

那端茶的丫頭嚇得立即出來跪在了地上。「是奴婢，奴婢沒有燙著大少奶奶，奴婢這茶是早就沏好的，侯爺您喝了一口的啊。」

這丫頭可真狡猾，人的口喝慣了熱茶，一般比手上的皮膚要耐熱很多，而且，小口地喝，一喝即吞，自然不被燙到，但手端茶碗就不一樣了，侯夫人的那杯茶泡得太滿，又被這丫頭故意溢出了一些，素顏端上手時，侯夫人又遲遲不肯接，她便只能硬端著，時間長了自然就燙起泡了。

男人們哪裡知道其中的彎彎繞繞，侯爺只當侯夫人的那杯茶比自己敬得還晚一些，自己的那杯雖說燙了點，還是能喝的，也不至於就能將人燙傷了，臉色稍緩了些，看素顏的眼神不如先前的親切了。這個媳婦也太嬌貴了些，不過是敬杯茶，就鬧出這麼多事，在娘家怕也是沒做過什麼家事的吧？

葉成紹卻是坐不住了。他聽說素顏的手起了泡，氣得二話不說，衝過去對著那端茶的丫頭就是一腳踹了過去，罵道：「妳當爺是死的嗎？敢在爺的眼皮子底下耍心眼，妳是皮癢了吧?!」

侯夫人見了大怒，拿了帕子捂著眼就哭了起來。「侯爺，晚玉可是妾身陪嫁過來的人，紹兒他這樣也太不將妾身看在眼裡了，人說打狗還看主人呢，當著妾身的面就打我的人，那還了得？」

侯爺也覺得葉成紹太過分了，冷聲喝道：「紹兒，還不給你母親道歉！」

葉成紹頭一昂，抬了下巴對侯爺道：「父親，這丫頭賊滑，她著實燙了您兒媳的手了，不然您讓兒子試給您看。」

說著，一揚手，大聲道：「再沏杯茶來，要滿滿的一杯。」

不多時，小丫頭沏了一杯茶來，葉成紹對地上的晚玉道：「起來，端著這杯茶，妳給爺好生端一會子，爺倒要看看，妳能經得起燙不。」

晚玉低了頭跪著，卻是不敢去接那托盤裡的茶。葉成紹冷笑一聲，伸了手，將那托盤碰了碰，茶杯裡的水果然溢出，不耐煩地對晚玉道：「不是不燙嗎？爺讓妳端杯茶都不肯了？還是妳不敢？」

晚玉仍是垂著眸子，卻是倔強地回道：「奴婢若是端了，世子爺可得跟夫人道歉。」

葉成紹氣得冷笑。「好。」

素顏一聽，葉成紹怕是要吃虧。那丫頭話裡有陷阱呢，她只說端，只要她能忍受得住，一杯熱茶有什麼不能端的，頂多就是燙個泡罷了。

她心裡著實不想讓葉成紹在侯夫人面前低頭，不禁關心地看了過去，身邊的二嬸娘卻是扯了她的衣袖一下，大聲道：「啊，紹兒那手裡的茶可是滿出來了，原來姪媳婦的衣袖真的是茶水浸濕的啊，真可惜這一身彩繡衣服了，得花好多工夫才繡成的吧，姪媳以後一定不能藏私，得好好教教我那不成器的姑娘。」

她這話前頭在幫著素顏，後面卻是轉了題，一下子又繞到繡功女紅上頭去了，看著在幫素顏，卻又像是在打圓場，事情是她捅出來的，又是她在息禍。

素顏也不想如她的意，只是隨意地應了她一下，根本不順著話往下說，直盯著晚玉。

那晚玉見葉成紹答得順，便真的伸出細嫩的手來接了那杯茶，一觸手，便被熱茶燙了一下，臉色微白，卻是忍著，抬了眸對葉成紹道：「世子爺，奴婢可是端了這杯子的。」

葉成紹歪著身子斜站著，雙手抱胸，一腳伸直了按拍子抖著，十足一個浪蕩子樣。「急什麼？多端會子，妳家大少奶奶可是端了好久，妳家夫人才接了的呢。」

晚玉那端茶的手果然有點發抖了起來，明眼人都看得出，她確實被燙了，可這丫頭也是個狠的，竟是一咬牙，將茶端穩了，眼睛直視前方，挺直了腰跪著。

侯夫人見了對一旁的晚香道：「去，把那茶端給侯爺喝，看是不是就能燙著誰了。想來咱們寧伯侯府是武將出身，比不得那些文人家裡的金貴。」

晚香也看得出晚玉在受罪，忙上前去就要將茶接過來，葉成紹卻是親手將那茶端起，恭敬地遞給侯夫人。「母親，您自個兒喝，若是不燙，那便一乾二淨如何？」

這話也太過分了，這茶沏了出來，小口喝自是不燙的，但要一乾二淨，口裡都要脫皮去。侯夫人氣得臉都白了，卻是伸手接過了茶，對侯爺道：「侯爺，妾身口不渴，要不，這茶您喝？」

侯爺早就不耐煩了，他也看出了葉成紹的意思，如今既不想抹了侯夫人的面子當眾斥責她，又不想讓葉成紹受屈，只是恨這兩母子，為什麼就不能和睦一些，新媳婦剛進門就鬧這一齣，傳出去還真是笑話。

「不喝了，擺飯吧，媳婦既是手傷了，這兩天就不要來請安，在屋裡好生歇著。」侯爺算是想息事寧人了，和稀泥。

素顏也知道要見好就收，笑著拉了文嫻的手道：「不是還有幾個長輩沒引見的嗎？妹妹快幫幫我，別哪天在府裡頭遇到了，不知道是親戚，失禮就不好了。」

文嫻自是巴不得不要鬧了，笑嘻嘻地拉了素顏往四叔祖母走去。四叔祖母是個孤寡老人，膝下只有個女兒遠嫁了，因沒有兒子，就由族裡養著，但寧伯侯小時候得過一場病，那病來勢洶洶，又風聞說有傳染，府裡上下都不敢近身，老侯夫人又懷有身孕，不能照顧他，後來病得厲害了，差一點就要送走，任其自生自滅，那時就是四叔祖母天天服侍著他，並強將他留在府裡，最後竟是讓侯爺逃過一劫，後來，侯爺感念四叔祖母恩情，便接到自己府裡當母親一樣供養著。

方才按說素顏應該先給四叔祖母見禮才對，但侯夫人卻先指了二嬸子給她認，再是三嬸子，按親疏來說，這倒也算不得錯，畢竟四叔祖母是隔了房的，但按長輩來說就是不對了。

素顏面對四叔祖母時，臉上就帶了絲愧意，恭敬地行了個大禮。

那四叔祖母其實也就是五十多歲的樣子，並不老，慈眉善目的，見素顏過來行禮，大大方方受了，親自扶她起來道：「真是好孩子，以後可要多勸著點紹哥兒，別讓他胡來了，你們小倆口過得好，侯爺和夫人才是最樂意的。」說著，自手上脫下一個玉手鐲往素顏手上戴。

到底是府裡的長輩，說的話就是不一樣，也暗點了侯夫人一下，做長輩的應該是看到兒女幸福喜樂才是最高興的事，何必為了些瑣事斤斤計較。

侯爺聽了也道：「四嬸子說得是，姪兒最高興的便是看著府裡上下和睦，兒女們爭氣，您是家裡的老人，人說家有一老，如有一寶，您以後可要多教著點孩子們。」

四叔祖母笑著應了，侯夫人卻是偷偷扯了扯嘴皮子，瞪了還在地上的晚玉一眼。

晚玉起了身，卻是對葉成紹一躬身，行了一禮道：「爺，奴婢可是端過茶了。」

葉成紹聽得惱火。這丫頭膽子還真大，竟然較上勁了，他下巴一揚。「如何？」

「請爺給夫人道歉！」晚玉不緊不慢地說道。

葉成紹氣得臉一白，一伸手就去捉那晚玉的手腕，他是想將她手上燙的泡給眾人看，誰知那晚玉身子一軟，竟是就勢往葉成紹懷裡一倒，那神情倒像是葉成紹在當眾調戲她似的。

葉成紹沒想到她會來這一齣，身上像沾了瘟疫一樣，一下子就彈開，將晚玉扔在了地上。

晚玉俏眼含淚、盈睫欲滴，侯夫人氣得指著葉成紹的手就在抖。「反了、反了，當著我的面就調戲我的丫頭，你平日在外頭鬧鬧也就罷了，竟然連著我的人也沾手，你媳婦還在場呢，你這是打我的臉，不也打了她的臉嗎？」

素顏將整個事情看在眼裡，她不露聲色地看向侯爺。聽說侯爺是以軍功上位的，因著曾經對今上有著從龍之功，所以很是得了今上的寵信，一個能統領千軍萬馬的人，難道一個家也整治不好？

侯爺卻也正好看過來，幽深的眸子與葉成紹的很是相似，眼裡帶著一絲探究和審視。

素顏心中一凜。侯爺那神情竟像是在試探她，是看她符不符合做葉家媳婦嗎？

「相公！」素顏聲音清脆，卻是帶著絲哀怨，眼睛含著淚水向葉成紹走去。

葉成紹心一緊。他不怕侯夫人如何，再鬧他都是渾著過，但讓素顏誤會那就慘了。他小心地回頭看著素顏，漆黑眸子裡帶著絲委屈和急切，像是想解釋，又不知道從何說起。

「相公，妾身知道你是為了妾身好，可是你真的誤會了，妾身的手是早上在屋裡時不小心燙了的，二嬸子和三嬸子只顧著心疼我，妾身已無礙，晚玉的手你就不用看了，只不過一杯茶，斷不會燙出什麼傷來。」素顏走近葉成紹，抬了眼專注地看著他，清亮的眸子裡泛著柔柔的、略帶隱忍的光。

葉成紹心中酸酸的。素顏是為了他而委曲求全呢，可是，這不是他想要的，既是娶了她，就要她活得自在恣意，藍家的那些破事，不能再讓她在葉家受了。

「娘子，妳莫怕，有我呢，這賊人栽贓，就她這樣子，爺沒眼睛看，誰想調戲她來著？哼，今兒不給她點顏色，她以後不會拿妳當正經主子瞧。」葉成紹拿了帕子，當著一眾家人的面就去給素顏拭淚，對晚玉卻是不依不饒，看樣子，他也想在今天為素顏立威。

「妾身自是相信相公的，不過，晚玉姑娘方才怕是崴了腳，才不小心摔了，相公及時扶住她就好了，卻又怕妾身見了誤會，又鬆了手，害得晚玉姑娘又摔了。」素顏對著葉成紹展顏一笑，藏在廣袖的手暗中捏了葉成紹的腰一把，眨巴著眼睛說道。

葉成紹見素顏笑了，長吁了一口氣，又被她捏了一下，明白她是想息事，便順著她的意思點了頭，卻是狠狠瞪了晚玉一眼。

素顏笑著彎腰去扶晚玉，手中暗藏一根銀針，暗勁一施，刺向晚玉的腰間。晚玉感覺身子一麻，半邊筋肉都僵了，竟是站不起來，她驚恐地瞪大眼睛看著素顏。

素顏笑靨如花，很溫柔認真地去扶晚玉。晚玉眼裡的淚終於流了下來，她心知自己是著了大少奶奶的道了，但她如今說出去，怕是誰也不會相信這嬌嬌弱弱的大少奶奶竟會用針扎人吧……

屋裡的人看到的，便是素顏不計前嫌，以大少奶奶之尊去扶侯夫人的丫頭，而侯夫人的丫頭卻裝死不肯起來，還在哭鬧。

侯夫人看晚玉神情很痛苦，覺得奇怪，衝口說道：「晚玉，妳是不是傷著筋骨了？」言下之意是葉成紹閃的那一下傷了晚玉。

可是誰都看到，葉成紹只是自己閃開，並沒有推碰晚玉，晚玉賴著不起來，著實可惡。這深宅大院裡頭，削尖了頭想往爺們床上爬的丫頭們多了去了，誰沒看到過幾起？

三嬸子最是個愛鬧的，一見之下陰陽怪氣地笑了起來。「喲，晚玉這丫頭不會是連碰都不能碰吧？可真真是嬌貴呢，也莫說，大嫂身邊的人，就是與眾不同一些。」

是罵侯夫人身邊的丫頭想往上爬吧！侯夫人氣得直拿眼瞪她，三嬸子也不氣，幫著素顏去扶晚玉。這可就是兩個主子來扶了，再不起來，那就太拿喬了。

晚玉急得滿頭大汗，身上並不痛，卻是麻僵麻僵的，半邊動不了，可她又著實沒受傷，就是起不來，真真啞巴吃黃連，有苦說不出。

素顏又柔聲勸道：「晚玉，若是爺方才真做了什麼對不住妳的，我替爺道歉，爺就那脾氣，妳不要與他計較啊，快起來服侍夫人，幫著擺飯去吧。」

聲音溫和體貼，屋裡的人，就是葉文嫻也覺得看不過去了，過來對晚玉道：「我嫂嫂對妳可真不錯了，妳這丫頭，裡子面子都有了，怎地還不起來？」

那邊侯爺終於不耐了，大聲對侯夫人道：「妳調教出的好人，還不著人拉出去賣了？這等不知天高地厚、心性不純，上杆子想往上爬的人，留著做什麼，沒得污了侯府的名聲！」

侯夫人也氣這晚玉做得太過，不會順坡下驢，但晚玉向來對她忠心耿耿，身邊的人多，但真能做得如晚玉一般如此忠心的卻是少之又少了，叫她如何捨得？可是侯爺發了話，就算不捨又如何？

晚玉一聽侯爺的話，眼淚噴灑而出，幽怨地看向侯夫人，侯夫人心中又氣又急，只得看向素顏，素顏見了忙鬆了晚玉，走到侯爺身邊福了一禮道：「父親，晚玉是母親身邊得力的，盡心盡力服侍了母親多年，今兒也是糊塗了初犯，若是賣了，怕是連條小命也難保住，不如從輕些，只打二十板子，讓她得個教訓，她下次定然是不敢的了。」

侯爺聽了抬眼，意味深長地看著素顏，看得素顏心裡直發毛，也不知道先前自己那一下被侯爺看出來沒，她手上有個特製的鐲子，是上回出門子時做的，裡面就藏著很短的銀針。她本是用在自衛上的，沒想到第一次開張，倒是用在害人上頭了。

不過，她實在是氣這晚玉，先前拿茶燙她就罷了，竟還當著自己的面妄想葉成紹，雖然她早就知道葉成紹有不少小妾，但那是她來之前有的，如今她既然來了，就由不得那些鶯鶯燕燕的隨便往自己那院子裡擠。她的男人，就算自己不喜歡，那也得由她說了算，不是誰想要就能要的。

這種事情必須殺一儆百，以絕後患。

「晚玉，還不叩謝大少奶奶？大少奶奶若不為妳求情，老爺我今天就將妳打發了出去。」侯爺等素顏頭上都冒出細汗之後，才大聲說道。

晚玉聽得不賣她了，也著實鬆了一口氣，但還要被打二十板子，且別人不知道，她自己還是知道的，大少奶奶一定在她身上動了手腳，不然也不會起不來了。

她怨恨地看著素顏，趴在地上給素顏磕了個頭，素顏忙跑過去扶住她道：「使不得、使不得，妳以後只要好生孝敬母親，就是對我最大的謝禮了。」

侯夫人聽得嘴角扯了扯，臉上露出一絲乾笑。她早上可是一點便宜也沒占著，方才還差一點損兵折將，但面上的功夫還是要做的。她雖無賢名，但畢竟占著侯夫人的名頭，掌管著全府，總不能讓全府都認為她是個糊塗鬧事的，她是有脾氣，但火爆脾氣也只能適時發一發，不能做得太過的。

「兒媳果然是賢達之人，來，早上起來得早，咱們都去用點飯吧。」

素顏聽了，忙親親熱熱地扶著侯夫人的手，一起往飯廳裡走。

葉成紹在一旁仔細地瞧了素顏兩眼，見她眼角眉梢都是笑意，並無半點恚怒之色，這才放了心，卻是走到四叔祖母面前，扶了四叔祖母往飯廳裡去。

四叔祖母笑咪咪地看著葉成紹，小聲地在他耳邊道：「紹哥兒，你這媳婦可不簡單啊。」

葉成紹眼睛彎成了月牙，難得謙虛道：「叔祖母喜歡就好。」

「喜歡、喜歡，怎麼不喜歡？只是叔祖母老了，一個人寂寞得很，沒事的時候，讓你媳婦來陪陪叔祖母。」四叔祖母笑著拍了拍葉成紹的手，笑呵呵地說道。

第三十八章

用過飯，葉成紹帶著素顏回了苑蘭院。陳嬤嬤在屋裡翹首盼望，見素顏神色如常地回來了，才露出笑容，素顏一進門，便親自幫她解披風，笑著問道：「今兒得了不少紅包吧？」

素顏有些疲憊地把頭擱在陳嬤嬤頸窩裡。「嬤嬤也成了財迷喔，一會子您都幫我收起來吧，有的以後還是要送出去的。」

陳嬤嬤笑著將衣服解下，不贊成道：「就算要回禮，那也不能將長輩賜的再送出去，得另外備，大少奶奶如今糊塗了。」

素顏不過說笑罷了，只是說要送還那些東西的相等價值。

葉成紹在後面進來，因著茯苓跟在後頭，素顏也沒上前去，茯苓果然就去幫葉成紹解風衣，葉成紹卻是手一隔，擋住了，抬眼看素顏自己還沒脫下，便自己動了手。

茯苓臉一白，手足無措地退到了一邊，眼圈紅紅的，不時又抬了眼睃葉成紹，柔聲道：「爺，這些事情還是奴婢來做吧，您可是世子爺啊，哪能做這些粗活？」

給自己脫衣服就是粗活嗎？素顏聽了不由得冷笑，淡淡看了葉成紹一眼，葉成紹正好也看過來，討好地對她一笑，竟是走過來道：「娘子要不要我幫妳？看，妳的頭髮都鬆了。」

「不用，相公，妾身這就好了，這就來服侍你更衣。」素顏笑得無比燦爛，眼神卻淨是威脅。

「啊，不用、不用，我自個兒就行。」葉成紹只覺被她看得頭上冒汗，很狗腿地說道。

「自個兒就行？」素顏走近他，笑咪咪地問道。

「自個兒就行，不過是自己脫衣穿衣，我又不是沒手沒腳，當然能行。」葉成紹像個聽訓的學生，正經八百地回道，一瞧素顏的笑容好不燦爛，心一緊，又討好地說道：「娘子也把妳相公我看得太沒用了些，難不成，妳相公我離了服侍的人，就活不成了嗎？」

這一回，不只是茯苓，就連芍藥的臉也白了。茯苓疑惑地看著素顏，不知道自己做錯了什麼，世子爺可是個說得出就做得出的，恐怕被他趕出去了還弄不清緣由。

茯苓如是一想，撲通一聲跪到素顏面前來。「求大少奶奶饒了奴婢，奴婢若是做錯什麼，大少奶奶儘管責罰，只是不要趕了奴婢走。奴婢在爺跟前服侍好些年了，這一出去……」後面的沒接著說，似是太過傷心，哽著聲沒說得出來。

素顏冷笑地看著茯苓。這丫頭還真是聽玄音而知雅意啊。她看了葉成紹一眼，只見他懶懶地正解了披風搭在手上，轉身進了裡屋，眼睛看也沒看茯苓一眼，素顏便心知他是讓自己來立威，他的人由她處置，他不插手的意思。

心下一定，便笑著對茯苓道：「妳這丫頭，無緣無故怎麼突然就哭了起來？我方才說什麼了？」又掃了一眼屋裡的紫晴、紫綢、芍藥幾個，問道：「我方才可有說她做錯事了？可有要罰她來著？」

紫晴冷笑地看著茯苓，不冷不熱地說道：「興許茯苓姊姊比奴婢幾個都要聰慧一些，奶奶您什麼也沒說，就猜著奶奶的意思了，莫不是真做了什麼不應該做的事，心裡害怕了吧？」

紫晴向來是個嘴利的，又最會接著素顏的話順坡下驢，這話說得茯苓更是怕了，眼淚汪汪說道：「沒有，奴婢妄猜大少奶奶的心意，奴婢是想……」是什麼，她又著實說不出個什麼來，難道要說，世子爺沒讓她近身服侍就是大少奶奶的過錯了？她是什麼身分？憑什麼世子爺非要她近身服侍？

「是什麼？我可是才進門，今兒還是新婚的第一天呢，妳就在我跟前哭哭啼啼的，好像我是個量小的人，容不得妳們這些個服侍過爺的老人似的，這傳出去，還不得說我新婦難以容人？」素顏的聲音變得嚴厲了起來。這小院子以後可是她要生活的地方，她可容不得身邊的人心存二意。

茯苓聽得更是害怕了，納頭就對著素顏拜了起來，額頭磕得咚咚作響，素顏見了更是氣，對紫綢掃了一眼，紫綢立即上前拉住茯苓，勸道：「姊姊這是做什麼？知道的，是妳自己在這兒鬧，無緣無故地哭，不知道的，還以為大少奶奶在欺負妳，快別這樣了。」

茯苓抬起頭，楚楚可憐看著素顏，額頭磕得又紅又腫。素顏嘆了口氣，裝傻充愣地問她。「好了，妳也別哭了，說說吧，妳這莫名其妙地求的是什麼？或者說，妳究竟要做什麼？」

茯苓聽得睜大眼，不可思議地看著素顏，轉頭一想，又好像是自己想太多了，大少奶奶著實什麼也沒說。她又轉過頭看了芍藥一眼，卻見芍藥眼睛盯著自己的腳尖，臉上沒有半點表情，她突然就明白自己是真的傻了，沒事當什麼出頭鳥，同樣在爺身邊服侍的，芍藥不也一樣近不了他的身了嗎？

「大少奶奶，奴婢錯了，奴婢以為……以為大少奶奶要將奴婢趕出去。」茯苓抽抽噎噎地將心裡的話說了出來。

素顏正色地說道：「我可從沒說過這樣的話，我也聽說了，妳們是打小就服侍世子爺的，怎麼說也有些情分在，但我有我的規矩，爺身邊的事情，以後就由我自個兒來。我是爺的妻，服侍爺是天經地義的事情，由不得旁人置喙。」

這話一大早就講過一遍，芍藥是聽進去的，所以沒有近葉成紹的身，但茯苓沒聽進去，那就怪不得人了。

茯苓聽得臉色煞白，垂了首默默掉淚。

素顏又道：「既然妳不肯聽從我的話，我還沒怎麼說妳，妳倒就先鬧起來了，看來，我這個大少奶奶人微言輕，養不起妳這尊大神，這屋裡也留不得妳了。」

茯苓聽到這裡，淚水便如掉線的珠子般往下掉，一口氣沒有上來，白眼一翻，竟是暈了過去。

暈得還真是時候。素顏揮了揮手，對陳嬤嬤道：「使兩個人來將她抬出去，將養兩天後，送莊子裡去吧。在莊子裡也莫讓她做粗活，就當是養她就成了。」

陳嬤嬤欣慰地笑了笑，使了人來將茯苓抬了出去。

素顏轉過頭，看了芍藥一眼，見她低眉順眼地站著，什麼也沒說，心下還算滿意。她並非想要針對葉成紹屋裡的老人，她只是想將那些心思不純的清走而已，只要人有自知之明，知道自己的身分，知道自己該做什麼、不該做什麼，本本分分的，她是不會為難她們的。

茯苓走了，屋裡的事情得再分派一下，素顏便對屋裡的三個大丫鬟道：「妳們三個是我屋裡的三個頭等的，自然也是我和世子爺身邊得力的，我屋裡的事情，也自然是要妳們幾個幫著打理的。如今茯苓走了，妳們三個的差事就再分派一下。」

紫晴、紫綢兩個自是不用擔心什麼，她們也是服侍素顏多年的了，又是陪嫁過來的，素顏不信她們，能信誰？

芍藥聽了卻是眼睛一亮，伶伶俐俐地走到素顏面前道：「奴婢聽從大少奶奶的，大少奶奶讓奴婢做什麼，奴婢就做什麼。」

素顏聽得笑了。跟聰明人說話就是輕鬆啊，芍藥這丫頭很會看臉色，也很能看得清自己的位置，這樣的人只要調教得好，還是能堪大用的，只是要看如何收了她的心歸於己用。

「這話聽著實在。妳呀，還是做妳以前的差事，妳管世子爺的穿，世子爺的衣服漿洗、收拾那就全靠妳了，不過，這院裡的小丫頭，紫綢和紫晴都不太熟，妳先辛苦幫忙管著，等過陣子添了人再重新分派。」素顏笑著對芍藥道。

芍藥一聽還要她管著院裡的小丫頭，眼睛便亮了起來，嘴角微微上揚，唇邊若隱若現一個好看的小梨渦，應聲退下去了。

陳嬤嬤看著主子皺眉。這芍藥長得也太討喜了呢，唇紅齒白不說，就是性子也乖巧，不惹人嫌，這樣反倒是最危險的，心裡就暗下了決心，一定要幫大少奶奶防著些。

素顏又對紫晴和紫綢道：「妳們兩個是我最信任的，把妳們從藍府帶過來，我身邊的事便大多都要倚重妳們，所以，妳們可別讓我失望才是。」

紫綢和紫晴兩個都正色應了，兩人心中皆喜，苑蘭院裡的人可比素顏在藍家那個院子裡的人多多了，她們兩個能成為大少奶奶的心腹，不知道有多少丫頭們豔羨著呢。誰不喜歡風光體面，自己地位高，人家就巴結，若沒地位，別人就想方設法地踩低。

分派好了院裡的事情，素顏便進了屋，陳嬤嬤很見機地也跟了進來，素顏就想起葉成紹的小老婆們。今兒早上還並沒有看到他的半個小妾上門，也不知道他將她們都安置在哪裡了，一會子那些個人會不會來給她這個主母請安什麼的？

一想到這個世界裡，小三、小四可以名正言順地跟妻子見面，見了面還得客客氣氣的，心裡就覺得噁心，正胡思亂想著，就見陳嬤嬤在一旁微微嘆氣。素顏愕然地看向陳嬤嬤，陳嬤嬤撫著素顏的背，聲音有些哽咽。「這做女人啊，性子不要太剛強了。女人嫁了後，最重要的就是要得了男人的心，如今還在新婚上，您要多溫柔體貼一些，要讓他永遠都記著您的好，忘都忘不了，有了男人的支持，您在府裡才能站住腳啊！」

素顏知道陳嬤嬤這是真心對自己好，眼圈也紅了，可她的心思和想法又怎麼能跟陳嬤嬤說？不是她不想對葉成紹好，只是她心裡還沒有接受他。他們倆的狀況，跟前世的相親結婚很像，從前，她根本就是拿他當跳板，踏著他出藍府，再和離過自己的日子，現在，她至少在心裡肯當他是戀愛的對象，努力去了解他、接受他。可是，一想到他那一園子的女人，心裡就怎麼都覺得堵得慌，就是偶爾也會被他打動，但那一丁點的動心也會被他的那些女人消磨殆盡。

陳嬤嬤見素顏垂了頭，不作聲，便嘆了口氣，柔聲道：「好姑娘，不要太倔了。女人啊嫁夫從夫，您是鬥不過的，只要爺的心思在您身上，就不要太糾結了，更不能太強求。如今像世子爺這樣的世家子弟，誰沒幾個通房小妾的？家家都一樣，您要是太強求，人家不會說爺們怎麼的，只會說您量小善妒、容不得人。」

素顏聽得心中更是亂，她的心思埋得應該很深吧，可沒想到，還是被陳嬤嬤給看出來了。她強笑了笑，打馬虎眼。「嬤嬤說什麼呢，我對爺不是……挺好的嗎？」說著，還羞澀地垂了頭。

陳嬤嬤看著就嘆氣，附在她耳邊道：「少奶奶騙得了別人，可騙不過奴婢，您如今還是完璧吧？」

素顏聽得震驚，不可思議地看著陳嬤嬤。陳嬤嬤拍了拍她的肩，又嘆了口氣道：「少奶奶是奴婢奶大的，少奶奶的一舉一動奴婢都是再熟悉不過的了，而且，這種事情，厲害些的燕喜婆婆可也是能看得出來的。」

素顏聽得頭都大了。既然如此，那夫人先頭派過來的白婆子不也可能看得出來？她正懷疑，陳嬷嬷又道：「爺不是夫人親生的。」

素顏立即就聽出了陳嬷嬷的意思。是說葉成紹不是侯夫人親生的，侯夫人怕是巴不得自己與葉成紹不同房吧，這樣永遠也不能生孩子，那她自己生的兒子才最有可能繼承府裡的財產……

陳嬷嬷見素顏明白了一些，又道：「後園子裡著實有三個姨娘，世子爺每人都給了她們一個小院子，只是奴婢聽說，世子爺雖是常去，但那幾個姨娘也是一個也沒有懷上的。而且，您和世子爺成親後，世子爺是下過令，不許她們往苑蘭院裡來。」

怪不得沒有看到，原來那廝在欲蓋彌彰，不來就能代表沒有嗎？素顏聽說他還常去，心裡一股無名火就騰地上來了，若是葉成紹在跟前，估計就要揪他的耳朵。

「他既是不讓她們到前頭來給我添堵，那我也就裝聾作啞，當不知道好了。」素顏有些咬牙切齒地說道，耳朵裡再也聽不進陳嬷嬷說什麼，起了身，便向裡屋去。

第三十九章

葉成紹先前抓了本書歪在床上看著，見素顏跟陳嬤嬤進了內堂，知道是有事要處理。剛進門的媳婦自然要先理家的，他這院子可不小，裡裡外外的事情也多，他以前是什麼也不管的，如今素顏進了門，好生清理清理也是好的。

這就是娶了妻的好處啊！如此一想，他的嘴角便不自覺翹了起來，心裡也甜甜的，歪在床上等素顏出來。

誰知等得久了，竟是睡著了。

素顏氣沖沖地走過來時，就看到這樣一幕——葉成紹歪倒在床上，神情靜謐安詳，劍眉舒展開來，眼瞼輕合，長長的睫毛輕顫，好看又可愛，平素痞賴無形的他睡顏如純真的孩子，半點防備也沒有。

她竟是被眼前的美景煞到，忘了自己方才是要來找他算帳的，鬼使神差地，她伸出一根手指，輕輕撥弄他長長的、顫動著的睫毛。第一次得手了，葉成紹只是輕蹙他那好看的眉，她像偷吃到仙桃的猴子，興奮地又撥弄另一隻眼睛，突然，手被捉住了，她嚇一跳，猛地縮手就想逃，就像個做壞事被抓到的孩子，驚慌地躲閃著，眼睛不敢看面前的人。

葉成紹眼睛黑亮亮的，眼裡淨是溫柔的笑意，還帶著一分驚喜，咧開嘴笑著，笑容燦爛如花。「娘子，我喜歡妳。」

他很自然輕鬆地說著，沒有半點猶豫，眼睛專注地注視著眼前想要逃走的人，想在她躲閃的眼眸中尋到一點證據，一絲讓他更為堅定的信心。

「我……有隻蚊子在你臉上飛……」素顏急切地想要解釋，心怦怦跳著，好慌好亂。他幹麼那樣看人家，又沒怎麼礙著他，什麼喜歡不喜歡，誰要他喜歡了？她不禁噘了嘴。

「蚊子嗎？娘子，我竟不知冬天也有蚊子的。」葉成紹眼裡的笑意更濃了。他的心也是怦怦跳著，好不容易發現了一點蛛絲馬跡，他怎麼能放過？只是自己好緊張，怕那一閃而過的情意只是自己錯覺，只是癡心妄想。

「你……那個，我把茯苓打發走了。」她趕緊轉移話題。這個話題再說下去，她想找個洞鑽進去了。他的眼睛幹麼那麼亮啊，看得她心慌意亂。

又想逃避。他深吸一口氣，長臂一攬，勾住她的纖腰，將她摟進懷裡，隨手就撲倒在床上，俊臉在她前方半尺遠的距離。「娘子，我喜歡妳。」

他柔聲再次說道，聲音像一片白絨絨的羽毛，在空氣中飄蕩沈浮，令人心中癢癢的，很舒服又動人心弦。

「誰讓你喜歡了？你喜歡是你的事，我不……」素顏窘得無地自容，身子扭動著想要脫離他的桎梏，可是話音未落，他的頭就俯了下來，一下堵住了她的唇。

他不想要聽下面的話，不想聽，他堅定地告訴自己，這個口是心非的丫頭，他不想讓她輕易破壞掉意外得來的好心情。

唇貼著唇，溫熱又柔軟，碰觸之間，兩人均感覺身子一震。葉成紹有過兩次經驗了，這一次，他沒有了急切，耐心、小心、珍惜地慢慢摩挲著，偶爾伸出舌頭在素顏的唇邊舔了舔，感受到她的身子又輕顫了一下，他像是受到了鼓勵，又試了下。

素顏被葉成紹壓在身上，剛掙扎了兩下，就感受到了他身體的變化，嚇得不敢亂動，剛想罵兩句，唇又被他堵上。他剛一貼著她，她渾身便一顫，心跳加速起來，等這廝輕輕一舔，她的腦子就嗡地一下亂了，小嘴情不自禁地張開，像是想要多呼吸些空氣似的。

葉成紹的長舌正自游離著不知道要如何繼續，感覺素顏突然微張了唇，他像個悶頭亂撞的孩子突然找到了家，舌頭長驅直入，闖過那一小排整齊的貝齒，觸到了她的丁香小舌，頓時像找到了美味佳餚一般，糾纏著，吮吸著，將她最美最甜的那一部分全都擷取，自己渾身的血液也跟著沸騰了起來，動作也激烈起來。

素顏心跳異常地快，感覺透不過氣來，無力地想要推開身上的人，卻又有些捨不得那種激烈的快樂，手便有些發軟。好在葉成紹總算放過了她的唇，轉移了戰場，一下咬住了她那可愛的小耳垂。

素顏微微吃痛，終於腦子裡有了一絲清明，手一揚，揪了他的耳朵就罵：「走開，你這混蛋……」

只是吐出來的聲音讓她自己聽著都臉紅，嬌嗔中帶著絲沙啞，聽得人耳熱面紅。

葉成紹的身體叫囂著，只想就此將素顏嵌入體內，哪裡肯就此放過她，修長而結實的身子笨拙地往她身體裡擠，原始的慾望支配著他的大腦，先前看過的書早忘得一乾二淨，他只想就此擁有她，讓她變成他的一部分，手自動就往下探，亂摸亂動了起來。

素顏又氣又慌。這傢伙就像是頭發情的猛獸，根本就不能碰，她一急，仰頭對著他的胸口就是一口咬了下去。

葉成紹吃痛，頭腦也清醒了些，素顏鬆了口，躺在他身上氣喘吁吁地罵：「走開，你這混蛋……再不走開，我永遠都不要理你了。」

這句話果然起了作用，葉成紹慢慢放開了她，依依不捨地翻了個身，自她身上下來，微羞地睃了素顏一眼，心裡開始忐忑起來。她不會又生氣了吧？

素顏這會兒倒是真沒生氣。好像是自己先惹了他的，她自己也很不自在，眼睛四處亂看，就是不好意思看葉成紹。

嘴裡卻道：「你……你經常與你的小妾這樣滾床單嗎？」

葉成紹沒聽得清，皺了眉，仰起頭看素顏。素顏自己也被這一句話嚇了一跳，她原不是想說這句話來的，自己這是怎麼了，胡說八道了起來？她原是想問他，他的那些小妾自己要不要見上一見……不對，為什麼要見？找罪受？算了，她自己也不知道是想說什麼了。

見葉成紹看過來，她窘得乾脆翻了個身，將臉埋到被子裡，來個眼不見為淨。

葉成紹笑咪咪地伸了手，輕輕碰了碰素顏。「娘子、娘子。」

素顏裝死不動。這廝怎麼這麼沒眼力，看自己這樣了還不出去，非要看自己怎麼出醜啊！

「娘子、娘子，會悶著的，啊，我忘了跟妳說，四叔祖母說請妳有空了過去陪陪她呢。」葉成紹忍著笑，輕輕將自己的嬌妻摟了過來，很隨意地轉了話題。

素顏果然沒有發火，紅著臉裝模作樣地道：「啊，是嗎？那明兒你帶我去吧。」

「她老人家一個人住一個院子，怪冷清的，過去陪她說說話吧。」葉成紹伸手理了理素顏散亂的頭髮，笑著說。

素顏自在多了，也跟著坐了起來，卻是想起自己先頭來時的初衷，半挑了眉，看著葉成紹，眼裡帶著審視。

葉成紹見了，莫名地低頭看了看自己的衣服，只見胸前一塊濡濕，便委屈地扯了扯那塊濕衣，故意在素顏面前翻開了衣服看，左胸處果然有一排小巧的牙印。這是她給他留下的記號呢，他強忍著內心那甜絲絲的感覺，隨意說道：「好像破皮了，要不要上點藥呢？」

素顏在他手扯著那塊濕衣時，就感覺很不自在了，這會子聽說破皮了，有點急了。真要破了皮，那會不會發炎？「當然要上藥了，得先清洗一下，你等下，我去打點水來。」一連串的話不經大腦就出來了，她著急就要下床，葉成紹卻是攬住她的腰，頭埋在她頸窩裡。

「娘子，妳關心我。」

「你不是我相公嗎？不關心你關心誰，我還要依靠你吃飯呢。」素顏被他說得一滯，惡聲惡氣地說道。

「無事，不用洗，就這樣吧，以後娘子不喜歡我時，我看著還有個念想。」葉成紹將衣服一合，邊說，眼睛眨巴眨巴地偷瞄素顏。

素顏聽了這話，心裡便有些異樣的感覺，好像有些酸酸的，轉過頭，狠瞪了葉成紹一眼。「起來了，一會子要是來了人，這個樣子怎麼見客？」

葉成紹燦然一笑，自床上跳了下來，自己將衣服整理了下。素顏看著他那衣服已經縐得不成樣子了，又進去給他重新拿了一身出來，難得地主動上前給他換衣。

葉成紹有點受寵若驚，伸了手，老實地站著任素顏施為，只是眼睛彎成了月牙兒，笑意融融。

「那幾個妾你打算就一直放在園子裡頭？」素顏邊給他扣著扣子，狀似隨意地問道。

葉成紹其實很怕素顏問這個問題，他著實還沒想好要如何處置那幾個人，那些人都是有來歷的，可不能亂來，可素顏就是個小老虎，那幾個人怕就是她的心結，只要她們一天還在寧伯侯府，她就不會接納他。

「讓她們待在園子裡好了，妳放心，我不會讓她們過來煩妳的。」葉成紹想了想說道。

素顏撇了撇嘴，不置可否。兩人剛收拾停當，就聽外頭紫晴道：「大少奶奶，夫人屋裡的晚香來了。」

素顏聽得詫異。這個時候過來做什麼？侯夫人又找自己有事？

她看了葉成紹一眼，葉成紹安慰地拍了拍她的肩道：「莫怕，有我呢。」

素顏白了他一眼。什麼都是有他，就是他弄了一群鶯鶯燕燕在後園子裡給她添堵。

葉成紹被瞪得莫名，也跟著出了裡屋。

陳嬤嬤早就坐在了正堂裡，見素顏和葉成紹出來，忙起了身道：「晚香姑娘的樣子看著像是很急，奴婢說爺和奶奶歇下了，讓她在穿堂裡等著。」

素顏聽了便在正堂裡坐好，葉成紹懶懶歪在了太師椅上，拿起了小几上的點心吃著。紫晴叫了晚香進來，晚香一進來，便向素顏跪了下來。「大少奶奶，求求您救救晚玉吧，她快不行了！」

素顏聽得莫名。晚玉不是挨了二十板子嗎？被打死了？

「妳先起來，有話好好說。」素顏眉頭皺了起來，讓紫晴去扶晚香起來。晚香是侯夫人身邊的大丫頭，怎麼說都要給她幾分體面的。

「大少奶奶，求您了，快去救救晚玉吧，我給您磕頭了。」晚香卻是不起，竟是要給素顏磕頭，紫晴強扶著也沒扶得住。

「她可是侯爺下的罰令，妳應該去求侯爺才是啊。晚香姑娘，妳這可是在為難我了，我一個才進門的新媳婦，可不敢違抗公公的意思。」素顏聲音便有些冷了起來。這晚香早上看著還是個懂事的，怎麼這會子如此糊塗？

晚香抬了頭，眼裡露出一絲怨恨來，哭著道：「大少奶奶，晚玉才被打了十板子，就口吐起鮮血來，她只說，要我求大少奶奶，說她知錯了，求大少奶奶放過她。」

素顏聽著有些莫名，打板子不過是皮肉傷，怎麼會打得吐血？是不是那下板子的人用力太過了些？

「妳可看清了，行刑的婆子只是打她……呃，平常打板子的部位嗎？」素顏皺了眉問道。

「那幾個婆子平素與奴婢幾個關係還算好，奴婢……奴婢也是使了銀子的，自然不會下重手，可是才打幾下，背後倒還沒出血，卻是吐了血起來，晚玉自己也嚇壞了，只說要請大少奶奶救她。」晚香淚水矇矓盯著素顏的眼睛，眼裡帶著一絲激憤。

怎麼可能？自己只是刺了她的麻筋，讓她不能亂動而已，不可能會傷及內臟的。素顏心中更是疑惑起來，看了葉成紹一眼，葉成紹對晚香道：「妳且回去，讓她們停了板子，一會子爺親自去看看。」

晚香得了葉成紹的話，才算是鬆了一口氣，起身走了。素顏心中不解，起了身也想去看看究竟。

葉成紹卻是手一攔，道：「娘子就在屋裡歇著吧，有些人怕是巴不得妳去呢。」

素顏聽得一怔，隨即有些明白他的意思，呆呆地看著他，張了張嘴，吶吶地又不知道說什麼好。

「無事的，有我呢。」葉成紹撫著素顏的手道，聲音輕柔如水，拿起自己的披風往身上一裹，就出了門。

素顏怔怔坐在椅子上，心中暗想，這府裡怕是藏龍臥虎啊，自己早上對晚玉的那一下，怕是不只是侯爺和葉成紹看出來了，肯定還有人看出來，正好利用上了。

葉成紹說得沒錯，自己這會子去，晚玉若是救好了，人家會證實是自己在她身上施了狠手，想要了她的命，被晚香求著才放過的。若是沒好，晚香會從此恨上自己，而自己與侯夫人的關係就會更進一步惡化，而那真下了手的人，自然是從中獲利的，可是，那會是誰呢？

第四十章

葉成紹走後，素顏坐在屋裡前思後想，也得不到結果。她對侯府還是一抹黑，看來，以後除了讓陳嬤嬤幾個出去打探外，紫晴、紫綢幾個也要派了出去，這個大宅院既是主子們的天下，也是奴才們的天下，一些現不得世的消息還真只能從奴才們口中打聽得出來。

葉成紹既然不是侯夫人的兒子，那侯夫人就該是繼室才對，那葉成紹的母親就是侯爺的嫡妻，她是怎麼死的？娘家又是個什麼地位、還有什麼人？這些都得弄清楚了，敵對方已然出現了，總要找幾個幫手吧？

素顏正坐著無聊，陳嬤嬤將顧余氏和王昆家的都帶來了。顧余氏還是一副乾淨清爽的樣子，進門行完禮後，就老實站在一旁等素顏問話，眼睛也只看著自己腳尖的地方。

王昆家的原也是個話少的人，進門後，給素顏行了禮，也是默不作聲地站著。素顏便先對顧余氏道：「聽說妳家那口子管過莊子，我那幾個陪嫁的莊子如今也正缺了人手，我想著過兩天，讓妳的男人來見見我，我分派個莊子給他，妳兒子和姑娘也可以同去。」

顧余氏先是眼睛一亮，繼而有些失望的樣子。素顏笑了笑又道：「我如今是問妳，妳可是願意跟著妳男人去莊頭？在那裡你們兩口子可以管著大莊子，只要每個月來給我報帳就行。這樣，你們一家夫妻兒女也就團聚著，相互照顧，生活也安定一些。」

陳嬤嬤在一邊聽著，這不像先前商量的意思，不由看了素顏一眼，心裡有些著急。大少奶奶不會把小廚房全部交到王昆家的手上吧？

她又轉過頭來瞄了王昆家的一眼，卻見王昆家的平靜得很，眼皮子垂著，看不出表情，面上也是恭謹的樣子，並沒有表現出高興或急切來。

顧余氏聽了素顏的話，抬了頭看了素顏一眼，又迅速地低了下去，嘴唇微咬著，像是思考著。素顏也沒有作聲，只是默默地看著她。

半晌，顧余氏抬了頭，眼睛堅定地看著素顏，似是下了決心似的。「大少奶奶，奴婢不想去莊上。」

素顏聽得眉頭微挑，聲音就有點冷，問道：「那是為何？這可是天大的好處，好多人求都求不來呢。」

說著，端了茶，拿著茶蓋輕撥著茶沫子，神情有些清冷。

顧余氏眼圈就有些紅了，她給素顏磕了頭。「不怕大少奶奶說奴婢心氣高，奴婢的長處並不在莊子上，雖說跟著男人到莊子上去，一家子團團圓圓地過著，奴婢自家是舒坦，可奴婢想在大少奶奶跟前服侍，奴婢除了會做幾個好菜，還會些藥膳，其他也沒什麼能拿得出手，到了莊子上也只能是個吃閒飯的，並幫不了多少忙，還要白費了工錢。而且，奴婢的閨女年紀也大了，奴婢想把她帶在身邊，在府裡辦些小差，府裡人多業大，我好給她找婆家，奴婢去莊子上不如留在府裡實在。」

素顏聽了這話倒是笑了。她喜歡顧余氏這實話實說的性子，她倒是將自己的長處和所求都明明白白地說出來了，也沒轉著心思繞著說，便笑道：「那妳不怕一家子骨肉分離了？」

顧余氏笑了，臉上露出安詳的神情。「不怕大少奶奶笑話，奴婢到了這把年紀，想得最多的就是兒女，只要他們過得好了，兩個老的怎麼著都好。」

這倒是一個好母親說的話，也並非就是貪戀城裡的繁華才不顧家庭想要留下的，素顏相信一個為了兒女肯犧牲的母親是不會壞到哪裡去的。

「那好吧，我且依了妳，妳以後就在廚房裡管我們院裡的吃食吧。」

又問起顧余氏的閨女有多大，兒子身子可爽利了，顧余氏一一答了，素顏見顧余氏的女兒有十二歲了，便讓她進了院子，在針線上做個三等的丫頭。

兒子病還沒好，也應下，等他病好了，便幫他在自己鋪子裡當個小夥計，先幹著，以後就看他自己的造化了。

顧余氏千恩萬謝地退下去了。

素顏與顧余氏對話，王昆家的始終低了頭站在一邊，臉上淡淡的，就是聽說素顏要將顧余氏留在廚房裡管院子裡的吃食，她也沒有表現出太大的意外。

這讓素顏有些詫異，弄不清她的心思，便問道：「王大嫂子，要說以前在娘家時，妳也是做慣了廚房上的差事的，只是……」故意拖長了聲音沒有往下說，一副很為難的樣子。

「大少奶奶，奴婢沒什麼想法，一切都聽大少奶奶的差遣。」王昆家的終於抬了頭，眼睛平靜地看著素顏。素顏看她似是真的沒有失望，更沒有不平之色，倒是更加疑惑了。

「妳家男人還閒在家裡吧？」素顏突然轉了話，隨意說道。

王昆家的果然眉頭皺了下，眼睛閃過一絲焦慮來，低了頭道：「奴婢那口子明白，大少奶奶這才過門來呢，一應的事千頭萬緒，還沒理清，等大少奶奶清閒些，自會想著咱們這些從藍府來的奴才們。」

是說自己怎麼也不會讓陪房的太難堪，會給些體面吧？

素顏笑了。原來，王昆家的不是不急，是更急她男人的差事，顧余氏的男人可是管著大莊子，莊頭在那莊子上可算得上最風光的，整個莊子裡的人都得聽他的，上頭雖有主子，可是天高皇帝遠，一年也難得去上兩回，每月裡只需來府裡報報帳，按收成繳交，一年裡頭的油水那肯定是不少的。而自家的男人，沒有管過莊子，門房和鋪子倒是待過，但也沒能做到大管事分上，高不成低不就的，很不好安排差事。一家子人，男人若是靠不上，那日子就不好過了，而且這裡是寧伯侯府，侯府原有的下人們哪裡看得起他們這些五品文官家出來的奴才？若是再不能在大少奶奶這裡得些體面，那些人會更加瞧不起她一家子了。

「妳且讓他先等著吧，差事自然是有的，不過他說得沒錯，我著實還沒理出頭緒來，等過陣子，我再給他安排個合適的。」素顏笑著說道。

王昆家的聽了心裡仍是忐忑。大少奶奶這個人她也算是見識的了，看著溫和、笑意融融的，但其實是個厲害的，雖不害人，但誰也別想在她手裡討得便宜去。

如今大少奶奶的話只說安排個合適的，沒說安排個好的，合適的會是什麼？她心裡還真不踏實。

「妳那閨女叫什麼？十四了吧，明年可要及笄了？」素顏又突然漫不經心地說道。

「回大少奶奶的話，確實十四了，如今也在屋裡待著呢。」王昆家的說到女兒，眼神很溫柔，還隱隱帶了一絲驕傲。

「那明天帶她來給我瞧瞧，看給她派個什麼差事，若真是個能幹乖巧的，就讓她在我屋裡待著。」素顏喝了口茶說道。

王昆家的眼睛終於亮了。她最大的心事便是這個閨女，她兩口子長得都不咋地，但卻生了個如花似玉的女兒，自是看成了寶，大少奶奶屋裡的陪嫁丫頭就有六個，她原也沒存那妄想能讓女兒進得屋去，沒想到大少奶奶自己倒是提出來了，這可真算得上是意外之喜。能在寧伯侯世子夫人屋裡做丫頭，走出去就是個體面，將來再求大少奶奶個恩典，嫁給小門小戶人家當奶奶也是有的。如此一想，她對素顏更是由衷感激起來。

「起來吧，這事還不一定呢。」素顏看她謝得真心，眼裡也帶了笑。「明兒起，妳就和顧余氏一起負責小廚房的事吧，她就做些精緻點心和藥膳，妳幫著做些下人們的吃食，各司其職。」

王昆家的被素顏這話給砸得有點暈。小廚房裡的事不是大少奶奶信得過的，是不會用上的，她原想著自己是老太太屋裡的人，大少奶奶就算用，也不會重用，更不會將如此重要的差事交給她，頂多就讓她管著灑掃之類的粗活，沒想到，大少奶奶還真的給了她這份信任……

「謝大少奶奶恩典，奴婢一定會用心辦差，絕不讓大少奶奶為廚房裡的事情操心，若出了岔子，大少奶奶儘管用板子打死奴婢。」這一回的頭磕得更響更虔誠了，聲音都有點哽咽。

素顏忙讓紫晴去扶她，笑道：「這是做什麼，給妳差事是讓妳好生辦的，可不是讓妳來磕頭的，快快起來，磕壞了，明兒我這屋裡頭吃食誰管啊？」

王昆家的聽得心裡暖暖的，跟著笑了起來。雖然這一次大少奶奶還沒有給她男人派事，但總算自己和女兒都有了著落，只要真心為大少奶奶辦好差，還怕沒機會給男人找個好差事？

王昆家的走後，葉成紹就回來了，臉上懶洋洋的看不出表情。素顏心裡擔心晚玉的事，便親手幫他解了披風，跟著他走進了內室。

「人是沒死，但怕也活不了了。」葉成紹進去後的第一句話便如是說。

素顏聽著心裡就有些發涼。按說偌大個府第，死個丫頭也算不得什麼事，但問題就在於自己來的第一天，那丫頭就因為自己而死了，而且還被晚香鬧了那麼一齣，怕是全府都認為晚玉的死跟自己有關係。

她好不煩躁。

防。

「可找出緣由了？知道是誰下的手嗎？」再煩也得知道敵人是誰，不然還真是防不勝防。

「沒有，我過去便只是說那行刑的婆子下重了手，又讓府裡的宋太醫看了，查清楚了，她之前早就受過內傷，宋太醫說是被踢中內腑，再挨了板子，所以才會吐血的。」葉成紹拉起素顏的手，安撫地拍了拍。

這就是說將責任推到他身上去了，晚玉先前確實是被他踹了一腳，那一下，當時在座的全都看到了，雖說事情是晚玉又起來說了話，但有些傷是隱形的，過後再被引發也是有的。

素顏感激的看著葉成紹，只覺得這個男人也不是一無是處，至少他是很維護她的，一時，她覺得心裡不再如先前那樣孤單了。有個人肯站在身後護衛著，這感覺很好。

「母親那裡……你可曾過去了？」素顏還是有些擔心侯夫人的態度。

「沒有，她那裡也不在乎多這一起事，反正是不喜歡我的，我就算是做得再好，她也是不喜歡。妳也莫在意，好生在屋裡待著就是，父親不是說，這兩日妳不用過去請安嗎？那就別過去了，有些人，妳太當她是回事，她反而會翹上天去。」葉成紹將她扯到窗子前，兩人靠在窗前說話，邊說邊看院子裡的玉蘭，正一片一片地落著葉子，但那枯葉凋零的枝椏上，又可以發現細小的嫩芽兒，正開著苞，再過一陣子就是春天了。

看來，他與侯夫人之間的關係怕是到了水火不容的地步了。說得也是，只要自己一天是他的妻子，侯夫人一天就不會放過自己，做得再好、再小心，侯夫人也不會喜歡和認同，還不如由著她，最多兵來將擋、水來土掩。

「我把小廚房清理出來，明兒起，想吃點什麼，就能自己弄點了。」素顏轉移了話題。他的秘密她暫時還不想探聽太多，除非他自己想告訴她，那就是另外一回事，自己的心還沒安定下來，一切還是知道少一些的好。

「小廚房？」葉成紹聽得有些驚詫，轉過頭看著素顏，只見眼前的妻子明麗而端莊，大紅的錦襖映得小臉格外嬌俏，冬日的陽光灑在她臉上，將她一張白皙的小臉照得越發生動可愛。

「妳想自己在屋裡開伙？」葉成紹眼睛亮亮的。

「只是想，臨時餓了的時候弄點吃的，也沒說要自己開伙。」一來就要自己開伙，肯定是不行的，大家族裡最介意的就是這個，素顏經過一大早也弄明白了，葉成紹的二叔、三叔可都是還沒有分家的，雖都各有各的廚房，但主餐還是大家在一起吃，尤其是侯爺在家的時候，侯爺是最注重傳承的，絕不會肯輕易分家。

所以，素顏還有些擔心葉成紹也怪她一來就先整理了廚房。

「其實，如果想自己開伙也行，讓府裡撥銀子過來給妳就好了，妳自己當著自己的小家，咱們一起過小日子……嗯，想想就覺得不錯。」葉成紹卻是有些興奮了起來，抓著素顏的手緊了緊，眼裡竟是閃著一絲調皮。

呃，他竟是要她自己開伙？這話真要提出來，怕是大逆不道吧，可是這真是個好主意呢，她實在是不喜歡跟一群心懷各異的人在一起吃飯，而且她是新媳婦，還得立規矩，餓著肚子看人家吃不說，還得站在身後服侍人，那感覺可真是不美。

「你莫胡說，我沒說要自己開伙。」得撇清自己，有了指責他受得起，她可不敢冒那大不諱，而且由此產生的效應會有多大，可想而知，到時候，侯爺還不怪死自己才怪。

不過，有人的名聲不好，他做什麼事都是不能用常理來論的，而且他若想做什麼，別人真能阻止，又怎麼會成浪蕩子呢？

兩人正說著話，但聽得紫雲來報說，侯夫人請大少奶奶過去，素顏無奈地起了身，帶著紫綢去了侯夫人的院子。

侯夫人正在東廂房和二夫人說話。「昨兒壽王妃來吃酒，說是等紹兒的婚事過了，就要訂個日子請府裡的幾個姑娘去賞梅，妳也瞧著給文靜添置幾件好衣裳去，聽說這一次京城的貴戚不少都參加，連東王府世子也從蜀地來了。」

二夫人聽得眼睛一亮，急切地問道：「可是那詩文才貌絕佳的東王世子？」

侯夫人含笑瞥了一眼文嫻，笑著點了點頭。「到那天，讓她們姊妹幾個打扮精緻些，咱們寧伯侯府的姑娘可不能讓別家的給比下去了。」

二夫人聽了侯夫人的話自是歡喜地點頭，心裡便雀躍著想要去找文靜。

素顏瞥見侯夫人眼裡一絲不屑一閃而過，心裡微震，靜靜在一旁站著。

這時，三夫人卻是笑著說道：「嫂嫂怎麼只想著文嫻和文靜，家裡還有文英和文貞兩個呢，文英可是比文靜還大著兩個月，也該讓她們出去見見世面了。」

話音剛落，自後堂裡便走出一個三十多歲年紀的美貌婦人，她身材纖秀，長相清麗，氣質優雅清遠，一雙水洗般的明眸，波光流轉，雖然手裡端著一個托盤，但婀娜的身姿和清遠的氣質，便是神情再恭順，也像一個不食人間煙火的仙子。

第四十一章

素顏第一眼便被這女子震到，感覺讓她托著盤子做那侍候人的事簡直就是對她的褻瀆。

那婦人似是聽到了三夫人的話，進來的腳步微頓了頓，隨即又垂手低眉順眼地走了進來。

「夫人，您吩咐的枸杞薏米粥做好了。」連聲音都溫柔清雅得很，素顏不禁又看了過去。這人難道是侯爺的妾室二姨娘？

「嗯，先給二夫人、三夫人都呈上一碗。」侯夫人淡淡一揮手，又對二夫人、三夫人道：「今年莊子上新收的薏米，熬了兩個時辰，給妳們去去膩味。」

那婦人便端了粥送去給二夫人和三夫人，侯夫人身後的晚香和晚迎並沒有上前幫著的意思，各自站在侯夫人身後，像是早就習慣了似的。

二夫人倒是笑著自托盤裡端了一碗粥。「聽說劉姨娘的手藝是越發精進了，嫂嫂可真是好命，有這麼一位能幹的人在身邊幫襯著打理家事，天天還能享這口福，真真是羨慕死我了。」

侯夫人聽了卻是瞪了劉姨娘一眼。也是，誰也不願意身邊有這麼一位美貌如花、氣質高雅又能幹溫順的小三來搶了丈夫的視線，二夫人越是誇劉姨娘，侯夫人便越是嫉恨。

那劉姨娘聽完二夫人的話，臉也是白了一白，但還是很恭順地謝過二夫人，又向三夫人走去。三夫人端了粥，卻是對侯夫人道：「大嫂，成良也有十四了吧，那孩子可真是不錯，如今已經能跟著大管家在外頭管理鋪子莊子田產了，聽說他還是個算帳的能手，那一手算盤打得叮咚作響，帳房裡的老先生也未必能比他打得好呢。」

侯夫人聽了這話，嘴角便露出一絲譏誚來，抬了眼，斜睨著劉姨娘，笑容也溫和了一些，難得大方地說道：「成良是個乖孩子，如今能幫著侯爺管好許多瑣事了。今年的壽王府賞梅會，到時就文英帶著文嫻、文靜還有文貞幾個姊妹，紹揚帶著成良一起去吧，也讓成良跟著他哥哥多認識幾個大家公子，以後生意上也能多些路子。」說著，又看了一眼文嫻。

文嫻聽到了這句話，又看侯夫人看她，臉一紅，低了頭絞著手裡的帕子。三夫人的兒子葉成楓趁她不注意，將她手裡的小老鼠搶了過去，笑著說：「三姊姊看過了吧，我要拿去給成良哥哥看去。」說著轉身就要走，三夫人忙一把揪住了他。「小祖宗，你莫亂跑，好歹也吃了碗粥再走。」

葉成楓也聞到了滿屋的粥香，不過這孩子還是知道長幼尊卑，幾個長輩都在，輪到他用還得過一會子，便眼巴巴地看著劉姨娘。

「那敢情好，劉姨娘，還不快謝過大嫂，聽說壽王府今年的賞梅會可是開得比歷屆都要大呢，來的公子小姐們肯定很多，皇室宗親裡頭可有不少未曾婚配的少爺們呢！」三夫人忙笑著碰了碰劉姨娘道。

劉姨娘聽得臉色微黯，眼神複雜地低了頭，端著托盤向侯夫人行了一禮，卻是說道：「多謝夫人對大小姐和三公子的寵愛。」

侯夫人卻是眼都沒抬，淡淡說道：「他們兩個原就是我的兒女，我這做母親的為他們操心原是分內的，姨娘這個謝字好生沒道理。」

劉姨娘聽了忙道歉。「是婢妾說錯話了，請夫人息怒，大小姐和三公子當然是夫人的兒女，夫人對他們如同己生，婢妾僭越了。」

素顏看著心裡就嘆氣，似劉姨娘這等人才、此等氣質，應該也是心高氣傲的一個人吧，可惜給人做了個小三，就不得不事事低頭、時時謙卑，就連自己生養的兒女也沒個正經的母子名分，這樣的日子還真是卑微得很啊，也不知道將來葉成紹的小妾要是也有了子女，自己又該如何對待……一時竟然怔住，怎麼突然想到那麼遠了？

侯夫人聽了劉姨娘的話，對她不耐地揮了揮手，卻是笑著對二夫人道：「紹揚去年才考過鄉試，侯爺對他寄望很深，若來年會試再考中個庶吉士，我可就得給他操心說個好親事了。」

這話一出，二夫人、三夫人兩個都笑著奉承，二夫人道：「咱們二少爺可是文曲星下凡了，竟是一次就過了鄉試，真真是給葉家列祖列宗增光了，若真再得個庶吉士，那可得開祠謝祖宗，開個幾天幾夜的流水席，遍請京城親貴們，看那些酸儒們還看不起咱葉家，說葉家是粗鄙武夫不？」

這話說得侯夫人臉上光芒四射，笑得合不攏嘴，一轉眸，看到劉姨娘正端了粥往素顏身邊走去，眼裡又閃過一道冷光，嘆了口氣道：「那孩子，再爭氣又如何，還是敵不過一個長字啊！」

說著，就斜睨了素顏一眼。素顏只當沒聽見。她到現在也沒弄清侯夫人究竟是不是繼室，葉紹揚的年紀比葉成紹只小了一歲，如果葉成紹的母親生了他就死了，那侯爺就算再娶，也不可能那麼快就會有了葉紹揚這第二子。死了妻子雖說不守，但為了照顧岳家的面子，怎麼著也得過上個半年幾個月了才娶吧？可按葉成紹和葉紹揚的年齡來看，侯夫人應該不像是繼室。

那是側室扶正的？也不太可能，侯夫人父親可是先閣老，如今雖是致仕，但以她的家世，絕不可能將女兒嫁與人做側室，那究竟是什麼關係呢？她想得有點頭痛。

這時，劉姨娘微笑著向她行了半禮，托著粥道：「婢妾見過大少奶奶，大少奶奶請用粥。」

沒有多餘的客套話，態度舉止都無可挑剔，素顏對這個嬌美的劉姨娘有了些好感，伸了手正要端粥，就聽侯夫人很不耐地說道：「文嫻，妳不是說喝了粥就要去族學裡了嗎？」

素顏聽得微怔，抬頭看了眼侯夫人，見她眼中有惱色，再看了被點名的文嫻，只見她也有些愕然，她突然就明瞭了，不由好笑，親自端了一碗粥給文嫻送去。「三妹妹，妳既是要上學，那就先喝吧。」

劉姨娘聽得有些尷尬，微赧地看了素顏一眼，又把剩的粥遞了過來，小聲道：「也不知道合不合大少奶奶的口味，大少奶奶若是喜歡吃，婢妾下回做了送過去給您。」

這是在示好吧？素顏笑著點了頭。「聞著一屋子的香呢，我早就口饞了，姨娘果然是個能幹的。」說著，站著拿了湯匙舀了一小口吃了，果然黏稠甜香，很好吃，她笑咪咪地閉了閉眼睛，一副很享受的樣子。

那邊，葉成楓早就等不及了，看了素顏的樣子更是心癢，也不等劉姨娘送，自己就跑了過來，大聲道：「該我了、該我了。」

頓時，屋裡的人聽了全都笑了起來，三夫人恨不得敲他一下，笑罵道：「才用過午餐的，哪裡就餓著你了？像個小餓狼一樣。」

葉成楓端起小碗坐到小杌子上，喝了一口粥道：「是姨娘的粥好吃，娘，咱們把姨娘請到我們竹香院裡去吧，我們讓姨娘天天做粥吃。」

三夫人聽得哈哈大笑，就是侯夫人也瞪了葉成楓一眼，罵道：「小饞貓，要吃天天到伯娘這裡來，還能少了你的？」

三夫人聽了卻是斂了笑。「大嫂自然是最疼這小子的，只是這用點飯每天都跑上一小里路，還真是麻煩得緊，若是自己屋裡有得吃，這大冷的天又何必總來煩著侯爺和大嫂？」

二夫人聽了抿了抿嘴，也道：「可不是？文靜這兩天身子也不太舒服，她看姪媳第一天進門，便強撐著一起來用頓飯，不然也不想過來了。不過，來了也有來的好處，總算是能吃口熱的不是？若是派人送過去，少不得那些湯湯水水的就冷了，喝了也傷腸胃。」

這是在鬧著要分開過？素顏聽得心中歡喜，面上卻是半點不露，靜靜站在一旁，小口小口把粥吃完，卻是將碗隨手遞給了紫綢。

她看著劉姨娘正不聲不響地收拾著粥碗，有些過意不去，畢竟自己是個晚輩，讓姨娘服侍著，心裡覺得怪怪的。

侯夫人聽了二夫人、三夫人的話，卻道：「如今天氣著實越發冷了，起得早了，我每日早起去回事房，都感覺有些受不住，何況是小孩子了。要不，我哪天抽個時候跟侯爺說說，就說讓孩子們都在自個兒屋裡用飯算了，就不要都擠在一起了，妳們也都是要娶媳婦做婆婆的人，自個兒屋裡也有一攤子的事，天天到上房裡用飯著實不太方便。」

二夫人、三夫人聽了相視一眼，有點不敢相信侯夫人今天這麼爽快就應下了，忙笑著點頭感謝，直說侯夫人體貼人，但侯夫人接著又道：「還莫說，臨近年關了，外面的東西見風就漲，有的比前兩個月竟是貴了一倍呢，妳們分開了也好，巧婦難為無米之炊，這些年一起過，我的老髮都操白了，既要讓妳們吃得好、穿得暖，又不能亂用一分，侯爺的俸祿又不高，多少米養多少人，妳們不知道，我這頭痛啊！也好，要是妳們都自己過了，我就可以省下好多心了。」

二夫人和三夫人聽得臉一白，眼裡就露出些忿色來。三夫人腦子快，立馬接口道：「咱們家那些鋪子莊子那麼多，一年的收成也不少，嫂嫂哪裡就真的只靠侯爺的俸祿在開銷了？

滿京城的大戶人家，又有幾個是真靠俸祿過日子的？」

言下之意，除了鋪子田莊的產出外，侯府還有其他的進帳。侯爺深得皇上器重，又管著兵部，手裡掌著兵部的同時，軍隊裡的糧草軍餉也都握在侯爺的手裡，每年下屬們的供俸和銀子不知凡幾，再加上哪個掌權的不剋扣些軍餉，都不知道能多出多少收入來，侯夫人這哭窮也太假了些。

誰知侯夫人聽了，卻是笑吟吟地看著三夫人。「三弟妹說得也是，不過那可是侯爺自個兒掙的家業，這麼些年了，老二、老三當著官，可曾交過一兩銀子到公中去？咱們家可比不得別的百年大族，祖上承下來的多，望族名頭是占著，可天英四十五年，家裡的那場大禍，侯爺能帶著老二、老三逃出命來已是大幸，還談什麼祖業？」

三夫人聽了這話臉色沈了下來，陰著臉，一轉眼看到葉成楓在舔著小湯匙，氣得一巴掌打了下去，嚇得葉成楓癟嘴就要哭，三夫人罵道：「吃吃吃，就知道吃，好幾歲的人了連上學也不想著去！」

二夫人聽了這話，順下去說道：「妳打他做什麼，他也是看大嫂這邊的東西好吃嘛，妳只說他不想著上學，怎麼還在大嫂這裡磨蹭？快讓那些服侍的送他過學裡就是了。」

說著，也起了身，向侯夫人告辭，兩人竟是有志一同地再不提那分開過的話了。

素顏也終於弄明白了些，敢情二夫人、三夫人兩家子都在侯爺這裡吃白食呢！聽侯夫人的話，侯府的產業全是侯爺一人掙回來的，兩個兄弟都是侯爺救的，更是供他們讀書、娶妻生子，又養著他們的家小，卻從不要一文錢，也難怪二夫人、三夫人肯跟著擠在一起吃飯，不花錢的飯菜，不吃白不吃。

而且，她們所說的分開吃，並不是真的分開，怕只是跟自己的想法一個，開個小廚房，用度由侯夫人公中撥下去給她們吧？

這想法也太美妙了些，以侯夫人的這種個性，怎麼肯給了錢又還不給臉色看，讓她們吃著侯府的，過自己的舒心小日子？

怕是侯夫人比二夫人、三夫人更想要分家單過，侯爺一直壓著不肯吧！

二夫人和三夫人兩個走後，素顏也跟著告退了，帶著紫綢和芍藥回了苑蘭院，進了屋，卻沒看到紫晴，紫雲卻是坐在屋裡守著。紫綢邊給素顏解披風邊問：「紫晴呢？」

紫雲看了眼裡屋，撇了撇嘴道：「世子爺出去了會子，喝醉了，鬧著要喝水，紫晴姊姊在裡面服侍著呢。」

紫綢聽了看了眼素顏，看她神情淡淡的，便道：「只怕是吐了，一會子奶奶先在外頭歇著，奴婢進去看看，若是味不重，您再進去吧。」

素顏聽得半挑了眉看著紫綢，紫綢憨憨一笑，撇開眼去，將素顏的披風拿了往裡屋去了。

素顏輕哼一聲，坐在正屋裡，紫雲乖巧地沏了杯茶上來，她便懶懶地喝了一口，歪靠在椅子上。

這時，紫晴及時地打了簾子出來，看素顏神情有些疲憊，便道：「奶奶再忍一忍，爺吐了不少，一會子清理乾淨了，奴婢薰點香了您再進去。」

素顏聽了不置可否，仍是喝著茶，紫晴就有些不自在，吶吶地說道：「墨書送進來時，爺走路都不穩了，到底是內院，奴婢便讓墨書把爺扶到床上後就打發他走了，爺又鬧著要喝水，身邊離不得人，奴婢就讓紫雲在外頭看著，奴婢進去服侍。」

素顏抬了眼，掃了紫晴一眼，見她那條湖綠色細綢百褶裙縐巴巴的，上身那件百花短襖面上也看得出是抻平了的，便淡淡地說道：「這原就是妳分內的事情，爺喝醉了，妳不去服侍，難不成讓我去？我累死了，紫雲，來，給我捏捏肩膀。」服侍了別人半天，自己也享受特權下。

紫晴聽是微怔，看素顏神情淡淡的，想想自己也沒做錯什麼，就垂了頭，又進了裡屋。

一會子，紫綢果然端了好大一盆污水出來，酒氣熏天，看樣子，葉成紹醉得不輕。昨兒是新婚之夜，他也沒醒，今兒吃便飯他倒是醉了，這廝可真是個混球。

大約過了半個時辰，素顏差點歪著睡著了，在這時葉成紹在裡間喊：「娘子、娘子，我要喝水……」

紫晴聽了忙走進去，但是不多久，就聽得一聲響。「出去，讓娘子進來餵我……」葉成紹舌頭都捲著，話也說得不利索。

紫晴一身濕答答地走了出來，狼狽地看著素顏道：「大少奶奶，世子爺在發脾氣，不讓奴婢服侍。」

素顏瞪了裡屋一眼，一轉頭，看到芍藥正乖巧地立在一旁，便道：「妳是服侍爺慣了的，爺可能認生，妳去吧。」

芍藥聽了，微垂著眼，道：「是，大少奶奶。」

說著，低了頭進去了，一會子屋子裡也沒了聲響，芍藥卻是半晌沒有出來，看樣子，葉成紹還是很願意芍藥服侍的。

素顏便心安理得的讓紫綢拿了本書給自己，讓人將屋裡的炭盆燒大一些，繼續歪在太師椅上看書。

看著看著卻是睡著了，迷迷糊糊中，身子一輕，人就懸了空，睜開眼來，正好看到葉成紹那線條冷硬的下巴，瞌睡一下子就驚醒了，掙扎著想下來。

葉成紹卻鐵青著臉，長臂一緊，她便再也動彈不得。當著下人的面，她不好發脾氣，素顏只好忍著，嗔目橫視著葉成紹。這廝不知道哪根筋接反了，突然在發脾氣。

葉成紹抱起素顏，將她往床上一放，俯著身子就要壓過來。

素顏迅速一滾，躲開了他的身子，小聲斥道：「你發什麼神經，這一天，你要鬧幾回呢？」

一大早鬧了一回，下午又要鬧，這廝精蟲上腦了，只想著這事吧！

葉成紹一下子就捉住了她的手，將她往自己懷裡扯，又壓上來，鐵青著臉，在她頭上道：「妳既是不喜歡她們近我的身，又一再使了她們進來服侍我，娘子，妳究竟要我如何？是考驗我嗎？」葉成紹的聲音裡有些氣憤、有點惱火，但聽得出他的怒氣壓制著。

「你先放開了我，這麼說話我不舒服。」素顏皺著眉，他口裡的酒氣噴在她臉上，雖不難聞，卻讓她鼻子癢癢的，有些過敏。

「不放，就這麼說。」葉成紹有點撒賴，兩手箝在素顏的頭側，不肯移開。

「相公，你起來，我們好好說說話。」他喝了酒，素顏不敢再激他，轉了策略，柔聲說道。

一聲相公叫得葉成紹心裡甜甜的，他縮了縮鼻子，還是依言起了身，將身子半靠在床上，坐在素顏身邊。

素顏忙坐好，還殷勤地拿了大迎枕塞在他身後，葉成紹臉色稍緩了一些，卻還是忿忿的樣子。

「相公，她們幾個原就是在我屋裡服侍的，我不在的時候，讓她們服侍你哪裡錯了？難不成讓你個醉漢渴著，任你將屋裡吐得一塌糊塗？」素顏對葉成紹這一副討公道的樣子哭笑不得，這廝究竟長大了沒有，怎麼有時候彆扭得像個孩子？

「而且，好好地喝那麼多酒做什麼，你自己難受不說，屋裡也被你弄得難聞死了，我不喜歡聞酒氣，才懶得進來理你呢。」素顏白了葉成紹一眼，偏了頭，打了個噴嚏。

葉成紹見了忙要拿被子幫她蓋。「著涼了嗎？妳也是的，夫人那樣折騰妳，妳就任她折騰？明兒她再這樣，妳就推說不舒服，不要到前頭去了，我讓人把飯給妳送來。」

「我不是著了涼，只是鼻子癢，我聞不得酒味。」素顏揉了揉鼻子道。

「那我以後少喝些就是了。」葉成紹聽了，歪頭仔細看素顏，看她鼻子都紅了，感覺她說的怕是真的，便有些不自在地說道。

心裡卻是舒坦了一些，至少她剛才是真的聞不得酒味才不肯進來服侍他的。

「你少亂發些脾氣就好。」素顏的話有些冷。不能慣著他，以後動不動發脾氣，自己以後怎麼過？她如今還沒想好要不要跟他過一輩子，他喝多了酒，如果非要她近身服侍，那他發起狂來，非要做那件事怎麼辦？自己可沒力氣反抗他。

看素顏的臉冷著像在生氣，葉成紹低著頭，剛才的那點氣勢早沒了，掀了眼皮偷看素顏，又保證道：「我以後不亂喝酒了，娘子，妳不要生氣，我也不發脾氣了就是。」

素顏臉色稍緩了一些，卻是覺得口乾，便想越過葉成紹去拿茶喝，葉成紹以為她要下床，忙攔住道：「妳方才在外頭椅子上都睡著了，我怕妳睡著不舒服，就抱了妳進來，再睡會子吧，晚飯我讓人送進來。」

原來他也不是生氣了才抱自己進來的，素顏抬眸看了葉成紹一眼，指著床頭櫃上的茶道：「我渴了。」

葉成紹一聽，忙幫她倒了杯茶，狗腿地遞給她。

素顏哭笑不得地喝了水，躺下床去，想真的睡一會子，葉成紹笑嘻嘻地接過她手裡的杯子放好，側著身子，半支著頭看著她。

這教人怎麼睡？素顏瞪了他一眼。

「我就看一會兒，保證不動妳。」葉成紹忙保證道，漆黑的眸子閃閃發亮，臉上的笑容乾淨，那討好的樣子、那眼神，像在呵護一件難得的至寶，小心翼翼中又帶了一絲憐愛。

素顏的心弦像是被人用羽毛撥弄了一下，癢癢的、酸酸的，還有一絲感動，衝口就說道：「算了，一起睡吧，你也才醒了酒。」

第四十二章

葉成紹聽得大喜，立刻鑽進被窩裡，卻是不敢靠得素顏太近，挨在邊上側著身子，一雙眼睛靜靜地看著素顏。素顏實在是累了，但是再累，被這樣一雙黑亮亮的眼睛盯著實在不舒服，她自被子裡伸出手來，往葉成紹臉上一抹，故意冷聲道：「睡覺，閉上眼睛。」

柔軟又溫暖的小手撫在臉上，很舒服，葉成紹感覺心裡暖洋洋的，還真的就閉上眼睛睡了。

第二日一大早，因著侯爺說過不用過去給侯夫人請安，素顏睡著就沒起來，但一摸身邊，卻是沒人，睜了眼，見天光大亮，也不知道葉成紹一大早去了哪裡，卻是懶得管。兩人才成親兩天，他的生活習性她並不清楚，他每天需要做什麼事，是否真的就遊手好閒，她也不清楚，兩人彼此還有些陌生，溝通得也少，一切還需慢慢來。

於是，素顏也懶得問，翻了個身，打算繼續睡覺。

外面守值的紫晴卻是聽到聲音，輕聲問道：「大少奶奶，您醒了？可是要起？」

素顏隨口應道：「我再睡會子。世子爺呢？」

「爺一大早就起了，悄無聲息的，不讓奴婢叫醒您，自個兒出去了。」紫晴的聲音裡帶著笑意，還有一絲喜氣。「奶奶，爺可真是心疼您，還吩咐奴婢說，早上讓人給您燉點薏米山藥粥暖胃，說您昨兒個在外頭睡著涼了。」

素顏聽得心裡微暖。這男人看著痞賴，沒想到卻是個體貼細心的，也沒有這個世界裡其他男人的大男人主義，她知道，按規矩，作為一個賢慧的妻子，丈夫起來她是應該服侍穿衣淨面的，而男人們也當此為天經地義，但葉成紹沒有，他在她跟前一直是小意討好著……其實，只要他沒那麼多花花草草，跟他過一輩子也不錯啊……

腦子裡一想事，再也睡不著，就想著晚些時候去給四叔祖母請安，只是去得早了，怕有人傳到侯夫人處，又是是非，她是藉著身子不適的由頭不去給侯夫人請安的，既是能給四叔祖母請安，那便能給侯夫人請安，所以乾脆晚些時候去。

於是自床上坐起。紫晴見她起了，忙邊打簾子邊道：「奶奶起了也好，爺好像是去練功房了，一會子該回來了，您要是和爺一道兒用早飯，爺指不定多高興呢。」

素顏聽她絮叨，隨口回了一句。「妳倒是很關心爺，以後爺的起居妳也包圓了吧，芍藥一個人也幹不過來。」

紫晴聽得微怔，臉色就有點僵，立即回道：「奴婢是大少奶奶的人，奴婢只專心服侍大少奶奶您，爺身邊的事，奴婢可沒能力全包了，頂多就搭個手，您還是再尋個人來得好。」

這話聽著有頂撞的味道，素顏抬眸看了紫晴一眼，卻見她眼裡有些委屈，眼圈也是紅的，突然就想到昨天她被葉成紹澆了一杯子茶水、濕答答的樣子來，應該是有些醒悟了吧？

希望她能想明白就好，畢竟是自小就服侍這個身體的，又是陪嫁的丫頭，素顏希望自己與她的主僕情分能延續下去。

「尋個人就尋個人吧，妳這丫頭，如今倒是學會頂嘴了。今兒給我找件清爽些的衣服，別再拿那大紅大紫的出來，我自己都看著眼暈。」素顏笑著說道。

紫晴垂著眼皮，透過睫毛看素顏，見素顏沒有生氣，臉上還帶了笑，便輕輕地吁了口氣，轉身去了內堂，尋了件煙藍色、宮錦繡鈴蘭掐花立領襖子，一條同色漩渦紋紗繡裙拿來給素顏穿上。紫晴對衣服的搭配眼光向來不錯，素顏很滿意地穿了，坐到妝檯邊。

紫晴看素顏一副很享受她服侍的樣子，心頭安實，做事也更著力了些，拿了梳子在手，也沒問素顏，就給她梳了一個同心髻，選了根金鑲玉綴藍寶石的步搖插在髮髻正中，又給她戴上一個細銀花勝墜於額間，使得素顏原本溫婉的氣質中添了幾許嫵媚。梳妝完畢，她小心地問：「大少奶奶覺著可好？」

收拾停當後，陳嬤嬤早就候在外頭，顧余氏早就準備好了薏米粥，熱騰騰地正放在小几子上。陳嬤嬤笑道：「爺出去時說了，奶奶若是起了就先用著，不用等他。」

素顏聽了倒也不客氣，昨天著實沒吃什麼東西到肚子裡，一連喝了兩碗粥，又吃了幾個香菇豆黃春捲，坐在正堂裡等葉成紹。

沒多久，葉成紹一身寒氣，卻是精神抖擻地回來了。芍藥見了，忙進了裡屋備水，素顏起了身，見他頭上有層細汗，拿了帕子幫他擦。葉成紹一進門便有如此待遇，有些受寵若驚，今天的素顏打扮清爽簡單，卻更加清麗嫵媚，她微仰了臉，淡淡的氣息噴在他臉上，暖暖的、癢癢的還帶著一絲幽幽的蘭花香味，很好聞，也很舒服。葉成紹只覺心情大好，大大的星眼熠熠生輝，笑道：「娘子，可用了粥，今兒可舒服些了？」

他還在為她昨天的那個噴嚏擔憂，以為她是著涼了。

「用過了，你出了汗，進去洗一洗吧，一會子也喝點粥可好？」人家對她好，她也不是木頭人，只要不是非要洞房，她還是很願意做一個嘘寒問暖的賢妻。

葉成紹眼角眉梢都是笑，一把捉住素顏的手就往裡屋走。他如今不像一開始剛碰到她的時候，拉她的手時也不會臉紅了。

素顏順從地跟著他進了內室，芍藥已經將熱水備好了，見他們兩個一同進來，垂了眸子站到了一旁。

葉成紹一眼瞥見她，想起新婚那一夜素顏發的脾氣，便對芍藥道：「妳出去候著吧。」芍藥抬頭，迅速地看了葉成紹一眼，便立即垂了眸子，退了出去。

葉成紹一路拉著素顏往耳房裡，素顏看著冒著熱氣的大木桶，心下知道他的用意，掙著手道：「你想做什麼？」

「娘子不是不讓她們近身服侍我嗎？那娘子幫我洗澡吧。」葉成紹口裡說得理所當然，但心卻跳得異常厲害，耳根處也熱得發燙。他自小便是別人服侍洗澡的，在茯苓和芍藥跟前赤身裸體早就慣了，可現在只想像下自己要在素顏面前脫光光，他便渾身血液沸騰，胸膛裡竄起一簇小火苗，灼燒著他的神魂。其實，他並沒有那想親熱的念頭，只是依著她的心意，不讓別人近身服侍自己罷了，而他也以為，素顏不讓別人服侍，那就是自己動手的意思，便理所當然地扯了她進來，卻沒想到衣服還沒脫，就開始心猿意馬了。

素顏聽得愕然，一時怔在耳房裡不知如何應對。他的要求一點都不過分，妻子服侍丈夫天經地義，可是……他要脫光身子啊，他又不是個小孩子，是一個成熟的，還是男性魅力十足的，真的真的很帥的男人啊……她又不是個木頭人，看著裸體美男能沒感覺嗎？還有，他能控制得住他自己嗎？不行，這差事太危險了，還是走吧！

心念一動，根本就不敢抬眼看葉成紹，轉身就走，邊走邊道：「相公，我幫你拿衣服來。」

手卻再次被扯住。「娘子，衣服早……就備好了。」葉成紹伸出手及時捉住想要逃的某人，聲音有些澀澀的。

素顏不好再走。要求是自己提的，人家合了她的意，她總不能做得太過分吧。於是轉過身面對他，卻是不敢看他，心裡像有隻小鹿在亂撞。

「娘子……」葉成紹看著眼前比自己臉更紅的小女人，原來娘子也在害羞呢，不由心情愉悅，就更想逗她。

「娘子，幫我脫衣。」葉成紹語氣裡帶著絲撒嬌的意味，眼睛灼灼地看著素顏，故意張開雙臂等著。

素顏深吸一口氣，強收心神，努力使自己看起來很嚴肅，板著小臉動手給葉成紹解扣子。葉成紹促狹地看著她，明明臉紅得像個熟透了的蘋果，卻偏還要做出一副滿不在乎的樣子來。

他很期待，一會子她能幫他脫到什麼程度……事實上，他更想將她的衣服也一併脫了……腦子裡頓時一片綺麗之色，剛剛調息好的呼吸又有些亂了起來。

他的眼神太過熾熱，胸膛劇烈地起伏著，再繼續下去，只怕點起火來。素顏突然就放了手，背轉過身去，冷著聲道：「自己脫，我在外頭等你。」

「娘子，只是陪著我可好？」他再一次伸手捉住了她，眼裡帶了一絲懇求，自己動手脫起衣服來。

他喜歡看她為他發窘的樣子，但知道她是個守禮的，也更知道她心裡還沒有完全接受他，並不想將身心託付給他，他正在努力，努力讓她看到他真實的一面，努力讓她喜歡他、接受他，所以不能逼得太急了，太急，她會逃的。

素顏板著臉轉過身來，便觸到一雙孤寂的、略帶傷感的眼神，像一隻孤獨無助的小獸，努力尋求著同伴的慰藉，她的心突然就柔軟了下來。她不知道他的過去，但在侯府生活了一天後，她知道，他的成長裡不說血雨腥風，也是鋪滿荊棘。

「好，我陪著呢，不過你要自己洗，我……我不敢看。」素顏柔聲對葉成紹道，緩緩轉過身去。很快便聽到一聲水響，葉成紹脫了衣服，跨進浴桶裡面，靜靜地自己洗著澡，又自己起身穿衣。

素顏始終背對著浴桶，聽著嘩嘩的水聲，面紅耳赤。身後就是一個裸體大美男，這情形太過曖昧綺麗，由不得人不多想。怪不得茯苓會對他起了小心思，如此每天對著一個大美男，能看又能摸，怎麼可能還心如止水？

她只是靜靜地站在身邊，一直垂著頭，始終沒有轉過身來，葉成紹已經很滿足。有她在的地方，他莫名就感到心安，而且，他也知道自己非要她服侍自己洗澡有些強人所難，原以為她會生氣，掉頭就走，可是她留下了，而且，她在為他害羞，看來她心裡不是全然沒有他的，這讓他心裡一陣竊喜，感覺眼前就有一條康莊大道，不久他就能牽著她的手，一同踏上去。

洗過澡，穿好衣服，葉成紹又牽著素顏的手往外走。他言笑晏晏，她卻好生不自在，像做了一件壞事被人抓了一樣。

於是，這樣的兩個人走出來，讓陳嬤嬤和紫綢幾個看得面面相覷。怎麼吃癟的像是大少奶奶啊？她那樣子好彆扭，難道……紫綢、紫晴兩個臉一紅，紫晴趕緊進了廚房端粥，紫綢則過去擺碗。

陳嬤嬤卻是兩眼放光。應該修成正果了吧？大少奶奶若是肯了……說不得，半年後就會懷上呢！

可是，再仔細看素顏走路的姿勢，又失望地在心裡嘆氣，不由又暗罵世子爺，也太寵著大少奶奶了些，都肌膚相親了，怎麼就……沒能成功呢！

葉成紹用過飯，素顏便對他說要去拜見四叔祖母，葉成紹笑著應了，兩人正要出門，紫雲進來了。「世子爺、大少奶奶，大小姐、四小姐還有三少爺過來了。」

素顏聽了便看向葉成紹。這幾個應該是侯爺的庶子女吧？昨天雖然見著了，但人太多，又出了晚玉那一檔子事，就沒能認全，今天他們倒是上門來了。

葉成紹眉頭皺了皺，又回到正屋裡往椅子上一坐，歪扭著身子，一雙修長的腿也伸得老長，又是一副吊兒郎當的樣子了。

素顏忙親自迎了出去，只見領頭的是個十六、七歲的女子，長得明妍秀麗，行動間透著股乾淨俐落，一看便知道是個性子爽利的人。她見素顏親自迎到了穿堂，笑著緊走幾步，上前給素顏見禮。「妹妹文英給大嫂請安。」

素顏忙上前托住她，笑著細細打量這個比她年紀還要大上一歲的小姑子。「我昨兒個就看到人堆裡有個好漂亮的美人兒，那時就想是哪個妹妹來啊，沒承想出了點事，竟是沒能相識，正可惜著呢，妹妹今天就來了。」

文英也是女孩子，聽素顏誇她漂亮，笑得兩眼彎彎，又更覺得這個大嫂溫和可親，笑著反拉著素顏的手道：「大嫂莫要笑我，跟大嫂站在一起，我就只是一根蒲柳了。」說著偏過身子，讓出身後另一個才十三歲樣子，神情怯怯的、縮著肩躲在她身後的另一個女孩。「四妹妹，還不上前給大嫂見禮？妳不是嚷嚷著說，想要看大嫂嗎？」

那是文貞吧，長得也好，秀秀氣氣的，眉眼與文英有幾分相似，但眼神躲閃著不敢看人，一副畏畏縮縮的樣子。素顏心裡詫異，同樣都是劉姨娘的女兒，怎麼兩個性子差別這麼大？文英自信爽朗，而文貞則怯懦呆憨，也是一樣米養百樣人吧。

「妹妹文貞見過大嫂子，大嫂子新婚大喜。」素顏正亂想著，卻聽文貞上前來給她見禮，聲音細細的，帶著一絲小小的不安。

素顏忙也上前去拉住她的手。「這就是四妹妹嗎？人長得秀氣，連說話都秀氣呢。」文貞羞澀一笑，又躲到了文英的身後。

她們身後一個十四歲的少年這時也向前一步，對素顏做了個揖。「成良見過大嫂。」聲音像鴨公一樣，應該正是變聲期吧？不過，人長得也算俊秀，大大的星眼與葉成紹倒有幾分相似，只是眼神太過複雜，素顏看過去時，他也正在打量著素顏，眼神裡帶著審視和探究，帶有一絲精明和圓滑，不像是十四歲少年該有的眼神。

素顏就想起侯夫人說的，他如今正跟大總管在外頭學管理鋪子，聽說很會算帳打算盤，應該沒有讀書的，卻不知學過武功沒有？

素顏對小叔子只是抬了手，還了半禮，側過身子將人請了進去。

文英和文貞兩姊妹看到葉成紹也在屋裡，少不得又上前見禮。葉成紹對兩個庶妹倒是客氣得很，問了她們幾句，什麼平素都在做什麼、可有學琴畫或女紅之類的，神情雖然還是懶懶散散，但身子卻坐正了些，有點嫡長兄的威嚴。

兩個女孩子也似乎有些怕他，他問什麼，她們就老實地答了，就是文英那種爽利的性子，在葉成紹面前也顯得有些拘謹。

葉成良上前給葉成紹行了一禮後，也垂首站在一旁，葉成紹只是淡淡地看了他一眼，眼神很冷。

素顏忙讓紫晴幾個搬繡凳來，又讓人把屋裡的火盆燒大，讓他們三人圍著火坐了，紫綢又沏上茶，擺上果點，素顏讓陳嬤嬤拿了自己備好了的荷包，一人給了一個。

葉文貞拿了荷包後怯怯地道了謝，卻仍是看著素顏，眼神也不像開始那樣躲閃，素顏看她那樣子像是有話說，卻又不敢說，以為她對自己給的禮物不滿意，便笑了笑，對紫綢道：「我這是第一次看到四妹妹，覺得四妹妹看著可親，很喜歡呢，四妹妹以後要常來嫂嫂這裡啊。」

文貞聽了，果然臉上現出羞澀的笑容，卻是抿了抿嘴後，像是下了多大的決心似地說道：「大嫂，我可不可以用這個荷包換一個楓哥兒那樣的小老鼠啊？」

素顏莞爾一笑道：「我當是什麼事呢，原來四妹妹也喜歡那些，又不是什麼好東西，我這做得多，妳們姊妹一人拿一個去玩吧。」

紫綢聽了，會心地進去拿了兩個小吊飾出來，一隻兔，一隻羊，饒是文英成熟爽直，見到了那小吊飾臉上也露出歡喜的笑來。

成良見了卻是眼睛一亮，盯著那小吊飾就沒錯開眼。

葉成紹見了，臉色卻沈了下來，嘴角緊抿，眼睛微瞇了起來。

素顏也知這是女孩子閨中之物，小叔子如此盯著看，著實不敬。

文貞怯怯地看著手裡的小吊飾，狀似不經意慢慢垂了手，長長的廣袖滑落，將那小吊飾擋了個嚴實。

文英瞪了成良一眼，笑著直誇素顏手巧。「怪不得二嬸子一再說要讓二妹妹向大嫂學女紅呢，大嫂做的東西果然別致得很。」

成良被文英瞪了一眼，收回視線，卻又直直看向素顏，眼裡含著一絲期待。素顏皺了皺眉，心中惱火。這小叔子好生無禮，難道這種閨中之物他也要一份？

「娘子，不是說手燙傷了疼嗎？四叔祖母那兒有好的燙傷藥，我帶妳去討一些。」葉成紹惱怒地起了身，也不管三個庶弟妹都在屋裡，拉起素顏的手就往外走。

這可是比趕他們更過分。文貞首先臉就白了，怯怯地看向文英，身子早就不由自主地站了起來。文英眼裡也露出一絲尷尬，不過她也像早就習慣了葉成紹的不著調，倒是怕素顏不自在，笑著站了起來道：「妹妹聽說嫂嫂昨天就燙了手了，怎麼今天還沒有塗藥？嫂嫂可不能看著傷口小就不當一回事，女兒家的手指頭也是嬌貴著的，那可是捏針的手呢，可得快些養好才是，妹妹還想到嫂嫂這兒來取經，學學這小吊飾是怎麼做的，到時候，嫂嫂可不能私藏啊。」

素顏聽了覺得文英真的很會說話，一句話既消除了自己姊妹因葉成紹趕人的尷尬，又消除了葉成紹對成良的惱意，她若學會了如何做吊飾，自己做一個給親弟弟倒也不算違矩，也壞不了素顏的聲譽了，也使得素顏面對他們幾個也自然了許多。

葉成紹臉色緩和了一些，回過頭對文英道：「壽王府賞梅那天，妳早些過來，陪著妳嫂嫂一起去。」

文英聽得大喜，眼睛有些濕潤地向葉成紹福了一福，才帶著文貞和成良告退。素顏如今是寧伯侯世子夫人，去了壽王府，別人自然是要給她體面的，文英和文貞能陪在素顏身後，見識的人身分也會不同一些，這對文英的婚姻是有好處的，所以文英會高興得眼眶濕潤。

葉成紹腳步也稍緩了些，素顏知道他是要等文英幾個出了門後再走，這樣也算是給文英幾個留些面子，不然他們幾個來拜訪哥哥嫂嫂，哥哥嫂嫂卻是把他們晾著，自己先行走了，讓府裡其他人知道了，只會說他們熱臉貼了冷臉，想要討好卻又自討沒趣。

素顏便歪了頭，斜睨了身邊的男人一眼。明明就不是個心腸狠的，卻偏要做出無情無理的樣子來。

又問葉成紹。「三弟怎麼沒有讀書？可學過功夫？」

葉成紹半帶了一絲譏笑，回了頭，牽著她的手道：「他姨娘雖是個精明的，但母親那個人，有了一個我在前頭，又怎麼會再容一個文韜武略的庶子在後頭？」

素顏心裡感覺一陣悲哀。不過，那孩子雖只是十四歲，心機卻是厲害得很，聽葉成紹的語氣，這庶弟也不能小覷的吧？

就是不知道晚玉究竟是誰下的手，這侯府裡，也不知道在哪裡暗藏了一隻黑手，以後自己可真要小心行事才行。

第四十三章

兩人剛穿過月洞門，前面就是四叔祖母住的安閒堂，葉成紹帶著素顏正要進去，就聽後面有人喊：「世子爺、世子爺，宮裡來人了。」

葉成紹聽了，愧疚地看著素顏道：「娘子，今天怕是不能去見四叔祖母了，咱們改日再來吧。」

素顏笑道：「既是相公有事，明兒再來就是，反正四叔祖母這裡也不遠，哪天來都成。」

兩人又回了屋，葉成紹也沒換衣，又是一步三晃地向前院走去。

素顏一個人無聊，乾脆抱了本書歪在椅子上看。

正看著書，紫雲急急地跑了進來，小臉上紅紅的，還有些怒氣。紫晴就罵：「小妮子，妳不會這麼快就跟那幾個鬧上了吧？」

紫雲臉一白，啐了紫晴一口，道：「姊姊把我說成什麼人了？雖然她們都是侯府裡的家生子，可我是大少奶奶的人，在大少奶奶的院子裡，她們還能越過我去？既然越不過去，我跟她們鬧什麼？」

素顏聽這話有意思，抬了眼瞅了紫雲一眼，紫雲卻是急急說道：「大少奶奶，有個婦人帶著丫頭直往咱們院裡衝，紫綢姊姊正帶了人擋著呢。」

「婦人？什麼樣的婦人？」素顏皺著眉頭問道。

「人還沒進來，在院子外頭站著，說是……說是爺的妾室，要來拜見大少奶奶您，紫綢姊姊攔著沒讓進，說您歇著了。」

妾室不是被關在後園子裡不許出來嗎？怎麼才第二天就上門了？素顏的心迅速冷了起來，起了身，走到穿堂處，向院子外頭看去。

只見紫晴站在院門口，讓兩個守園的婆子把守著院門，正與一個身姿妖嬈、相貌姣好的女子在說著什麼。

那女子先是好言說話，看紫綢總不肯讓她進來，她們翹首向院內看，拔高了聲音道：「大少奶奶，婢妾洪氏給大少奶奶請安來了，請大少奶奶放了婢妾進去。」

素顏好不惱火。這洪氏好生無禮，哪有小妾拜見正室如此用強的？紫綢既說自己身體不適歇下了，她便該轉了回去，改日再來才是，卻如此不合規矩地鬧了起來，也不知道哪裡來的膽子，莫非……她是葉成紹最寵的那個，所以有恃無恐？

紫綢聽了那洪氏的話也是好生氣惱，大聲對那洪氏道：「好大的膽子，早說了大少奶奶歇下了，妳卻在此喧譁，當這裡是菜市場嗎？」

那洪氏卻道：「這位姊姊，我也是一番好意來拜見姊姊，妳卻無故阻攔，好生沒道理，妳如此分明是挑撥我與姊姊之間的姊妹情誼。」

她一口一個姊姊叫得素顏心中好生煩躁，叫來紫晴道：「去，讓紫綢將她打遠些，吵得我頭疼。」

紫晴早就坐在屋裡躍躍欲試了，一聽素顏發了話，提了裙就往外衝。她個性比紫綢烈多了，嘴巴又厲害，吵起架來，沒幾個能吵得過她。

素顏站在穿堂處看著。紫晴出了門，果然一揮手，招了兩個身材粗壯的婆子，就來到院門口，將正與那洪氏辯理的紫綢往邊上一扯。

「紫綢姊姊也真是的，明知大少奶奶不舒服在歇息，還讓些不知哪裡來的阿貓阿狗的在門口亂吠，吵醒了大少奶奶妳擔當得起嗎？」

那洪氏一聽紫晴將她比作貓狗，不由臉都氣紅了，嬌媚的臉泛起兩朵紅暈。「藍氏也不過是個學士的嫡孫女，擺什麼臭架子？我可是貴妃娘娘的甥女，是太后親賜給世子爺的良妾，雖比不得正室，但也由不得妳們侮辱，今天我還非要進去不可了。」

說著，身子一讓，她身後也走出兩個粗壯的婆子來。紫晴一聽說她是太后娘娘親賜的良妾，心裡也有些打突，大少奶奶怕也不知道這洪氏的身分吧，忙對紫綢遞了個眼色，紫綢會意地轉身往屋裡走。

素顏自然聽到了那洪氏的話，眉頭不由皺得更高。葉成紹的面子可還真大，沒成婚，倒就有太后御賜的良妾擺在家裡了，放著這麼尊神在後院裡不去拜，果然是要鬧事的。

紫綢臉色沈重地走了進來，見素顏站在穿堂裡，關切地問道：「怎麼辦，大少奶奶，讓她進來嗎？」

素顏耳邊響起葉成紹的那些話。娘子，我喜歡妳，那些個人……總是只說一半便沒有說下去了，這些人難道都是不能拒絕的，是有權有勢的人硬塞給他的？

她淡淡笑一笑，對紫綢道：「我管她是誰賜的，既然進了這府裡，她是妾，我是正室，那我就有權處置了她。」

紫綢聽了就急，忙勸道：「大少奶奶，這事可不能亂來，您還是讓她進來，您自己到裡屋去，不理她，晾著她就好了。若真動了她，怕鬧到夫人那裡去，或鬧到宮裡去就不好了。」

素顏聽得心冷。她知道紫綢是關心她才如是說，這洪氏很顯然便是故意來試探她的深淺，她今天若是退了一步，那些人便會以為她是好欺負的，以後天天都會有人來鬧，就算自己將葉成紹推出去，送與她們，她們為了個正室的位置，也會讓自己不得安生。葉成紹不是說喜歡自己嗎？那她就要看看，他對她用的情到了何種地步。

「妳再多帶兩個人去，給我拿棒子打走。她若再鬧，就直接打她二十板子，我看她還敢鬧是不鬧。」素顏臉上帶著淡淡的微笑，語氣也是懶懶的，倒與葉成紹那樣子有幾分相似。

紫綢卻是聽得心中一緊，暗道只怕會鬧出事來。

轉過頭，陳嬤嬤也不在，這會子沒人能勸得住大少奶奶，不過，大少奶奶向來是個有主意的，沒有把握的事情她也不會做，打出去，嗯，也好，方才那女人可沒少罵自己。

紫綢再出去時，又叫了兩個精壯的婆子。那邊，洪氏帶的人已經在與紫晴帶的人推搡了起來，紫綢一揮手，讓兩個婆子拿了板子衝了出去。

四對二，四個婆子手裡有傢伙，劈頭蓋臉就往洪氏帶的兩個婆子頭上招呼，頓時哎喲聲連天，那洪氏卻是嚇得躲到了一邊，嘴裡大聲喊道：「大奶奶好凶悍，一進門就要杖殺妾室啊！我要找夫人評理去，這沒天理了啊，我規規矩矩來拜見新奶奶，就橫遭毒手，天啊……」

一頓呼天搶地的哭鬧，終於，驚動了其他園子裡的下人們，沒多久，苑蘭院門口就圍滿了看熱鬧的，不少人開始指指點點，有的說新大少奶奶不是個好相與的，進門以來便先是害得晚玉要死，今天又跟個妾室鬧了起來……

有的又說，大少奶奶原就是個剋父剋母的，八字太硬不好嫁，是施了手段才嫁進侯府來的。

紫綢、紫晴兩個氣得要死，她們是素顏的陪房，素顏的名聲壞了，她們兩個也臉上無光，那洪氏身上半點傷處也沒有，偏生要造謠生事，叫嚷得全府裡的人都來看熱鬧，真真該死。兩個人衝到洪氏身邊，拿了帕子就去堵洪氏的嘴，洪氏身邊的丫頭要去幫忙，紫晴一個耳刮子下去，打得那丫頭暈頭轉向。洪氏掙扎著，卻是再也說不出一句話來，紫綢、紫晴兩個也不打她，只把她手捆了，不讓她去扯嘴裡的帕子，讓她不鬧就行。

這邊，四個婆子已經將那兩個婆子打得頭破血流，抱頭鼠竄地往園子跑，倒將洪氏忘了，沒有去拉洪氏，四個婆子打得興起，拿了棒子追出去老遠。

府裡那些個說三道四的，見了這情景倒是不敢再說，一個一個低了頭，怕那四個婆子盯上自己。紫晴看事情差不多了，對著洪氏大聲道：「我們奶奶今兒個身子不舒服，昨兒個得了侯爺的令，免了奶奶今天的晨昏定省，這洪氏跑來要見奶奶，我們幾個好生勸說，說奶奶身子不好，歇下了，洪氏卻大吵大鬧著要進屋去，我們幾個怕吵著奶奶，她就說我們奶奶擺臭架子，說非要闖進去。我們怎麼能讓如此鄙俗之人衝撞了奶奶，少不得只好攔著了，沒想到這洪氏還帶了人來，她這是要做什麼，一來就要打我們奶奶嗎？這還要得，這是寵妾滅妻嗎？」

紫晴一張嘴好不利索，一下子將事情起因全都擺明，真真假假摻在一起，把事情說成了洪氏要給素顏下馬威，最後竟是說到寵妾滅妻上頭去了，這下不少人都再也不敢多待下去。慢慢地，人群開始散了，也有些人早就躲在一旁看熱鬧的，聽了紫晴的話也附和著，邊走邊跟後來的人說。

一時，府裡熱鬧了起來。素顏聽了紫晴那一番話，只差沒笑死，以後再遇到這種事，還是讓紫晴出去的好，她可是半點虧也不吃的主。

正無聊想進去再看書，就聽那邊有人大聲道：「這是鬧什麼呢？想造反嗎？」

素顏抬眼一看，侯夫人屋裡的白嬤嬤終於被驚動了。

她仍是懶得出去。若真是自己面對面地與洪氏鬧，那才是失了身分丟了臉，現在白嬤嬤來了，她更是不用出去了，那洪氏說什麼是貴妃娘娘的甥女，又是太后娘娘賜的，卻跟幾個奴婢下人吵得熱火朝天，人家只會說她不要臉面、自甘低下。

悠哉地站在穿堂處的窗子旁看著外頭，素顏心情大好，白嬤嬤帶著兩個精幹的丫頭臉色嚴厲地站在苑蘭院外面，對圍著看熱鬧的人們大聲喝道：「你們都是差事太閒了吧？晚榮，把這一個一個的名兒都給我記下來，看他們都是在哪個手下辦差的，別拿了錢不幹活，侯府可不養吃閒飯的人。」

她身後一個鵝蛋臉，鼻尖上長了幾粒白雀斑，卻更添幾分俏麗的丫頭脆聲聲應了。那些看熱鬧的一聽白嬤嬤這話，嚇得一個個脖子都縮了，轉了身就想溜。

白嬤嬤也不過是讓晚榮做做樣子、嚇嚇人而已，看那些人走，也不叫破，只管讓晚榮繼續做做樣子勾畫。

沒多久，圍著的人就散得差不多了，白嬤嬤這才抬了腳往苑蘭院來，紫晴笑著迎上道：「白嬤嬤來得正好，這洪氏太過無事，欺負我家大少奶奶只是個學士的嫡孫女，比不上她的身分高貴，非要闖進去找大少奶奶鬧。我們大少奶奶可是才過門兩天啊，竟然就有小妾打上門了，這也太欺負人了吧？白嬤嬤，您可是夫人身邊最得力的，在侯府裡又是最體面、最公正的老人，您可一定要為我們大少奶奶說句公道話，哪有小妾光天化日之下如此欺負正室的，還有沒有天理啊？不是說侯府高門貴戶，規矩大嗎？小妾欺正妻，這又是哪門子規矩？」

紫晴邊說邊哭，拿著帕子邊抹淚，邊唾沫橫飛，星星點點的就往白嬤嬤臉上噴，白嬤嬤不得不往後仰，不著痕跡地退了幾步。

想往院裡走，偏生紫晴和紫綢拉著她說個不停，身子堵在院門口，讓她進去不得。

白嬤嬤好生惱火，卻又不好發作，這時，被紫綢和紫晴兩個捆住手腳、塞住嘴巴丟在樹下的洪氏拚命發出唔唔的聲音，睜著一雙含淚的媚眼瞪著白嬤嬤，白嬤嬤似乎終於看到了她，板著臉對晚榮道：「快去，快扶了洪姨娘起來，這披頭散髮地待在樹底下成何體統，著了涼怎麼辦？」

洪氏明明是被綁著丟在樹下，她卻說成是洪氏自己撒潑賴在樹下，似乎根本就沒有看到洪氏嘴裡的帕子和被捆的手。素顏在穿堂裡聽到，不由掩嘴就笑。這白嬤嬤可真厲害，她的眼睛只看得到自己想看到的東西，懷著這樣的心思，洪氏這會子怕也討不到好處去。只是白嬤嬤這種態度不知是不是侯夫人的意思，這倒讓素顏有些奇怪了。侯夫人不是正想給自己添堵嗎？應該不會放過這麼好的一個機會才是吧？

晚榮和另一個丫頭走上前去，扶起洪氏，卻不扯掉洪氏嘴裡的帕子，也不幫她鬆綁，倒是一人幫她撫著弄亂了的頭髮，另一個幫她理著縐巴巴的衣裙，邊理邊道：「唉呀，洪姨娘，您這樣子，要是給世子爺瞧見可怎麼辦，奴婢扶您回去換身衣服，梳妝打扮一番吧！」

洪氏氣得眼珠子都快瞪出來了，拚命地搖頭，身子往晚榮身上拱，示意她的嘴是被堵著的，可晚榮像沒看到一樣，只是一個勁兒地勸她不要傷心，不要鬧了。

紫晴卻是冷笑著對白嬤嬤道：「白嬤嬤，洪姨娘可是衝撞了大少奶奶，這麼著就放回去，小的可不依，總得給她些教訓，不然，以後誰都敢打上我們大少奶奶的門來，我們大少奶奶還要不要過日子了？侯府還拿不拿正經的大少奶奶當主子看啊，由得一個賤妾來欺負嗎？」

白嬤嬤聽了，臉板得像陰天，眼神凌厲地看著紫晴，冷冷道：「這事我可作不得主，洪姨娘是半個主子，她來鬧大少奶奶，我一個奴才也沒本事處置她。」

言下之意是指責紫晴和紫綢兩個膽大包天，對洪氏動了粗。洪氏總算聽到白嬤嬤說了一句維護她的話，不由得淚水流得更厲害了，偏生白嬤嬤也是在故意整她，一時抽抽噎噎的，哭得差點閉過氣去。

紫晴對洪氏動手可是得了素顏的令，半點也不怕，拿了塊帕子就去抹眼淚，也跟著哭了起來。「我們大少奶奶可真可憐啊，進門才一天，就被人這麼著欺負，又沒人疼、沒人護著，我們幾個總不能眼睜睜地看著她被一些貓貓狗狗的欺負而袖手旁觀吧？我沒什麼別的本事，忠心護主的心可是有的，任誰想欺負大少奶奶，也得從我們身上踏過去才行。」

她說得大義凜然，一副忠心護主、悍不畏死的樣子，又暗著罵侯夫人沒有出面維護素顏的尊嚴，說得好像整個侯府都欺負了大少奶奶一個新過門的媳婦似的，白嬤嬤原本想要發作責她兩句，這會子也說不出口了，氣得她那身胖上天的肉都在抖動，卻又不得不強忍下，好言道：「妳既是說大少奶奶受了委屈，就別再這裡鬧了，快些回去服侍妳主子是正經，我也去瞧瞧大少奶奶身子好些了沒。」

說著，就要抬腳進門。紫晴的身子沒有動。她感覺這白嬤嬤不是來解決問題，而是來和稀泥的，心中有氣，就不想放了白嬤嬤進去給素顏添堵。

白嬤嬤終於惱了，冷笑著瞪了紫晴一眼，卻是對一旁一直沒說話的紫綢道：「今兒看來我也進不了大少奶奶的門了，妳且回去帶個話給大少奶奶，請大少奶奶多多休息，好生將養身子，有什麼事，世子爺回來自會處理，還請大少奶奶寬心，這新婚燕爾的，還是和和美美的才好呢。」

這話聽著像是在關心素顏，實則是告訴素顏不要鬧得太厲害，一個新進門的媳婦，進門才兩天就和妾室鬧，傳出去對素顏的名聲也不好。

紫綢哪裡聽不出她的意思，她倒不像紫晴，又哭又鬧地跟白嬤嬤胡掰，而是笑著扶了白嬤嬤的手道：「看嬤嬤您說的，您要進去看大少奶奶，是體貼大少奶奶，小的替大少奶奶多謝您。不過，大少奶奶著實身子不好，又……被鬧了一通，只怕越發氣得頭痛了，這會子嬤嬤進去了，怕也沒什麼精神招待您，您的好意小的一定給您帶進去就是。」

白嬤嬤聽了臉色這才緩了些，卻也知道這一個也是堅守的，心下暗嘆大少奶奶倒是養了兩個忠僕，反正她意思已經表明了，大少奶奶若聽不懂，還要鬧，她也沒辦法，這會子還是先把洪氏送回去，不讓她再鬧了才是正經。

於是手一揮，對晚榮道：「妳們兩個還待著做什麼?快送姨娘回去歇著。」

晚榮和另一個丫頭聽了，也不管洪氏願不願意，拖了洪氏就往前走，可就是不扯掉她嘴裡的帕子，洪氏想要鬧，也鬧不出聲來，她又氣又傷心，覺著白嬤嬤根本就沒拿她當半個主子看，比對待一個下人還不如，怎麼著自己也是太后娘娘賜下的，又是貴妃娘娘的親戚，藍氏對她那樣也就罷了，連著這白婆子也狐假虎威地欺凌她，這事不鬧出些名堂來，怕是以後也沒人再當她是一回事了。

如此一想，她瞅著晚榮兩個沒注意，突然用肩頭兩邊一撞，掙脫了晚榮兩個的攙扶，突然發力向一旁的大樹撞了過去。

晚榮眼疾手快，伸了手卻只抓到了洪氏的一片衣角，眼睜睜瞧著洪氏的頭重重撞在了大樹上，鮮血四濺，人也軟了下來，倒在了地上。

洪氏身邊的丫頭終於從暗處跑了出來，大哭起來。

第四十四章

紫晴和紫絹與白嬤嬤又說了兩句，正氣呼呼地轉回屋，就聽得晚榮一聲尖叫，嚇得回過頭來，看到洪氏倒在血泊裡，心裡一緊，也有些害怕了起來。先前她們再怎麼鬧，也只是打嘴仗，打了洪氏手下的奴婢，並沒有真傷洪氏，說出去也只是說她們兩個潑辣厲害罷了，有素顏護著，最後也就挨個板子的事。這會子洪氏要是死了，那就是鬧出人命來了，追究起來，她們可是大罪過了。

紫晴慌了神，全然沒有了方才與洪氏和白嬤嬤吵架時的氣勢，拔了腳就往屋裡跑，紫絹卻還是沈穩得很，一把拉住她道：「大少奶奶在養病，她什麼都不知道，妳跑什麼？洪姨娘可是晚榮姊姊扶著的呢。」

紫晴聽了眼睛一亮。正是，洪氏可不是她們兩個動手打的，也不是在她們兩個手裡出的事，她們雖和洪氏吵了，但是白嬤嬤來了，息了事，洪氏由白嬤嬤的人接回去了，路上再出了什麼事，誰知道是不是洪氏又受了什麼委屈，怪不得她們。

如此一想，紫晴心情好多了，又站在院門口看戲，紫絹卻是對那四個拿板子的婆子道：「快，去幫幫白嬤嬤，打個門板來，抬洪姨娘進屋去。」

說著，自己先出了院子，急急地跑了過去。

白嬤嬤沒想到這洪氏也如此潑悍，竟然用尋死這一招來鬧，氣得直跺腳，忙走了過去，讓晚榮衣服撕下一大塊，先幫洪氏綁頭，止了血再說。

見這邊紫綢使人抬了門板過來，她板著的臉緩了很多，感激地看了紫綢一眼，心裡又對素顏治下的這兩個丫頭高看了一眼，先前受這兩個丫頭的氣也消散了許多。不過這事還是給鬧大了，她又頭疼了起來，一會子夫人醒了，還不知道要怎麼鬧，侯府這兩天又不得安寧了。

紫綢又殷勤地跟著白嬤嬤幫她把人送走，白嬤嬤抬了人，卻不知道往哪頭走。人已經出了事，她再體面也只是個下人，不敢再作主，只能讓晚榮去報侯夫人，自己猶豫著，是抬到前頭侯夫人那邊去，還是抬回後園子去。

紫綢關切地在白嬤嬤耳邊說道：「聽說侯夫人治家很是嚴厲的，小的來了雖只兩天，但府裡井然有序，上下都規矩有制，守禮得很……」

白嬤嬤聽著就皺了眉，也不知道紫綢在這個時候說這些做什麼，不由得心下煩躁，卻聽紫綢又繼續道：「小的還聽世子爺說，幾個姨娘平素也是很守規矩的，都在後園子裡不太出來，今兒洪姨娘怕是魔症了，突然發了狂要打到大少奶奶屋裡去，還尋死覓活，嬤嬤是拚命拉住她也沒拉得住。唉，這人發了病，別人是多幾隻手也難以顧得過來啊……」

白嬤嬤聽得眼睛一亮，連連點頭道：「是啊，晚榮為了拉她，自己都差點摔著了，妳說她這病，怎麼突然就厲害了呢？」

紫綢聽了差點笑出聲來。白嬤嬤可真是厲害，自己只說洪氏突發魔症，她立馬就說成洪氏原本就是有病的，今天又發了，如此一來，洪氏這行為也不稀奇，鬧成這樣，全是她舊病復發的緣故了。

晚榮在一旁聽得也是偷笑，對白嬤嬤道：「嬤嬤，洪姨娘既是得了這種病，就不要抬到夫人院裡去了，可別又衝撞了夫人，還是送回她自個兒屋裡，好生請了大夫來給她醫治吧。」

洪氏於是又被抬了回去，紫綢跟著也忙進忙出，打打下手，安置好洪氏之後，才與白嬤嬤幾個分開，白嬤嬤心裡對紫綢更是親切了些。

紫綢回屋將這些事都說給素顏聽了，素顏笑道：「到底是打小一塊兒長大的，就是貼心窩。」

紫綢和紫晴兩個聽了這話，有些激動。少奶奶雖沒誇她們，也沒打賞，但一句打小一塊兒長大的，便是將她們看作不只是心腹這麼簡單了，比主僕要進了一層，兩人心裡舒坦，只覺得主子如此尊重又看得起，就算為了素顏豁了命出去也是值得的。

不多時，侯夫人身邊的晚香就過來了，板著個臉，氣勢洶洶的，略略向素顏行了個禮。「大少奶奶，夫人有請。」

素顏手扶著頭起了身，問晚香。「不知這個時辰，夫人找我有什麼事？」

晚香冷冷地看著素顏道：「大少奶奶何必裝糊塗，這滿院子裡的人都知道的了，一會子，怕是連宮裡頭都知道了大少奶奶的本事呢。」

紫晴聽著這話就氣，掀了嘴皮子就想要刺晚香幾句，素顏搖了搖手。晚香不比洪氏，她是夫人手下得力的，又因著晚玉的事情對自己有氣，與她鬧著沒意思。

大鬼好捉，小鬼難纏，這些小任務得罪了，最容易出壞。

到了侯夫人院裡，侯夫人正鐵青著臉坐在正堂，晚榮和白嬤嬤立在一邊，三夫人也在，晚香進去通報後，便讓素顏進去。

素顏進去後，就給侯夫人行禮，侯夫人卻是板著臉，伸了手重重在梨木做的八仙桌上一拍道：「跪下！」

一旁的白嬤嬤臉上就有些難看，小意瞟了一眼夫人，微搖了搖頭，無奈地對晚榮使了個眼色。

晚榮很有眼力地就將一邊的墊子拿個來抱在手上，睜大眼睛看著素顏。

素顏聽得侯夫人那一拍桌子，渾身嬌弱地顫了下，身子晃了晃，一副嚇到不行的樣子，臉上也是一臉的驚懼和莫名，委委屈屈地提裙，卻半天沒有跪下去，眼中淚水盈盈。

「母親，不知兒媳做錯什麼，讓您如此憤怒？我受罰不要緊，氣壞了您的身子可是兒媳不孝了。」

侯夫人見她磨磨蹭蹭地不肯跪，冷笑一聲道：「妳犯了如此大錯，還裝聾作啞？今天不好生教訓教訓妳，妳不知道家規是什麼。跪下！」

晚榮悄悄將手裡的墊子放在素顏腳下，素顏委委屈屈地正要跪到墊子上去，晚香卻是突然走了過來，將墊子一腳踢了，皮笑肉不笑道：「大少奶奶怕是不知道侯府的規矩，若是磕頭行大禮呢，晚輩膝下是要放墊子，怕奶奶少爺們傷了膝蓋，若是受罰受訓，可沒這待遇。」

素顏委屈地含淚看著她道：「晚香姊姊說得極是，只是，我也不知道犯了什麼錯要跪下受罰受訓，母親就算要罰兒媳，也得罰個明明白白，讓兒媳心服口服才是啊。」

卻是直了直身子，不肯跪，脊梁挺得筆直，抬起頭倔強地看著侯夫人。

侯夫人冷笑著將手中的茶杯往桌上一磕，冷笑道：「倒是本事啊，婆婆讓妳跪下，妳竟然敢不跪？就算沒犯錯，長輩之命也不可違，何況妳還犯了大錯，來人，讓她給我跪下！」

立即進來兩個婆子，上前就要抓著素顏將她按下，素顏手一抖，冷冷地掃了兩個婆子一眼，眼神冰寒如刀。那兩婆子也沒有下死力，畢竟是府裡的大少奶奶，世子爺才娶回的心肝寶貝，真傷了，侯夫人沒事，她們做下人的就會倒楣，再看大少奶奶那眼神看得人直發冷，手下就更鬆了力度，只是輕搭在素顏肩上。

素顏輕輕一抖，抖開兩個婆子，哽著聲道：「婆婆教訓得是，兒媳雖不知道犯了何錯，但婆婆要罰兒媳，兒媳作為晚輩也只有受的分，不敢多言。」

言下之意便是說，侯夫人混帳，不分青紅皂白就要罰她，說著屈膝往下跪，一旁的晚香早暗中走到她身後，趁著素顏屈膝時，暗暗用力一撞素顏的腰，素顏身子吃力不住，雙膝重重撞在了地上，痛得她眼淚都快出來了。

一回頭，卻見晚香若無其事地走回侯夫人身後，像什麼事也沒發生一樣。

一旁坐著的三夫人這才開了口道：「唉呀呀，大嫂，有話好說嘛，姪媳身子不好，妳讓她跪下說，著了涼怎麼辦？跪壞了膝蓋怎麼辦？」

侯夫人白了她一眼道：「這是我屋裡的家事，老三家的，妳要是閒得無聊，就好生回去教教楓哥兒，十四歲的人了，還住在內院裡跟著婦人一起，太不成體統了。」

三夫人一聽，臉色一沈，冷笑道：「我這不是正在向大嫂學學如何教養晚輩嗎？大嫂，成紹進宮了，這會子就該回了吧？這是他屋裡的事，妳不如讓他自個兒來處置的好。」

侯夫人一聽大怒。葉成紹向來不服她管，在她面前從來就沒個尊重，完全不把她這個母親放在眼裡，三夫人沒少為這件事嘲笑過她，這會子又來戳她的痛腳，不由冷笑道：「他來了又如何？他是男人，後院裡的事情，男人插手做什麼？再說了，方才宮裡送了信回來，說他在為皇上辦事，一時半會兒還回不了府。」

三夫人聽了沒再說話，卻也沒起身走，只是憐憫地看了眼素顏，端了茶喝，放茶杯時，對自己的丫頭錦蘭使了個眼色，那丫頭趁人不注意，退了出去。

侯夫人見三夫人老實了，便垂了頭對素顏道：「妳口口聲聲不知道錯在何處，我且問妳，如今洪氏躺在床上，昏迷不醒，妳要作何解釋？」

素顏聽了抬起頭來，不解地看著侯夫人。「洪氏？母親，兒媳不知道她是誰。」

紫綢與紫晴同洪氏吵鬧時，自己可是連面都沒露的，她完全可以裝不知。

「妳倒是會裝，洪氏好生去拜見妳，妳不讓人家進去，還使了人將她打出來，她受不得這折辱，才氣得尋死撞樹，如今妳倒推得一乾二淨，裝得連人都不認識了。」侯夫人冷笑著說道。

素顏無辜地看著侯夫人道：「今天媳婦身子不爽利，送了世子爺出去後，就在屋裡歇下了，只聽得外面有人吵，也不知道是誰在吵，只當是下人們為了些瑣事在鬧，頭昏昏沈沈的就沒有起來。怎麼，洪氏要來拜見我嗎？她是府裡的哪位夫人還是嫂嫂？」

侯夫人被她說得一滯。洪氏不過是個妾，就算是太后賜下的，也還是妾，她要去拜見素顏，以素顏這身分確實可以不見，若是府裡正經的夫人奶奶要去見她，她不見倒是失了禮，自己倒不好拿這事去罰她……

「她是紹兒的妾室，是太后娘娘賜下的，妳是正室，身子不爽利不見她倒也沒錯，但她畢竟是太后娘娘賜下的人，妳不該讓妳的人去打她，如今她氣得撞了樹，這消息很快就會傳出去，若是貴妃娘娘怪罪下來，就是我也難替妳擔待。」

素顏聽侯夫人這話說得嚴重，卻是笑了。「兒媳不過是才進門兩天，府裡的人都沒認全，一心也只想與府中親戚姊妹、嬸娘們交好，又怎麼會使了人去打洪氏？母親說得兒媳好生冤枉啊。」

侯夫人冷冷地看著她，手一揮，招來兩個人，正是那兩個被紫晴使人打走的洪氏身邊的婆子。

侯夫人問了那兩個婆子事情經過，兩個婆子便添油加醋，將紫晴和紫綢兩個如何罵洪氏，如何擋著不讓洪氏進去見素顏，如何又被素顏屋裡的婆子拿板子打的事都說了一遍。

侯夫人聽了看著素顏道：「妳還有何話說？那紫晴與紫綢都是妳的陪嫁丫頭，她們兩個行凶，沒有妳的允許，怎麼敢對世子爺的妾室下手？分明是妳量小善妒、縱奴行凶。」

紫綢一聽這話，跟著跪到素顏面前，對侯夫人道：「夫人，這事並不關大少奶奶的事。大少奶奶在屋裡歇著，奴婢幾個在外頭守著，突然門外有人鬧，奴婢出去看，洪姨娘說要進去見大少奶奶，奴婢幾個好言相勸，說大少奶奶病了，不見客，改日再來，她不聽，非要往裡闖，還使了兩個婆子來推奴婢，奴婢一是氣急，二是看她們來意不善，分明就是仗著太后娘娘的勢欺負大少奶奶，就死死護住門，沒讓她們進去。後來，她們動了粗，才鬧了起來，奴婢幾個也沒敢對洪姨娘動手，洪姨娘是怎麼傷的，奴婢幾個也不知道。」

一席話，把素顏摘得乾乾淨淨，又指出是洪氏無理取鬧、使人行凶，侯夫人聽了卻面不改色，冷笑道：「府裡大多數人都看到了，妳們是捆了洪氏的，如此還不算犯上作亂？妳們有幾個膽子，敢對一個貴妾動手？不是妳主子指使的，又是誰？」

這意思是不管如何都是素顏的錯，看來，今天侯夫人不讓素顏罰上一頓，是不會收場了。

紫綢心中著急，不由看向白嬤嬤，指著白嬤嬤道：「當時白嬤嬤也來了，洪姨娘發了瘋一樣地鬧，還是白嬤嬤幾個拚命攔著的，最後沒攔住，洪姨娘才自己撞傷了，這可怪不得奴婢幾個，更怪不上大少奶奶，大少奶奶根本就沒出過屋，夫人如果非要罰人，給洪姨娘出氣，奴婢願意領罰。」

白嬤嬤被紫綢點了名，臉色很難看，卻還是說道：「紫綢姑娘說得倒是個實話。夫人，今兒洪姨娘確實是很奇怪，像魔症了一樣，大吵大鬧，奴婢幾個去勸，她還非要尋死覓活的，倒也不能怪了大少奶奶。」

侯夫人聽了無奈地瞪著白嬤嬤一眼，白嬤嬤嘆了口氣，閉了嘴，沒有再說。

侯夫人又對素顏道：「今天這事鬧得太大了，我也知道錯不全在妳身上，但事情已經成了這樣，她的身分擺在那裡，不罰妳，我難以對宮中交代。」

說著，揚了聲，對白嬤嬤道：「大少奶奶新婚失德，量小善妒，縱奴打傷洪姨娘，打她五板子，罰掉一個月的月錢。」

打五板子？為了妾室打正室五板子？

素顏猛地抬頭，冷冷地看著侯夫人。這五板子下去，侯夫人是將她一個正室的顏面全都駁盡丟光了，讓她以後再也難以在小妾面前抬起頭來，這五板子自己今天若是挨了，以後在侯府，怕是誰都可以欺到自己頭上去。

她突然就對侯夫人咚咚咚磕了三個響頭，鄭重地看著侯夫人道：「夫人是兒媳的婆婆，要打要罰兒媳，兒媳沒有話說，但今天若是為了洪氏這個妾室，打了兒媳，兒媳立即便自請和離。侯府寵妾滅妻，縱容妾室欺凌主母，主母反抗便要打罰主母，如此不如兒媳讓出正室之位，成全了洪氏就是。」

侯夫人聽得大怒，氣得手都在抖。

「妳這哪像正經大家出來的女子，如此忤逆不道、不服管教，才成親兩天，小罰妳一下，就要鬧著和離？哼，妳有何資格說和離，進得寧伯侯府的門，就是寧伯侯府的人，想要走，只有一條路，那就是讓紹兒休了妳。」

說著，一揮手，對那兩個婆子道：「拿家法來，本夫人親自動手。妳不是說，我是妳婆婆，要打要罰妳沒話說嗎？好，這會子我不說為了洪氏罰妳，只當是我這個婆婆來罰妳，看妳還有何話說！」

素顏冷靜地看著侯夫人，只見她眼裡滿是怒火，氣得嘴都在發抖，但眼底深處，卻有一絲悲涼一閃而過，她有些詫異，以為自己看錯了，再定睛時，侯夫人已經站了起來，舉著家法就往自己身上抽來，背後頓時一陣火辣辣的痛，她不由輕呼了一聲。

紫綢看傻了眼，以前二夫人再如何陰狠，也沒有動手打過大姑娘，這侯夫人怎麼說也是有誥命的人，怎地如此凶惡？看她一竹板子打在素顏身上，第二下又要抽來，忙撲上前去抱住素顏，那第二下便生生落在了紫綢身上，紫綢也是痛得牙一咬，眼淚都逼了出來。

一直看戲的三夫人坐不住了，她沒想到侯夫人會如此重罰素顏，原以為最多不過是罰個跪、禁個足什麼的，這會兒家法都動用了，也慌了神，上前去奪侯夫人手裡的家法，大聲道：「大嫂，妳瘋了嗎？她可是才進門兩天的新媳婦啊，真要打得她鬧著和離，驚動了皇后娘娘，妳可怎麼解釋！」

不說皇后娘娘還好，一說皇后侯夫人更氣，一把甩開三夫人，手下抽得更用力了些。紫綢雖是擋了好幾下，卻還是有一下打到了素顏的額頭，頓時素顏眼冒金星，頭痛欲裂，她痛恨自己怎麼還沒有暈過去，暈了，她也許就不用受這樣的折辱了。

白嬤嬤和晚榮終於上來拉住了侯夫人，一頓苦勸，侯夫人似乎也打累了，丟了手裡的家法，坐回到椅子上，這時，有人通報，四老夫人來了。

四老夫人拄著枴杖，一進門，看到素顏跪在地上，額頭上紅腫一片，氣得直搖頭。侯夫人一見四老夫人來了，臉色變了一變，忙起身給四老夫人行禮。「四嬸子，您老怎麼也來了？」

「府裡發生這麼大的事，我能不來嗎？姪媳啊，妳這是在做什麼？怎麼發這麼大的脾氣要打這個孩子呢，她犯了什麼錯？」四老夫人氣憤地看著侯夫人道。

「四嬸子，這事您別管，姪媳是不得不罰她。那洪氏是什麼來頭，您也知道，如今還頭破血流地躺在屋裡呢，我罰她，她還好過一點，不過是些皮肉之苦，若是那洪氏鬧到宮裡頭去，侯爺和我又是兩頭難，還不如我先罰了的好。」侯夫人嘆了口氣，對四老夫人說道。

四老夫人搖著頭道：「妳真是糊塗，她若真做錯了事，妳罰她也就罷了，這個樣子，那後園子裡的女人還不個個有樣學樣，都去欺負她。妳也是正室，不為她撐腰也就罷了，反而還幫著洪氏打她，妳要她以後如何理家，如何面對那幾個妾室？這規矩一亂，以後哪個妾室還把正室放在眼裡？這內院就要亂成一鍋粥去！」

侯夫人低了頭，四老夫人看她一副油鹽不進的樣子，不由又是搖頭，冷聲道：「我不過是個孀子，又是個沒兒子的，侯爺憐惜我，才得你們供養，原也沒資格跟妳說這些話，只是念了侯爺對我的好，不想看著這府裡生亂，才勸妳幾句，妳若不聽，我也沒法子。」

侯夫人忙抬頭給四老夫人道歉，卻並不認錯，四老夫人看她仍讓素顏跪著，沒法子，只好親自去扶素顏。

「孩子，妳婆婆是氣瘋了，她平素也不是不講理的人，妳且起來，挨了打，快回去養傷吧，可憐見了，這頭都腫起來了。」

素顏也不起來，就勢給四老夫人磕了個頭。

「四叔祖母，您來了正好，請給姪孫媳作個證。今日之事，姪孫媳沒有做錯半點，若夫人只是心情不好，想要打罰姪孫媳出氣，姪孫媳沒有話說，長輩賜不可辭，就算是打罵也是長輩的愛護教導。但是，如今分明是世子爺的妾室欺姪孫媳娘家地位不高，打上姪孫媳院門，自己尋死覓活、大吵大鬧，婆婆不主持公道也就罷了，還為她虐打姪孫媳，姪孫媳再難在侯府生活下去，自請和離！」

四老夫人一聽這話可就嚴重了，才過門沒兩天的新媳婦就鬧著要和離，成紹那孩子原就不肯正經成親，後園子幾個女人他也沒正眼看過，好不容易找了個可心的人回來了，只兩天又要和離，若真讓她走了，再要讓他好生成親，怕是難上加難。

些。

那孩子，原就受了不少苦……唉，那世子之位，就那麼重要嗎？侯夫人也做得太過了

第四十五章

「孩子，妳快起來，這事成紹根本就不知道呢，妳受了委屈，叔祖母知道，但也不能受一點委屈就說要和離吧？這可不是開玩笑的事情，妳也要為妳娘妳爹多想一想才是。」四老夫人勸道。

素顏顫抖著起了身，紫綢身上受了幾下，也是一身火辣辣的痛，主僕二人攙扶著站起，素顏也不給侯夫人行禮，強忍著痛，鬆開紫綢，抬頭挺胸地向外面走去。

侯夫人看著漸行漸遠的素顏，兩眼發怔，頹然地靠在了椅子上。

四老夫人長嘆一口氣，對侯夫人道：「我知道妳心裡不服氣，也壓著很多事，但妳完全可以換個法子的，何必要把事情鬧得這麼僵？妳想得的也不是得不到，非要如此心急做什麼？如今這事，我看妳如何收場，就是侯爺那裡，妳也過不了這一關去。」

侯夫人聽了四老夫人的話，臉色一白，起了身，對四老夫人福了一福道：「多謝四嬸的教誨，姪媳派人送您回去吧，您也累了。」

這話是說四老夫人多管閒事了，四老夫人氣得臉色醬紫，轉過身便走了。

三夫人看事情鬧成這樣了，也不敢多待，生怕禍水會引到自己身上去，也趕緊溜了。

素顏帶著紫綢，強忍著腳痛和屈辱，昂首往正堂外走，還沒出門，便碰上了匆匆而來的文嫻和文靜。文嫻眼尖，進門就瞧見素顏頭上那條觸目驚心的傷痕，顫著聲喚道：「嫂嫂，妳這是……」

文靜原本碰到素顏後眼睛就看向一旁，抿著嘴不想與素顏打招呼，聽得文嫻的驚呼聲，也看了過來，不由吸了一口冷氣，神情莫測地看了看素顏，又看向正陰沈著臉坐在正堂裡的侯夫人，她往裡走的腳步便滯了滯，猶豫著要不要進去。

素顏沒有心思跟這兩個小姑磨嘰，只是微點了頭，繼續往外走。

文嫻看出事情不對勁，一看自己娘親的臉色很不好看，立即明白。這府裡，除了侯夫人，沒有誰會對新嫂嫂如此明目張膽地下狠手。她眼神一黯，拉住素顏道：「嫂嫂，我娘她有時脾氣不太好，她以前其實並不是這樣的，一定是有什麼誤會，妳先別走，我去勸勸娘，說開了就好了。」

紫綢在一旁聽得好笑，也不管合不合規矩，衝口就對文嫻道：「三小姐，大少奶奶都被打成這個模樣了，難道還要回去跪著聽您和侯夫人調解？您沒看出來，我家姑娘連走路都很吃力嗎？」

真要關心大少奶奶，又怎麼不顧大少奶奶的傷勢，先只想著調解矛盾，想讓大少奶奶挨了打，還要不生侯夫人的氣，當大少奶奶是泥捏的嗎？

文嫻臉一紅，又聽紫綢改稱素顏為姑娘了，心中更是著急，滿含歉意地扶住素顏道：

「是妹妹思慮不周，嫂嫂快快回去休息，妹妹立即拿爹爹的帖子請太醫，嫂嫂千萬不要氣著，我去勸娘。」

素顏聽了微點了頭，這事不關文嫻的事，難得文嫻是個明事理的，一沒有冷眼旁觀，二沒當戲看幸災樂禍，便回了句：「多謝三妹妹。」

便與紫綢一同往外走，文靜卻意外地上來扶住素顏道：「大嫂，我送妳回苑蘭院吧，妳這丫頭好像也受了傷呢。」

素顏聽得詫異，不由看了文靜一眼，反正自己和離的主意是拿定了，人是要走的，但不想與全侯府的人弄得太僵，多個朋友總比多個敵人好。

文靜扶著素顏往回走，一路上，擔憂地看著素顏額頭上的傷，不時地嘆息，又一再說宮裡應該有好傷藥，說葉成紹一定會找到最好的藥來給素顏治傷，嘰哩咕嚕的一路上就沒停歇，對素顏的傷勢比素顏自己還緊張。素顏雖覺得她熱情得有些過了，但有她在一邊說話，她竟是忘了痛，不知不覺就回了自己的屋子。

陳嬤嬤焦急地站在穿堂裡等素顏回來，一抬眼，看到素顏被二姑娘扶著往院子來，心裡咯噔一下，眼淚就出來了，忙衝了出去扶住素顏。

一抬眼，看到她額頭上那一個頂大的包，聲音都在抖，衝口罵道：「哪個黑了心肝的對大少奶奶下這麼重的手啊！我們大少奶奶在娘家可是如珠似玉的嬌養著的，怎麼過門才沒兩天，就被惡人打？這侯府裡究竟都是養了些什麼東西啊，怎麼都像瘋子一樣，見人就咬啊！」

文靜聽陳嬤嬤這話是連著府裡的人一同都罵進去了，不由臉色一白，尷尬地看了素顏一眼，素顏也正在氣頭上，哪裡顧及到她的感受，一聽陳嬤嬤的聲音，一直強忍著的淚水就噴湧而出，伏在陳嬤嬤懷裡就痛哭了起來。

陳嬤嬤摟著素顏邊拍著她的背邊哄道：「咱們回屋去說。外頭冷，別傷沒好，又著了涼，那就正中了那些人的意了。」看也沒看文靜一眼，當她是透明的。

文靜想要再勸些什麼，陳嬤嬤和紫綢兩個已經扶了素顏往屋裡去，也沒個人跟她打聲招呼，請她進去坐什麼的，生生就把她晾在院門口了。

她不自在地站了一會子，想了想，還是抬了腳跟進了素顏的院子。

紫雲原是在穿堂外守著的，她剛才也看到了素顏額頭上的傷，一見侯府的人就有氣，見文靜過來就攔住道：「二小姐，咱們大少奶奶都傷成那樣了，沒工夫招待您，您還是快些回去吧。」

文靜還從沒被人如此沒臉過，不由也有了氣，不過也知道藍家的人這會子是連著她一同恨上了，便忍了忍，笑道：「妳這丫頭看著年紀小，倒是個忠心護主的，我可沒有得罪妳家奶奶，我是來看望奶奶的。三妹妹去請太醫了，我在這裡守著，等太醫給大嫂看過了，才能放心。」

紫雲聽她說得好，又看到的確是她送了素顏回來的，便撇了撇嘴，讓開身子放了她進去。

素顏一進門，伏在陳嬤嬤懷裡就喊：「奶媽，收拾東西，我要回娘家，我要和離，這裡待不下去了。」

陳嬤嬤聽得心一震。這話是怎麼說的？才成親兩天就要和離，那可不成，和離了的女子，雖比休棄的要好，但名聲還是受損了，雖說少奶奶還是完璧，但畢竟有過一次婚史，再找一個合心合意的、家世又好的那就難了；再說這事世子爺也沒在家，也不能怪到世子爺頭上去，世子爺看著渾，對大少奶奶還是有心的，活了大半輩子，這點她還是能看出來的，女兒家最大的幸福就是找一個能寵著妳、疼著妳的男人，真和離，那就太可惜了。

不過，侯府也是太欺負人了，想著法子找大少奶奶的茬，做兒媳婦到這分上也著實憋屈，這個場子怎麼也要找回來才是。

一抬眼，看到文靜也來了，邊拍著素顏的肩膀道：「好、好，我聽奶奶的，咱們收拾東西，準備回藍府去，這府裡既然不拿咱們當人看，咱們走還不成嗎？回去，請大老爺寫和離書，和離吧，這世子夫人咱不做了。」

紫晴看到了大少奶奶額頭上的傷，心下也是氣憤不已，腦子裡一時又想起了上官明昊那溫潤如玉的俊顏來，不由衝口道：「當初就不該嫁進寧伯侯府來，中山侯世子那樣好的一個人一力求娶大姑娘，若不是爺用了手段，又怎麼會失去了那麼好的一段姻緣，姑娘真是看錯人了。」

紫綢聽她這話太不著調，忙瞪了她一眼道：「說什麼呢！是說這話的時候嗎？」

紫晴也知道自己說錯話了，不過這原就是她的心結，這會子正好可以證明，素顏當初選擇是錯的，反正如今也跟侯府鬧上了，她乾脆也出出氣。瞥了文靜一眼，又接著說道：「本來就是嘛，當初中山侯夫人多疼咱們姑娘啊，人還沒嫁過去，就如珠似玉地護著，姑娘在娘家受了氣，夫人也是一力護著姑娘的，如今若是嫁在中山侯府，姑娘哪裡會受這許多鳥氣？」

素顏聽得心裡更是難受。她雖是不喜歡上官明昊，但中山侯夫人確實對她很好，多次維護她和大夫人，如今想來，若是給中山侯夫人做兒媳，應該不會如此受欺凌侮辱吧……一時哭得更厲害了。

紫晴見素顏並沒有因自己這一番話生氣，以為素顏也後悔了，便更是大著膽子勸道：「姑娘，不過才嫁過來兩天，咱們回府去也好，指不定中山侯世子還對您念念不忘呢。」

越說越過分了，陳嬤嬤終於忍不住瞪了紫晴一眼，罵道：「妳胡說些什麼呢！死妮子，既是勸姑娘回去，還杵在這裡偷什麼懶，收拾東西去啊！」

紫晴有些畏懼陳嬤嬤的火，又知道自己這話說過頭了，有損大少奶奶的閨譽，聽得陳嬤嬤這一吼，立即一溜煙跑進了裡屋。

文靜明白自己在不太方便，就起身告辭了。

一時，文嫻請了太醫，又親自送了太醫過來，素顏卻是關了門，不讓太醫和文嫻進正屋。陳嬤嬤守在穿堂裡道：「多謝三小姐美意，我們大少奶奶受不起侯府的恩情，三小姐請回吧，我們這就收拾東西回藍府去，不在這裡惹人嫌。」

文嫻一聽這話急得不行了，也顧不得禮儀，站在穿堂裡對著正堂喊：「大嫂，我請太醫來了，妳就算再生氣，也要先顧著身子，醫好了傷再說啊，讓我進去吧，大嫂，別說那要走的話，咱們可是一家人呢，說出來可就生分了。」

陳嬤嬤聽得一聲冷笑。「承蒙三小姐看得起，我們大姑娘不敢高攀，和離書明天就會送到，三小姐請帶了信給侯夫人，我們姑娘把正室的位置騰出來，隨便夫人要扶哪個貴妾上位，都不關姑娘的事了。姑娘如今被個妾室欺上門，當家婆婆還要為妾室撐腰，我們姑娘受不得這個辱，只能自請和離。」

文嫻身後的太醫原本有些惱火，侯府請了他來看病，病人卻不讓他進門，穿堂裡陰風颼颼的，連杯熱茶也沒人奉上，就算侯府診金高，他也不想拿，轉身正想離開，就聽得陳嬤嬤那一席話，不由也皺了眉。寧伯侯夫人怎麼會為了兒子的妾室打罰兒媳呢，這可是太不合情理了，說出去，跟寵妾滅妻可沒什麼兩樣呢。

文靜聽了陳嬤嬤的話，又窘又羞，只覺得這一番話讓太醫聽了去，對自家的名聲著實不好，忙回過頭，塞了一錠銀子在太醫手裡，不好意思地對太醫道：「大人，不過都是些家庭瑣事，有些誤會呢，您耐心等等，我嫂嫂在氣頭上，一會子您再進去診治。」

太醫看那診金出得高，心裡也舒服了一些，便在穿堂處坐了，卻是支起耳朵聽屋裡人的談話。

紫綢正拿了熱帕子來給素顏敷傷口，又找了藥來給素顏塗上，素顏想著她挨的打比自己更多，忙讓她進了裡屋裡，讓紫晴給她上藥。

幾個人忙得團團轉，只有芍藥站在屋裡手足無措，紫晴幾個自動將她當成了外人，她做什麼都會有人搶了去，不讓她做，芍藥只好呆呆地看著素顏，挨著牆站了好一會子，似是想到了什麼，趁人都沒注意，她便自後門溜了出去。

紫晴幾個給素顏上好傷藥後，當真收拾了些貼身穿的衣服，打了幾個包，整齊放在正堂的桌上。素顏看準備得差不多了，便起身，紫晴、紫綢兩個拿起包袱跟在後面，掀了簾子讓素顏出去。

文嫻看素顏終於肯出來，頓時喜出望外，一轉眼，看到紫晴幾個大包小包地拿著，一時又慌了神，忙拖住素顏道：「大嫂，妳好歹讓大哥回來了再走。這事大哥可不知道，怪不上他，他如今正給皇上辦差呢，若他一回來不見大嫂，這府裡怕是會鬧翻天去，求求妳了，大嫂，妳再等等，大哥一會子應該就回來了。」

素顏哪裡肯等，先還跟文嫻客氣幾句，道兩句謝，看文嫻總是拉著她不放，她不由看向王昆家的。王昆家的長得結實，一把拽住文嫻，好言勸道：「三小姐，您也是女兒家，若您將來嫁出去了，婆婆也是寵著小妾欺凌虐待您，奴婢想您怕也會受不了吧，將心比心，我們大姑娘可沒做半點錯事，就被侯夫人虐打一頓，這府裡既然不拿大姑娘當人看，那我們留著也沒意思，您就別攔著了，放我們大姑娘一條生路吧！」

話說到這分上，文嫻若是再攔，反倒不合情理了。她也知道，光靠她一個人的力量，也攔不住素顏，偏生侯夫人屋裡白嬤嬤幾個都不見來露個面。侯夫人平素亂發脾氣，白嬤嬤的話，她還是能聽得進去的，今天這是怎麼了，難道就真讓大嫂衝回娘家去，把事情鬧得更大？

她好言跟太醫說了好話，讓太醫回去了，自己抬了腳就往侯夫人院裡跑。

這邊，陳嬤嬤拿了貂皮披風給素顏披上，風帽戴起，扶著她，主僕幾個真的就往前院去了。

第四十六章

府裡的僕人們不少都知道先前洪氏在大少奶奶院門前大吵大鬧的事情，後來雖是散了，沒有親眼看到洪氏撞樹尋死的經過，但總有那大膽的躲在暗處看到了，早就將過程傳了出去。如今路上有人看到大少奶奶主僕幾個，嬌弱淒涼地往垂花門去，心裡也明白了幾分，有的便只是看戲，有的卻是為大少奶奶鳴不平。

素顏就當沒聽到那些議論，只管往前走。前面就是垂花門，出了垂花門，就到了前院，她早就吩咐顧余氏家的男人租了馬車，就回藍府。

但人還沒出垂花門，就聽得侯夫人在後面喊：「站住！妳是想反了嗎？」

接著，侯夫人帶著八個粗使婆子追了上來，有兩個婆子立即就把守在垂花門旁，擋著路，不讓素顏過去。

侯夫人高抬下巴，昂首挺胸地走到素顏面前，冷厲地看著素顏道：「這就是你們書香門第教出來的規矩？被婆母說了兩句就往娘家衝，這樣的女子，哪家敢要？」

下那麼狠的手打了人，卻變成只是說了兩句，侯夫人說話還真是不要臉，空口白牙地扯謊。

素顏給她福了一福，禮數做周全了。「請夫人讓路，素顏要回家去。」

她已經不稱侯夫人為母親，而是夫人了，這明著也就是告訴侯夫人，她不做寧伯侯府的媳婦了，也沒資格管她。

侯夫人聽了冷笑道：「妳既是進了我侯府的門，那便是我的兒媳婦，我不許妳走，看誰敢放妳出門去。」

素顏氣得將頭上的風帽掀了，露出頭上觸目驚心的傷痕來，大聲道：「夫人，我總算明白了，為什麼那洪氏有如此大的膽子，敢以妾室的身分欺凌我這個正室了，原來有您這麼一位好婆婆給她撐腰，就算她再無理取鬧，也有人為她作主，既然如此，您大可扶她為正室好了，何必讓她屈身妾位，欺起人來，名不正、言不順。我自請和離，這樣的婆家我待不下去，倫理道德都不存，我怕被人欺凌致死也無人知曉，還是早些走了，能留條命在吧！」

這便是指責是侯夫人縱容妾室欺凌正室了，還說侯府道德淪喪，氣得侯夫人倒仰，嘴唇抖動半天才說了句。「放肆！胡說八道，如此牙尖嘴利、頂撞婆母，真真缺乏教養，來人，將大少奶奶請回去，別讓她再在此撒潑了！」

說著，手一揮，便招了兩個婆子要去拖素顏。這便是橫蠻不講理了，素顏大喝一聲：「我一身的傷，誰敢碰我試試？妳們可以等著瞧，世子爺也不是一輩子不回府了吧！」

那幾個婆子一聽這話，果真站住了不敢上前。大少奶奶臉上的傷著實嚇人，大少奶奶不敢把侯夫人怎麼樣，但要遷怒到自己這些人身上，那是輕而易舉的事，這府裡誰不知道世子爺的脾氣，到時大少奶奶只需哭上兩場，她們這些下人就都得遭殃了。

侯夫人見自己手下被素顏的氣勢嚇住，不由氣得臉色發青，喝道：「妳們敢不聽本夫人的話?!」

幾個婆子兩頭為難，只覺得自己雙腿上像灌了鉛一般，上前也不是，後退也不是，愣愣地站著，臉色比苦瓜還難看。有幾個裝模作樣地走了兩步，不過那樣子慢得像淤泥裡跋涉。

素顏心知這樣吵自己也難占到上風，侯夫人根本就不講道理，便冷笑一聲道：「夫人，自我進門以來，您就不喜歡我，如今您打也打了，罵也罵了，卻還不肯放我回去，可是害怕了？可是知道自己的行為太過無理無狀，怕放我走了，侯爺也會罰您？」

侯夫人被她這話一激，大聲罵道：「大膽！我身為婆母，教訓媳婦兩下有何過錯，我怕什麼？」

口裡說不怕，眼睛卻緊張地向垂花門處張望著。

「夫人既然沒有做虧心事，那何故不敢讓我回娘家去？如果我真是因婆母教訓兩句便無理取鬧吵著要回娘家，旁人自會罵我不知禮，不孝不悌，我若真走了，也只會讓人罵我藍家家教不嚴、家風不正，於侯府無半點損失。您攔著不放人，那便是您心虛理虧，做了不該做的事了。」素顏冷笑著將聲音放慢了些，眉頭半挑，語氣也帶著一絲譏諷。

侯夫人聽得她故意挑釁，卻是氣得說不出話來，她句句誅心，若再攔著，便是自認心虛理虧，一時竟然站著不知如何回話是好。

素顏見她不作聲，抬了腳便繼續往前走，兩邊的婆子猶豫著不知道該攔還是不該攔，眼睛睃向侯夫人，卻見侯夫人鐵青著臉在發愣，並未出聲阻止，便也站著裝死不動，任素顏主僕走出垂花門去。

垂花門外便是前院，素顏出得門，提腳便跑。一會子侯夫人醒過神來，怕是又會來攔。紫晴和陳嬤嬤也知道她的意思，一邊一個扶著她走得飛快。

幾人還沒走到前門，便碰到了侯府大總管楊得志，一見大少奶奶帶著僕從往前門跑，便覺得事情有異，忙躬身上前攔住。「大少奶奶這是要去哪裡？奴才派馬車送您。」

素顏人都到了這裡，哪裡能讓人再攔回去，便扯了個笑顏道：「只是出去走走，就不煩勞大總管了，馬車已經備好了。」

楊得志早看到素顏身後的僕從們手裡都拿著包裹，大少奶奶額頭上又有傷，眼睛哭得紅腫，哪有不明白的，忙躬身賠笑。「這是奴才應該做的，奶奶您先等著，奴才這就吩咐人給您備車。」

他只是大總管，主子們之間的事情他無權干涉，但能為侯爺解些憂，阻上大少奶奶一阻也是好的。看這天色，侯爺應該快回了，得使個人去給侯爺報信才好。

說著，他人未動，卻對身邊的小廝道：「還不快去幫大少奶奶備車。」

那小廝見大總管對自己連使眼色，也明白大總管的意思，拔了腿就跑。楊得志躬身候著，態度恭謹有禮，卻是穩穩擋在路上，並不讓開。

素顏看著心煩。好不容易過了侯夫人那一關，難道這會子又要被個總管攔住不成？

皺了眉頭正要開口，那跑出去的小廝又轉了回來，神情有些慌張，對著大總管欲言又止，大總管看慣人臉色行事的，一下子也明白怕是遇到了更麻煩的事，便裝模作樣地瞪了那小廝一眼道：「不是讓你去備車嗎？可曾備好？」

那小廝無奈地附在大總管耳邊說了一句，大總管臉色立變，轉回頭看向大門外，只見藍大老爺和藍大夫人兩個帶了幾個僕從已經走進了大門，一名侯府僕從正領著他往裡走。

素顏順著楊得志的目光看去，只見藍大老爺滿臉怒容，藍大夫人一臉關切，正向府裡走來。

素顏頓時淚如雨下。以前再是不喜藍家，再想離開藍家，但這一刻，她看到大老爺和大夫人時，她心裡久違的那份親情、那份溫暖全都湧了出來。

大夫人一眼便看到正站在寒風中，羸弱的女兒，頓時也是熱淚盈眶，等看清她額頭上的傷痕時，更是聲音哽咽，顫抖著喚了聲。「女兒……」

素顏再也忍不住，提了裙便向大夫人衝過去，一下撲在大夫人懷裡，失聲痛哭。

大老爺也看到了自家女兒頭上的傷，氣得臉色鐵青，眼眶泛濕。這個女兒原是要嫁到中山侯府去的，卻是為了將他從大理寺大牢中救出，才不得不嫁到寧伯侯府來，女兒的犧牲他豈能不知，心中豈能無愧？

原想著葉成紹對女兒極是用心，女兒再如何，嫁到寧伯侯府日子也不會太差，卻不承想不過兩天時間就有人來報，說女兒在葉家受屈挨打，人心肉長，就算藍家家世不如寧伯侯府又如何？

自家女兒自家疼，怎麼也要給女兒討點公道回的。於是，大老爺這一回半點沒有遲疑，就帶了大夫人來了寧伯侯府。總不能讓女兒受了氣，還沒有娘家人支持吧！

楊得志一看這事情要壞，連親家公和親家母都來了，這事可真就鬧大了，忙上前去給大老爺和大夫人見禮，態度恭謹有禮。「親家老爺，您是來接大少奶奶回門子的嗎？唉呀呀，您可真是太過疼愛和思念我們大少奶奶了，明兒才是回門日呢，您今兒就來了，看，世子爺又進宮去了，不若先進府喝杯茶祛祛寒，奴才這就去請世子爺回來，讓他陪著大少奶奶一起回門去？」

楊得志到底是侯府的大總管，一席話根本就是在和稀泥，無視大老爺臉上的怒氣，一派和氣親熱地把大老爺往府裡迎，口口聲聲只說大老爺是來接大少奶奶回門的，半點也不言到素顏臉上的傷上去，只求著先穩住親家公了再說。

大老爺看楊得志穿得體面、說話得體，便知他定是侯府有體面的下人，倒也不為難他，只是冷著臉道：「多謝總管美意，不過本官聽說姑奶奶被人欺凌，重打致傷，是來接了自家女兒回去養傷的。你家世子爺若是回來，讓他去我府上賠罪。」

說完後，也不再看楊得志，轉過頭，愛憐地看著自己哭作一團的妻女，也拿了塊帕子拭淚。

這話不軟不硬，又不算是得罪侯府，人家家長也沒說要和離什麼的，只說女兒被打了，要接回去醫治，意思卻是多重的，一是說大少奶奶被人欺凌了，二便是侯府打了人，卻沒有請醫問藥，為大少奶奶醫治，真真將藍家的女兒不當人看。

饒是楊得志長袖善舞、八面玲瓏，也被說得臉紅耳赤，覥著臉死命勸道：「親家公誤會了，大少奶奶只是與人發生了些爭執，太醫早請了在府裡，您若是心疼大少奶奶，這會子便先讓太醫給奶奶診了脈，用了藥再回吧。」

拖得一時是一時，楊得志覺得自己背心後頭的衣服都要汗濕了。

大老爺卻是淡笑一聲，抬手一拱道：「不用了，藍家請個太醫的錢還是有的，請大總管轉告侯爺一聲，下官先將我家姑娘接回去了。」

那邊大夫人哭得也差不多了，捧了素顏的臉細看，伸了手顫抖著想摸她頭上的傷，又怕弄痛了她，想著女兒在家時的乖巧聽話，一嫁了就遭此大罪，不禁長哭一聲。「我的女兒啊，妳這是受的什麼罪啊……」

這淒慘的一聲大哭，引得侯府前院的僕從們都躲在暗處看，心裡也跟著酸酸的。大少奶奶長得如花似玉，進門那天可是嬌美俏麗，像天仙一樣，這會子竟被打得鼻青臉腫，做婆婆的再要立規矩，也沒有才兩天就下重手的吧，一時有消息靈通些的，知道後院洪氏的事情，又都悄悄議論了起來，想著這一回侯府可確實不占理了，人家要回去，也是沒法子的事，兩天就打得這個樣子，再待下去怕是連骨頭渣都會被人吃了去。

楊得志只覺得自己處在了水深火熱之中。他頭一回碰到如此難解的事，放是不能放走的，不放，人家又站在大門口哭，這條街上可都是住著公卿貴族，有頭有臉的人家，聲音再大些，就能引得四鄰全知，侯府的臉還要不要啊？

侯爺又還沒回，楊得志忙讓人去請侯夫人。

侯夫人在垂花門處沒攔得住素顏，正暗自生氣，白嬤嬤追了出來，勸道：「夫人，事已至此，您就別再火上添油了，大少奶奶受了委屈，正在氣頭上，她小孩子脾氣，要回娘家撒嬌，您就讓著些，等她回去，反正明天也是回門的日子，一會子去請了世子爺回來，讓世子爺也去藍家。女兒家嘛，相公一哄就好了，到時候，還不是小兩口兒歡歡喜喜地一同回來了嗎？」

侯夫人聽了這話，心裡才鬆了一些，只是想著葉成紹知道自己打了素顏，怕又不會善罷干休，不過，兩人也鬥了十幾年了，只要是侯爺心裡還對自己存著愧意，她就不怕葉成紹能如何。如此一想，便也懶得再追，甩了袖子往自己院裡去了。

人還沒到屋裡，楊得志就派了人來報，親家老爺和夫人在大門外，要接了大少奶奶回去，楊大總管正攔著呢。

這親家上門來接女兒回去，那便和女兒自個兒賭氣回娘家不是一碼子事，對方長輩出動了，那便不只是小倆口吵嘴鬧意見的事。侯夫人聽得也緊張了起來。如果藍家長輩也支持和離，侯爺定然會大怒，宮裡的那位也是早盼著葉成紹能正經成親生子的，這會子若知道是自己將媳婦氣沒了，定然全怪罪到自己身上來……

不行，絕不能讓藍家人將藍素顏接走，侯夫人心裡一急，帶著白嬤嬤和幾個粗使婆子就往前院去。

第四十七章

前門外，楊得志已然攔不住藍大老爺和藍大夫人，藍大老爺與他客氣兩句，便甩袖往外走了，藍大夫人也哭著扶了大少奶奶往府門外走。而寧伯侯府大門外，早就圍了不少看熱鬧的人，不過都是各府的主子派出來打探消息的下人，隔著一條街，在自家院牆邊上看著，也沒往寧伯侯府門前湊。寧伯侯府的人也拿別人沒辦法，轟是不能轟的，只能紅著臉，將頭垂得快縮到領子裡去了，實在不是一件光彩的事。

門外停著藍府的馬車，看熱鬧的人也認得，再看前兩天才嫁進侯府的藍家大姑娘額頭上一個好大的包，一隻眼睛已經瘀腫了起來，天仙般的新娘子，不過兩天就傷得不成人形了，這寧伯侯府也太狠毒了一些，以前那世子爺的名聲就浪，這會子還真是證實了，誰嫁姑娘嫁到寧伯侯府就是遭罪，一時有的人便暗自慶幸起來，好在自家沒有這麼倒楣的姑娘。

藍大老爺正要上馬車，侯夫人終於追了出來，一看素顏真的要被接走了，她忙讓白嬤嬤上前攔住。

楊得志也見機，忙上前去叫住藍大老爺和大夫人。「親家老爺、親家夫人，我們侯夫人來了。」

藍大老爺聽了倒是停了步子，沒有上車，轉過身來，看著侯夫人。侯夫人平素被人尊敬慣了，藍大老爺又只是個五品郎中，眼裡哪裡瞧得起他，便倨傲地抬著下巴站在臺階上，等著藍大老爺和藍大夫人給她見禮。

楊得志快急出一身汗來。夫人怎麼到了這個時候還在擺架子啊，沒看到藍大老爺滿臉怒容，一街子的人都在看熱鬧嗎？快將人請進府裡去才是正經啊！

藍大老爺一看侯夫人那氣勢，身後還帶著好幾個粗使婆子，頓時心中怒火更盛。他可是為了女兒來討公道，並非來求著巴結侯府的，到了這分上，侯夫人還如此倨傲，不給些顏色瞧瞧，以後女兒在侯府真會被欺負死去。

如此一想，他對大夫人吼了一聲。「還愣著做甚？等人家連著咱們兩個老的都打一頓了再走嗎?!」

白嬤嬤正對藍大夫人說好話，又勸素顏消氣，這邊藍大老爺一吼，她也被嚇住，愣愣地回頭看侯夫人，不停地給侯夫人遞眼色，只差沒將眼珠子擠出來。

侯夫人卻是聽了藍大老爺的話，氣得手都在抖。不過小小的五品，竟然敢在侯府門前大小聲，不來給她見禮也就罷了，還誣蠛她，她哪裡又要打人了？

鼻子裡氣一哼，就想回府去，對著這樣的小官賠小心，沒得失了身分。

白嬤嬤氣急了，也顧不得犯上，一把拉住侯夫人的衣袖，小聲道：「夫人，不能啊，這一走，怕就真會和離了，您可兜不住啊！」

侯夫人這才反應過來事情的嚴重，她原以為像藍大老爺這種小官吏，見了她這二品誥命只會上前行禮巴結的，沒想到藍家人骨頭硬氣得很，根本沒拿她當一回事。

想著侯爺回來的後果，侯夫人忍住氣，放下身段走到藍大夫人面前，淡淡說道：「是親家夫人嗎？來了，怎麼不進府去坐坐？」

語氣仍是硬邦邦的，一副高高在上的味道。藍大夫人也是百年大家族出身，什麼樣的人物沒見過，她彬彬有禮對侯夫人福了一福道：「親家二字不敢當，只怪我們沒有教好姑娘，讓她得了個剛強的性子，一點子屈辱也受不得，只好接回去再教導幾年，叨擾之處請夫人見諒，我們現在就回府了。」

藍大夫人的禮數周全，讓人挑不得半點錯，但話卻是說得剛硬，連親家也不肯認了，又說要接回去幾年，那就是明著在說要和離了。侯夫人這回真急了起來，臉上也帶了絲乾笑。「親家母這是說哪裡話來，大少奶奶人還是很乖順的，不過是小兒女鬧了些意見，我說了她兩句罷了。小孩子家的氣性大，親家母不要當真，難得來一回，快快進府裡坐坐吧，明兒紹兒就要帶了兒媳回門子，親家母就是想姑娘了，也不在這一天呢。」

這前倨後恭得也太快了些，藍大夫人一時有些不適應，白嬷嬷見了忙就去扶藍大夫人，勸著。「是啊，進去坐坐吧，都是親戚，難得來了，哪有不進府坐的道理？」

又對著侯夫人身後的晚榮和晚香遞眼色，晚榮笑著去拿紫晴、紫綢手裡的包袱，晚香卻是沒有動，仍是冷冷地看著素顏。

藍大夫人卻並不糊塗，哪裡是一句好話就能消了氣的，她不著痕跡地拔開了白嬷嬷的手，對侯夫人道：「真是不好意思，我這不肖女身上有傷，我看著心疼，還是早些接了她回去醫治的好，請夫人就此放過我一家吧。」

這話說的，不讓他們走就是不放過他們了，侯夫人才忍下去的氣又升騰了起來，冷著臉道：「您這話是何意，我可是好心請你們進去喝茶的，哪裡就是不放過了？」

藍大夫人立即從善如流。「是，小婦人說錯話了，得罪了侯夫人，您並沒有對小婦人及我家老爺如何，只是我家姑娘著實身上有傷，耽擱不得，就不再陪夫人了。」說著，扶了素顏就要上馬車。

侯夫人氣急，這些個小門小戶出來的人可真是給臉不要臉，自己已經好言相求了，他們還得理不饒人，氣得衝口就道：「哪有你們這樣的人家，嫁出去的姑娘潑出去的水，在婆家受點子委屈，被婆婆教訓了幾句，就鬧家來鬧，這就是你們所謂的書香門第的家風嗎？我看也不過如此！」

藍大夫人大怒，轉過頭來，柔弱的身子擋在素顏身前，冷冷地看著侯夫人道：「夫人，您也是養兒育女之人，若您的女兒嫁出去才兩天，就被妾室打上門去，家中婆婆不但不處置犯上作亂的妾室，反而打了您家女兒一頓，您會作如何想？將心比心，我家老爺雖是官微人輕，但我家女兒卻也是如珠似寶地嬌養大的，她沒做半點忤逆不孝之事，憑什麼被人如此欺凌虐待？人家的女兒是人，我家的女兒也是人，既然侯夫人看不上我家女兒，那我這做母親的，也沒有看著她被人繼續欺凌的道理，帶回家去自己養著不行嗎？這又是失了哪門子禮，哪裡不合我們書香門第的家風了？」

侯夫人被藍大夫人駁得一滯，根本就無話可答，圍著看熱鬧的也終於知道藍家接女兒回家的原因了。小妾打上正室的門，那不是寵妾滅妻嗎？這正室才進門兩天啊，也不知道那妾室平素被寵成什麼樣子了，如此驕橫跋扈，也太失體統了些，妾就是奴，這就是奴大欺主，當家婆婆不維護正室臉面，卻還打了正經的兒媳，也怪不得人家娘家父母要接女兒回去了，這媳婦再待下去，那妾室還不爬到她頭上作威作福嗎？哪裡還有半點正室的威嚴臉面？這寧伯侯府的家風也太亂了些，深宅內院裡最忌的就是妻妾相爭，而妾室不守規矩，越過正室，最是敗壞門風了。

一時，人們開始小聲議論了起來，看侯夫人的眼神裡都帶了譴責，侯夫人自己也被說得好不自在，站在門口進也不是，退也不是，只好求助地看向白嬤嬤。

白嬤嬤剛要說話，素顏卻是止了哭道：「嬤嬤，今日洪氏在我院前鬧時，可是您親自去處置的，可有看到我說過那洪氏半句？可看到我對那洪氏動過手？」

白嬤嬤訕笑著，賠著小心道：「不曾，大少奶奶您當時正病著呢，門都沒出，哪裡會打罵於她？」

「那可是她自己不聽您的勸，要尋死覓活？」素顏又追問了一句。

白嬤嬤正為這事擔著心，洪氏可是在她手上撞了樹的，聽素顏這樣問，立即點了頭道：「確實如此，奴才好言勸她回去歇息，說大少奶奶身子好了，自會見她，她卻不聽，非要自己尋死……」

她話還未完，侯夫人就一眼橫了過來。看熱鬧之人也更是清楚，原來，這新媳婦真是半點錯處也沒有，竟然這樣還被婆婆打了，這個婆婆可還真是凶惡，她教養下的姑娘，怕也不過如此吧……

侯夫人聽人連著自己的女兒都議論上了，更是又氣又急，再也懶得維持面上的和氣，板了臉道：「藍素顏，妳回是不回轉，不回轉就等著一紙休書吧！」

藍大老爺聽得大怒，上來拉著大夫人和素顏就往馬車上推。「走、走，回去，讓他們侯府送休書來，老夫就算鬧到金鑾殿上去，也要把這婚事給和離了。」

藍大夫人再不遲疑，帶著素顏上了馬車。藍家馬車開動走了，楊得志氣得直嘆氣，白嬤嬤也垂著頭，無奈地看著自己的腳尖。侯夫人如今是越發糊塗了，那藍大老爺和藍大夫人既然肯停著等她，並不立即上馬車，就是不是真心想讓大少奶奶和離的，明明好說幾句、放軟些身段就能解決的事情，被夫人越弄越糟，這下看如何收拾吧！

侯夫人卻是怒目瞪視著白嬤嬤，一甩袖子，轉身進了府去。

回到府裡，侯夫人卻沒有立即往自己院裡去，而是去了葉紹揚的書房。

葉紹揚正站在案桌前畫畫，丫鬟玉蘭站在一旁磨墨，偶爾微偏了頭，溫柔地看葉紹揚一眼，見到葉紹揚畫得認真，額頭冒著細汗，便乖巧地拿了繡帕給葉紹揚拭汗。

侯夫人進去時，正好就看到一幅翩翩佳公子紅袖添香的美景，頓時氣得臉色鐵青，也不多說，走上前去，啪地一巴掌向玉蘭打去，大聲道：「將這狐媚子給我拖出去賣了！」

葉紹揚大驚，忙攔住侯夫人道：「娘，您這是怎麼了，玉蘭她犯了什麼錯？」

侯夫人鐵青著臉痛苦地看著他，一副恨鐵不成鋼的樣子。「揚兒，你要給娘爭氣，要好好讀書啊，不能被這些狐媚子擾了心神。」一看桌上葉紹揚畫的正是玉蘭，那畫只畫了一半，卻是將玉蘭的風韻全都聚於畫面，更是心火直冒，抓起那畫便撕了個粉碎，眼裡流出淚來。

葉紹揚一見侯夫人哭了，心也慌了起來，掀了袍子就跪了下來。「娘，我錯了，我以後會用心唸書，為您爭氣的。」

看著兒子那張俊逸溫潤的臉，侯夫人的心又軟了，伸了手去扶葉紹揚起來，關切地問道：「你那病可又曾發作過？」

葉紹揚聽得臉一白，眼裡閃過一絲痛色，低下頭道：「沒有，近一個月沒有發作了。娘，您不要太擔心了，都好些年了，兒子也還是活得好好的，應該沒事的。」

侯夫人長嘆一口氣，拉著他坐到一旁的繡凳上，愛憐地撫著葉紹揚的臉道：「娘沒本事，暫時不能給你應得的東西，但不管如何，你的命娘是要保住的，就算吃再多的苦，娘也不怕。」

卻說素顏坐在馬車裡，伏在大夫人懷裡又哭了一場，終是又痛又累，迷迷糊糊地就睡著了。

馬車行到半路，卻是突然停了下來。藍大夫人不知道發生何事，讓紫晴掀了簾子去看，紫晴依言看了前方一眼，俏麗的臉上竟然泛起了一絲紅暈，大大的杏眼也驟然明亮了起來。

紫綢看著就覺得奇怪，扯開她，自己掀了簾子看去，頓時沈了臉，回頭對大夫人道：「中山侯世子在前面攔下了大老爺的馬車。」

大夫人聽得眉頭皺了起來，垂了眼看懷裡的素顏，不由悲從中來。當初，若自己堅持，素顏應該還是能嫁給中山侯世子的吧，中山侯夫人那樣喜歡素顏，又怎麼會打罵欺虐於她？可憐的孩子，若不是要救大老爺，又如何會落到如今這步田地？

上官明昊騎著馬追上了大老爺的車，他翻身下馬，玉樹臨風般立在大老爺的馬車前。大老爺無奈。他此時也不願意看到上官明昊，當初是藍家執意要退掉這門親事的，如今女兒嫁得不好，人家找上門來，定是奚落自己的，何必送上前去給人笑話？

上官明昊似是知道大老爺的心事，恭謹地在馬車前行了一禮道：「世伯，小姪這廂有禮，小姪聽說大妹妹受了委屈，送些藥來看望大妹妹，並無他意。」

聽了這話，大老爺再窩在馬車裡不出去就是失禮了，他無奈地掀了簾子下車，乾笑著對上官明昊道：「世姪有心了。」卻並不去接那藥，心裡卻在想，這上官明昊的消息也太快了些吧，轉頭又想起方才在寧伯侯府鬧時，好多人在圍觀呢，先頭只想著出侯夫人的醜，沒想到如今連中山侯府都知道了，這滿京城裡怕是不少人都知道藍家大姑奶奶嫁得不好了吧，一時心裡又酸又痛，酸是失了面子，痛是心痛女兒，更是可惜了眼前這個俊逸多禮的少年。

上官明昊見大老爺並不接他的藥，爾雅一笑道：「世伯，這是宮裡來的最好的傷藥，聽說大妹妹傷了額頭，塗了這藥定不留下疤痕。」

大老爺聽得就心動了，他也擔心素顏臉上會破相，伸了手正要接，另一隻手卻是先他一步搶了過去，就聽到一個聲音懶懶的、帶著一絲壓抑的憤怒說道：「不勞上官兄關心，我家娘子自有我的藥來醫治。」

第四十八章

葉成紹垮著肩，斜睨著上官明昊，手一揚，將方才那瓶藥甩了出去，正好砸在了街對面的屋頂上，摔了個粉碎。

上官明昊見了眉頭微挑了挑，臉上的笑容卻更是溫潤清遠，抬手向葉成紹一揖，道：「葉兄何必發脾氣，藍夫人與家母乃是手帕之交，我與大妹妹雖無緣成為夫妻，但也還是兄妹，在下聽說世妹慘遭欺凌，替家母前來探望一二，葉兄不會想多了吧。」

「兄妹嗎？那我這妹夫在此替我家娘子多謝兄長關心，我家娘子受了委屈，自有我替她出頭，兄長好走，不送。」葉成紹懶懶抬手給上官明昊還了一禮，不冷不熱地說道。

上官明昊聽了，卻是對藍大老爺一揖道：「打擾世伯行程，小姪告退，請世伯替小姪帶話給大妹妹，家母很是想念她。」

藍大老爺正為葉成紹搶了他的藥摔了而有些不好意思，但見上官明昊一派雲淡風輕，半點責怪怨忿也沒有，心裡就更覺歉疚，再轉頭，看葉成紹歪肩聳胯地站著，比起人家那挺直的身板，如竹似松的站姿，還真是一個天上一個地下，心下越發覺得後悔可惜，想著自家女兒在葉家受的欺辱，便更覺得看葉成紹不順眼，橫了葉成紹一眼後，對上官明昊道：「賢姪有心了，等小女傷好後，定當讓她登門拜謝令堂。」

上官明昊爾雅地笑了笑，翻身上馬，撥了韁繩，踏馬走到素顏的馬車邊，停頓了一下，才打馬而去。

葉成紹看著他那瀟灑自如的樣子，鼻子都差點氣歪，正要再諷刺上官明昊兩句，卻見自家岳父大人怒目橫視過來，立即斂了心神，討好地對藍大老爺一笑，忙上前去扶住藍大老爺。「岳父大人，明兒才是回門，您今兒怎麼接了娘子回府啊？」

藍大老爺長袖一甩，將葉成紹甩開，自己上了馬去，將葉成紹晾在了一邊。

葉成紹急了，扒著馬車簾子，自己的馬也不要了，一躍就上了馬車，也不管藍大老爺的臉色有多難看，厚著臉皮擠了進去，狗腿地叫道：「岳父大人，既是回門，怎麼能少得了小婿呢？」

藍大老爺冷冷地看著他道：「不敢當，世子爺快別叫下官岳父了，我藍家高攀不起，世子爺還是早些回去，和離書明天就會送到。」

葉成紹聽得心猛的緊縮了一下。早就聽她說要和離，只是沒料到才兩天，這個詞語就從岳父的口中出來了，心臟裡像被人捅了一個大洞，血汩汩地流著，卻忘了疼痛，只覺空落落的。

臉上卻扯出一絲嘻笑，隨手捧上一本裝潢精美的書，雙手呈上。「岳父大人，您看這是什麼？」根本就不搭大老爺說的那一茬，拿了東西就想混過去。

藍大老爺憤怒地瞪了他一眼，隨手就向他的手揮了過來，恨不能一掌將這無賴給推下馬車去。

葉成紹卻是手一縮，躲過大老爺的手，穩穩地托住那本書。「精裝絕本《尋世論》，知道岳父大人尋了多年呢，小婿可也是託了好些人才找到的，今天終於可以敬獻給岳父大人您了。」

大老爺聽了果然眼睛一亮，盯著那套書就有些錯不開眼，顫著聲道：「真是《尋世論》？有年分了吧，你從哪裡得的？」

大老爺自來以讀書人自詡，讀書人的怪脾氣都是喜歡收藏些孤本，幾個同僚在一起時，最喜歡的就是相互攀比誰家的藏書多，誰家藏書珍貴，一起臭屁，一起炫耀。這套書是前朝一個著名學者所著，因是晚年所著，只由他的徒弟手抄後流傳下來幾本，卻遇上改朝換代，並沒有印刷成書，那傳下的手抄就成了最珍貴的孤本了，大老爺作夢都沒想到自己能得，可見他的情緒有多激動。

葉成紹見大老爺盯著那本書兩眼放光，卻顧著面子並不接，便隨意翻開那書的扉頁，一股淡淡的墨香飄散開來，再看那書紙，看得出年代久遠了，大老爺再也控制不住，一把搶過抱在懷裡道：「你粗手粗腳的，莫要翻爛了書頁。」

葉成紹笑得狡黠，忙點頭老實地應是。

大老爺急急地翻了幾頁，仔細查驗，越看越喜歡，簡直愛不釋手，抱著那書就搖頭晃腦地唸了兩句，伸了手拍葉成紹的肩膀，大笑道：「賢婿真是本事啊，有了它，老夫就再也不怕那幾個老不修的嘲笑我藍家沒孤本了。」
「只要岳父大人喜歡就好啊，小婿費點心思應該的、應該的。」葉成紹邊笑邊抹著頭上的汗。至少這一個是搞定了，只是，素顏還和岳母在另一輛馬車裡，他不便現在就去見她，若不是去侯府的太醫給他送信，他怎麼也沒想到自己才不過出府半日，素顏就遭此橫禍。洪氏那女人，她怕是活得不耐煩了，還有侯夫人，十幾年了，怎麼就沒有學得聰明一些呢？還是那麼蠢，也怪不得劉姨娘能受寵多年，並生下一子二女了。
大老爺抱著書仍在看，葉成紹在他耳邊很隨意地說道：「岳父啊，小婿多日沒有拜見老太爺了，他身子可好？我那大舅子應該又長高了吧，小婿特意尋了些小玩意兒來，給小傢伙玩呢。」
「你說晟哥兒啊，他長得著實可愛，肖我啊，哈哈哈，不過他還太小，不會玩呢……」大老爺邊看書邊答道，說到一半，突然想起來了，立即冷了臉看著葉成紹道：「你今天也要跟我們一起回去？」
「自然，娘子回門，哪有小婿不陪著的道理？」葉成紹回得理所當然，隨手就要去拿大老爺手裡的書。
「做什麼？你都送給我的了。」大老爺像孩子一樣，將手一收，抱在懷裡，警戒地看著葉成紹。
葉成紹皺著眉頭，摸了摸自己的頭道：「小婿只是看車太顛了，怕書掉下來，摔壞了。」

「我怎麼會掉了……你要去就去吧，不過素顏理不理你，我可不打包票的，而且，素顏暫時也不會和你回侯府。我藍家的閨女被人無故欺凌虐打，不給個說辭，她是不會回去的。」大老爺將書收好，正色看著葉成紹道。

還好啊，只是暫時不回侯府，沒有說非要和離了。葉成紹又鬆了一口氣，墨玉般的雙眸閃過一絲沈痛。真想立即就見到素顏，可見到了，她會原諒他嗎？後園裡的女人，確實是有著他的妾室名分的，這些傷痛的確是他帶給她的，可是，他也有很多無奈啊……

馬車到了藍府，葉成紹率先跳下馬車。藍大總管早就守在門外，見葉成紹自藍家的馬車上跳了下來，不由怔住，愣在原地呆呆地看著葉成紹。葉成紹笑嘻嘻地轉過身去，掀開簾子，殷勤地扶了藍大老爺下車，回頭去看藍大總管，自來熟地說道：「大總管快些回去給大姑奶奶收拾房間，我和你大姑奶奶要小住幾日。」

藍大老爺對葉成紹的厚臉皮有些無語，瞪了葉成紹一眼，卻沒有作聲，手裡抱著那孤本施施然地往府裡走去，也不管後頭的大夫人和素顏幾個。

葉成紹在後面看著大老爺一個勁兒地腹誹。太過分了啊，拿人錢財，要為人消災啊！

回轉身，後頭馬車上第一個下來的就是紫晴，紫晴早在車上就聽到了葉成紹與上官明昊的對話，這會子對葉成紹鼻子不是鼻子、臉不是臉，扭過身去當沒看見葉成紹，掀了簾子，伸手將大夫人扶了下來。

葉成紹一見大夫人，忙上前就是一拜。「小婿給岳母大人請安。」

大夫人冷冷地看了葉成紹一眼。「不敢當，世子爺叫錯人了。」

葉成紹心一緊，忙陪著笑道：「岳母，娘子在車上嗎？我去扶她。」又和稀泥，大夫人的氣話他自動忽略。

大夫人見了，皺了眉道：「不敢煩勞世子爺，世子爺還是回去看照你那位愛妾吧，我家閨女自有我來照顧，用不著旁人假獻殷勤。」

葉成紹聽了又是深深一揖，苦著臉道：「岳母大人，都是小婿的錯，是小婿沒有管好家，害得娘子受苦了，小婿在此向您賠不是。原本小婿要早些回府，娘子就不會受這苦楚的了，但正好朝中有大事，一批過去受屈的官員又要重新起復，小婿又希望娘子能早日骨肉團聚，故此一心辦差，延誤了回家時機，讓娘子受苦了，心中很是過意不去。」

大夫人聽到骨肉團聚四字，身子一震，差一點摔倒，葉成紹很機靈地上前扶住，關切地看著她，小聲在她耳邊說道：「外祖大人不日就有消息了，小婿正在全力施為。」

大夫人終於明白他說的是真的，想著白髮蒼蒼卻流放千里之外苦寒之地的老父親，大夫人熱淚盈眶，激動地連連點頭道：「賢婿有心了，但願能早日看到父親大人。」

葉成紹也哽著聲道：「時日不遠了，岳母大人再耐心等等，小婿說到做到，絕不敢瞞騙岳母大人。」

大夫人聲淚俱下，拍了拍葉成紹的手臂。

「賢婿辛苦了。」

青凌忙上來扶住大夫人，大夫人回過頭，見紫晴正打了簾子請素顏下車，葉成紹要上前去，便拉住葉成紹道：「賢婿啊，素顏還在氣頭上，你要多忍著點啊。她暫時就不回去了，你什麼時候將家裡的事情理清，就什麼時候來接素顏吧。」

葉成紹聽得怔住。岳母大人比岳父難纏啊，那麼大的一個禮竟然沒有完全收買，看來素顏在岳母大人心中的地位還真是很高啊。忙轉了頭，嘻嘻笑道：「嗯，不理清楚就不接回去，小婿也打算在岳母家跟娘子一起小住呢。啊，晟哥兒又長胖了吧，小婿聽娘子說，他很會吃、很會睡，小婿正好帶了些好玩意兒來要送給他呢。」

說到兒子，大夫人臉上也有了笑意，眼中滿滿都是慈愛。

「他還那麼小，不會玩呢。」

「他是會長大的嘛，岳母啊，皇后娘娘賜了個紫金長命鎖，還是讓欽天監的張大人開了光的，一會子小婿親手給晟哥兒戴上吧。」葉成紹仍是一臉討好的笑，塞了個大荷包在青凌的手裡，眼中盡是乞求之色，青凌接過那荷包，忍住笑意扶住大夫人。「夫人，大少爺這會子怕是醒了呢，半晌沒見您，只怕大哭。」

大夫人一聽果然心裡著急，回頭對素顏道：「素顏，讓陳嬤嬤扶妳回府，娘親先回去看妳弟弟了。」

青凌扶著大夫人往前走，大夫人回頭看了一眼，只見葉成紹一臉討好的笑，老實地站在馬車外面，輕聲喚著素顏的名字，便嘆了一口氣，喃喃道：「既是如此在乎，又怎麼捨得讓她受傷害？他若是聰明人啊，就應該早些處理好那些妾室才是。」

青凌笑著回道：「夫人說得是，只是家家有本難唸的經啊，世子爺對大姑奶奶的心還是很真的，以他那性子，百般討好您和老爺，定然是知了錯的。他的那些小妾，就是要處置，也得給他些時間不是？大姑奶奶畢竟是嫁過去的人，真要和離了，再找一個，未必又能比世子爺強呢。」

大夫人聽了又是一聲長嘆。

「這就是女人的命啊，我若不是看他對素顏的那一份心，今天就算他再巧舌如簧，也斷不會讓他進藍家大門了。」

青凌笑著將葉成紹給她的荷包拿出來給大夫人看。「可不是嘛？為了能進府門，大姑爺可沒少花心思呢。奴婢看他那樣子，倒是挺可憐的，大姑奶奶被欺負時，姑爺是不在府上的，要不然以那性子，怕是誰也動不得咱們大姑奶奶吧。」

大夫人目光微閃了閃，轉顏笑道：「也不知道他哪來那麼多的心思花樣，看著渾得很，其實很細心體貼一個人。唉，其實明昊那孩子也不錯的。」

這話青凌就不好接了，上官明昊確實好，但如今大姑奶奶已經嫁人了，就算和離了又如何？難道中山侯世子還肯娶一個和離了的女子回去做世子夫人？中山侯世子不怕人笑，中山侯怕是受不了吧，上官家也是名門望族，又是公卿世家，那個臉，他們丟不起的。

這邊，大夫人與青凌邊說邊走，已經進了藍府大門了，葉成紹還守在馬車門口等素顏下馬車。

紫晴兩手一撐，故意拉著車簾子不讓他往裡瞧，他就急，這會子也不敢對紫晴擺臉色，繞到車窗邊，伸了手掀窗簾子。剛掀開一點，那簾子就被人重重又甩了下來，還壓住了，不讓他看，他只好在窗子外頭道：「娘子，外頭風大，妳一定要披好了披風才出來啊，還有，妳的腿疼不疼，我扶妳進去好不好？」

紫晴聽了冷哼一聲道：「世子爺，不勞您費神，奴婢幾個會服侍好我家大姑娘的。」當著葉成紹的面，將素顏的稱呼改成了大姑娘，葉成紹一口氣直接堵在了胸膛上，若不是聽說這丫頭對素顏忠心得很，他真想拎起她的領子甩到馬路對面去。

但這會子他是連紫晴也不敢得罪了，只是陪著笑，又對馬車裡喊：「娘子，妳出來，我給妳拿了最好的傷藥來了，保證塗上去又清涼又舒服，還不會留疤，要不，我上去也是一樣的。」

素顏聽得他在外頭聒噪，自己已經在寧伯侯府所在的那條街出了名了，要再讓他吵下去，藍府這一條街又會拿自己當茶餘飯後的內容，別這和離還沒成，自己的名聲就給毀了，便大聲對紫晴道：「紫晴，讓車伕把車趕到側門去，卸了門欄直接進府。」

這就是不肯下馬車，根本不見葉成紹的面了？

紫晴聽了，得意地瞥了葉成紹一眼，清脆地應了一聲。「好咧。」雙手一撐，跳上車轅子上座了，車伕自然也聽到了素顏的話，鞭子一揚，打了馬就跑了起來，把葉成紹丟在路邊，一個人發怔。

娘子果然是很生氣，後果很嚴重，比他想像的要嚴重得多。

再一抬頭，藍府的大門竟然正在闔上，這分明就是不讓他進去，他一提氣，也不去推那大門，幾個起躍就向馬車追去，心裡打定了主意，素顏從哪個門進去，他也從哪個門進。

車伕果然趕著馬車繞到了藍府的側門，奴僕們見車來了，忙卸了木門檻，馬車便直接駛進了藍府院子裡。

紫晴跳下馬車，掀了簾子，素顏這才從車裡下來，腳未落地，眼前就鑽出一張俊逸的笑臉，一雙有力的大手已經扶住了她的雙肩。

「娘子……」嘻笑討好的聲音，才發出一半就截然停住。素顏抬起頭去，就看到葉成紹幽深的眼眸裡深深的震驚、憤怒和心痛，他顫著手想要去碰素顏的額頭，卻似怕弄疼了她，手停在半空中，聲音如冰刀一樣刺骨森寒。「她竟然下如此狠手……」

素顏冷冷地看了他一眼，將他的手一撥，顧自往自己過去住的院子裡走去，根本不睬葉成紹。

「娘子、娘子，我一定會給妳討回公道的！」葉成紹又從後面追了上來，一把將素顏抱進懷裡。

素顏大怒。「放開我！你這混蛋！」

葉成紹哪裡肯放，抱起她就是幾個起落，往她原來住的院子裡掠去，等素顏反應過來時，她的人已經落在了自己院子裡。院子裡原有的僕從早得了消息，知道大姑娘又回來了，忙迎了出來，但看到葉成紹也陪在素顏身邊，一時愣住，有些弄不清狀況。不是說大姑奶奶被婆家欺負了嗎？怎麼大姑爺又跟著回來了？

素顏懶得看他們異樣的眼神，推開葉成紹就往自己屋裡走，反正才離開兩天，屋裡的一切還是照舊，她熟悉得很。

葉成紹自然也要跟著進去，素顏走進穿堂，突然就轉了身，瞪著跟進來的葉成紹道：「你要敢跟進來，我再也不看你一眼，不跟你說一句話，不信你就試試。」

葉成紹聽得生生止了步，退回到院子裡，苦著臉，看著素顏道：「娘子，妳心裡有氣，打我也好，罵我也好，就是不要不理我啊！」

素顏不再看他。今天鬧了好幾場，又挨了打，又哭了幾次，渾身骨頭架子都要散了似的，身上的傷還火辣辣地痛著，她現在只想倒在床上好好睡上一覺，不管有什麼事，都睡了一覺再說。

葉成紹怔在原地，看著素顏的身影消失在穿堂裡，幾次抬腳想要進去卻又不敢，皺著眉在原地打了好幾個圈，又急又擔心，偏又怕素顏真的再也不理他，生生地急出一頭汗來。

好在不一會兒，陳嬤嬤帶著紫晴幾個來了，他苦笑著去求陳嬤嬤。「嬤嬤，求妳了，給大少奶奶求求情吧，讓我進去看她，她的傷口得上藥啊！」

陳嬤嬤冷冷地看了他一眼道：「世子爺，對不起，這可不是寧伯侯府，是我家大姑娘的閨房，外男進去不太方便，您還是請回吧。」

葉成紹差點沒被陳嬤嬤的話氣死。什麼外男，裡面的那個是他的老婆好不？哪有相公進自家娘子的房間是不合規矩的？可是，理是這麼個理，但如今素顏是祖奶奶，連著她身邊的人全是祖奶奶，他誰也不敢得罪，就怕她們會攛掇著素顏真的鬧和離，他傷不起那個心。

也顧不得什麼面子地位了，葉成紹一個長揖到底，好言求道：「嬤嬤，我知道娘子正在氣頭上，可是千氣萬氣，不要跟自個兒的身子賭氣，讓我進去給她送藥吧。」

陳嬤嬤不過也是整整葉成紹罷了，她也知道，大姑娘這婚是和離不了的，以姑爺這態勢，是怎麼也不會同意和離的，看他這樣子怕是會死纏爛打了，以後小倆口好了，她們幾個還是要在大姑娘屋裡辦差，與姑爺也是抬頭不見低頭見，以後還是她們的主子，怎麼也得給他留些臉面。

「世子爺既是如此擔心姑娘的傷勢，那就把藥給老奴吧，老奴這就進去給她上藥。」

葉成紹就是想藉著送藥的名義混進屋裡去，哪裡肯將藥給陳嬤嬤，忙嘻嘻笑著對陳嬤嬤道：「好嬤嬤，讓我進去親自給她塗藥吧，不然我不放心啊。」

陳嬤嬤看了眼屋裡，又看了眼葉成紹道：「姑娘是個剛強的性子，她不許的事情，老奴也不好作主。世子爺的藥若是想給姑娘用，那就給老奴拿進去吧，若是不想給姑娘用，反正老爺這會子也該請了太醫來了，痛了一天了，也不在乎多這一下子。」

葉成紹一聽這話，哪還敢不把藥給陳嬤嬤，忙不迭地從懷裡拿了一捧藥出來，外用的、內服的，拿了三、四個瓶子，一一跟陳嬤嬤說了，怎麼用也說清楚了，又怕陳嬤嬤不記得，叫紫綢拿筆來記下了，才放心讓陳嬤嬤捧著藥走了。

第四十九章

紫晴、紫綢幾個都進了屋，葉成紹一個人站在院子裡，眼巴巴瞅著屋裡的人影晃動，就是不敢進去，也沒人出來招呼他，他就呆呆地站在院子裡。

天慢慢黑時，葉成紹已經在院子裡站了一個多時辰了。大老爺派了人來請過他一回，他心裡惦記著素顏，沒有去，只將送給晟哥兒的紫金長命鎖著人帶去了，好在同那孤本一樣，並沒有退回來，但大老爺和大夫人也再沒有使人來，兩個老的自己也沒有來看他，打算著由他們兩個自己鬧，只要葉成紹能求得素顏回心轉意，又能答應給素顏出氣，他們也不會太過干涉。

素顏心頭的氣沒消，葉成紹哪裡都不敢去。他一直記得，那個小女子被蛇咬了後，不哭也不慌，沈著地用自己的簪子將傷口劃開，擠出劇毒，成功地救了她自己，一個性子那樣堅強又果決的女子，如果一旦認定了一件事情，就很難改變。

和離的念頭早就在她的心裡，他很清楚，正是清楚，才努力要贏得她的心，讓她打消這念頭。

兩天的新婚生活，他用心付出，她不是鐵石心腸，偏是老天爺太不長眼了，剛剛有一點回報，就讓她受了這麼大的屈辱，他害怕，是真的很害怕，果然又聽說她要和離了，連她身邊的丫鬟婆子都改了稱呼，不再稱她為大少奶奶……

晚飯時，陳嬤嬤終於看不過去了，出來勸了葉成紹一回。「世子爺，天不早了，您還是早些回去歇著吧，天寒霜重，凍著了您可不得了。」

葉成紹可憐兮兮地看著陳嬤嬤。「大少奶奶肯讓我進去了嗎？」

陳嬤嬤搖了搖頭道：「姑娘那性子倔得很，如今她正在氣頭上，又一心想著和離，您就是在這裡站一夜，她也不會請您進去的。」

和離，她還是要和離……葉成紹的心又緊縮了一下，像被人用尖錐刺中了一般，一陣鈍痛，突然就對著屋裡的人大聲喊道：「我不會同意的，死都不同意的！我絕不和離！我知道妳在生氣，我可以給妳出氣，誰打了妳，我給妳打回來，但妳要同我回去。我們是夫妻，才成親兩天，妳不能待在娘家，這不合規矩……娘子，跟我回去，明兒咱們再回來小住好嗎？」

他的聲音很沙啞，像個跟大人鬧彆扭的孩子，倔強地站在院子裡，硬著脖子對屋子裡吼，先是聲音很大，後來卻是弱了下去，帶著他自己都不知道的哭腔乞求著。

屋裡一點動靜也沒有，素顏既不罵他也不勸他，總之就是不理他。

陳嬤嬤聽了不由得長嘆，心卻是軟了下來。世子爺對姑娘是真心的，那事其實也不能全怪世子爺，如今有幾個男人肯在娘子面前如此低聲下氣地求情、道歉，姑娘要惜福啊，真要和離了，換一個人就比世子爺好？

如此一想，小聲說道：「老奴去勸勸姑娘，世子爺若是非不肯回去，就去穿堂裡坐會兒吧，外面風太大了些，像刀子似的，您會著涼的。」

葉成紹一聽陳嬤嬤肯去勸，黯淡的眼睛像點燃了一簇火苗，又亮了起來，一把抓住陳嬤嬤的手道：「多謝嬤嬤了，娘子的傷藥都塗了吧？您幫我勸勸，讓她跟我回去吧，回去了，她要怎麼著都行。」

陳嬤嬤聽了，很不自在地偏過頭去。素顏根本看都不看葉成紹送來的藥一眼，只說讓陳嬤嬤還回去，陳嬤嬤實在是不忍心讓葉成紹失望，才沒聽她的送回去，這會子葉成紹問起，她還真不知道怎麼回才好。

葉成紹怎麼看不出陳嬤嬤的意思，他的心越發涼了起來，怔怔站在院子裡，又對屋裡喊道：「娘子啊，那真是好藥，妳要生氣，也別跟自個兒的身子過不去，上點藥吧，很能止疼的。」

素顏在屋裡，聽得葉成紹一直在外面吵著，吵得她心煩意亂，躺到床上閉著眼睛，卻怎麼也睡不著，氣得衝到窗前，也對著窗子說道：「你回去吧，不要在我家裡鬧了，侯夫人親口對我父親母親說了，她要讓你休了我，你也行行好，給我一條活路，明兒我送了和離書去，你就簽了吧！」

「她有什麼資格休妳？妳是我的娘子，休不休是我說了算。娘子，別再提那和離的話啊，咱們才成親兩天啊，我是好是壞妳都沒看清楚，不要一棒子打死我，給我個機會對妳好吧！我保證，再也不會發生今天這樣的事情了，妳信我一次好嗎？要不，咱們住到別院去，不和她們住一起了。」

「我不會跟你回去的，你走吧。」素顏冷冷地說道。

再後來，葉成紹在外面說得口乾舌燥，素顏再也不回半句，任他在外面苦求而無動於衷。

天越來越黑，風也跟著大了起來，屋裡燒了兩個火盆，暖烘烘的，素顏拿了本書放在膝蓋上，卻是一頁也沒看進去，根本就沒翻動過。陳嬤嬤站在窗前看著外面的天，黑沈沈的，沒多久，狂風怒吼，就聽得屋頂的瓦片被打得叮咚作響。陳嬤嬤看得直皺眉，不緊不慢地說道：「下雪了，雨夾雪，姑娘，姑爺還站在院子裡呢。」

素顏將手中的書往床頭一扔，氣鼓鼓地道：「他自己要找罪受，怪得了誰來？妳再去一趟，讓他走。」

陳嬤嬤卻看著外面下得越來越大的雪雨道：「奴婢不去，奴婢去了四趟了，爺根本就不聽，一去他又要求我勸姑娘，我耳根子軟，聽不得，省得一回來又煩了您。」

素顏聽得往床上一仰，賭氣道：「不去就不去，他愛站就站著去，又不是我讓他站那兒受凍的，死豬，看誰比誰倔……」

陳嬤嬤回頭看了素顏一眼，又抬頭看窗外，不一會子，似是自言自語道：「啊呀，都站了快四個時辰了，又沒吃東西，那一身都濕了吧，紫雲這丫頭怎麼也不送把傘出去，給爺擋擋雨也好啊。」

看素顏沒動靜，過幾刻鐘又道：「呀，世子爺的身子在晃，怕是要暈了呢。」

素顏終於心裡著急了起來。那個傻子、笨蛋，以為這樣自己就會心軟嗎？不會，絕不會！

陳嬤嬤的聲音又響起。「真的要暈了……」

素顏再也坐不住，自己也走到窗前，屋裡微弱的燈光照在院子外面孤零零的身影上，他渾身早就被冰冷的雨雪打濕了，濕淋淋的頭髮貼在他線條剛毅的臉上，也遮住了他寬闊的前額，水珠順著他挺直的鼻梁往下滴，他卻呆呆地看這邊，一動不動，任那雨水流進了眼睛，又流進了嘴裡，整個人看著好狼狽，好……孤獨淒涼，但他仍是倔強地站著，像一尊石雕。

素顏見了心火直冒。這個混蛋，他是在跟她較勁了嗎？他是想死在她院子裡，讓她做寡婦嗎？是想用這自虐的方式讓她心生愧疚嗎？她偏不如他的意！

卻說侯爺聽楊得志派來的人送信說，侯夫人打了大少奶奶，藍家把大少奶奶接回藍府去後，心裡好生窩火，一是氣侯夫人，媳婦進門才兩天，她就一而再地找茬子鬧，如今還動手打人；二是氣新媳婦，嫁作葉家婦，婆婆訓幾句就好生聽著，忍著就是，頂什麼嘴，還弄得人挨了打；三是氣藍大老爺，哪有姑娘在婆家受點子氣就往家裡接的，人家做親家的遇到這種事，只有教導自家女兒的，她家倒好了，不但不息事寧人，反倒把事情鬧大，沒到三天回門，就把人給接回去，還鬧得街坊鄰居看熱鬧。

他急匆匆回了府，一回來就往侯夫人屋裡去。路上遇到楊得志，楊得志看侯爺鐵青著臉，又是往侯夫人屋裡去，以為侯爺清楚情況了，倒也不敢再多說什麼。

侯爺氣沖沖地走進侯夫人屋裡，卻見侯夫人正坐在屋裡抹淚，一見他回來，哭著就自動請罪。「侯爺，妾身錯了，妾身不該生氣打了大少奶奶。」

侯爺聽得詫異，難得侯夫人竟然肯先認錯，臉色變好了幾分，坐在椅子上，冷冷地看著侯夫人道：「一個偌大的侯府，讓妳管著家，妳就總給我惹事。妳就是心裡有不痛快，也不要往她身上撒氣，她才進門兩天呢，再如何也受不得妳這樣吧，傳出去，妳的名聲也有損啊，如今京城貴卿府上，還有哪家婆婆打媳婦的，妳想別人說妳是惡婆婆嗎？」

一番話語重心長，有責備，卻怒氣不是很大。侯夫人心中暗喜。看來劉姨娘說得對，讓自己先行認個錯，的確是個好法子。

她立即從善如流地點了頭道：「是，侯爺，妾身做錯了，妾身以後再也不會如此了，不過，今次妾身如此，實在也情非得已的，妾身也是為了侯府著想，而那藍氏又太過潑悍，妾身氣急，才動了手的。」

侯爺皺了眉頭道：「究竟何事惹得妳大動肝火？妳平素也不是喜歡動粗的人，幾個孩子也沒看妳打過。」

侯夫人聽了，先自嘆了一口氣道：「回侯爺，原是小事，那洪氏看藍氏進了門，便好意去拜見她，藍氏卻是個量小善妒的，洪氏去給她見禮，她不僅不見，還縱奴將洪氏打傷。洪氏受不得那屈辱，便撞樹自盡，幸虧妾身請醫，救得及時，才留了一條命。那洪氏的來頭侯爺您心裡也清楚，她可是貴妃娘娘的親戚，又是太后親賜，出了這麼大的事，妾身若不先罰藍氏，真要鬧到宮裡去了，侯爺您怕是也要被斥責。

「貴妃原就不樂意洪氏只是個妾室身分，這會子她還被正室欺負了，怕是更要找侯府的麻煩了，妾身也是被逼無奈啊，原是小懲為藍氏息禍呢，但那藍氏不領情也就罷了，還混帳地鬧到娘家去了。藍大老爺也是個胡攪蠻纏，不講理的，夫妻二人在我侯府門外大吵大鬧，引得一眾的人圍觀，那不是在丟咱們侯府臉面嗎？又哪裡將侯爺您的尊嚴看在眼裡？」

侯爺一聽這話果然生氣，不過他也知道，這只是侯夫人一面之詞，具體情況如何，還得多問幾個人。他從朝廷裡回來時，也聽到一些風言，人們議論紛紛，但見了他卻是躲躲閃閃地閉了嘴，還用異樣的眼光看他，侯爺是憋著一肚子的火回來的。

不過看天色將晚，如果事情果真如侯夫人所說的，這會子去接那藍氏回來，一是縱容了她的性子，二嘛，那藍家也太不知事了些，一點子小事就為自家女兒撐腰，也不看看他家只是個什麼地位，跟侯府叫板，這朝廷裡還沒有幾個人敢。

只是紹兒那孩子似是對藍氏很上心，打了藍氏只怕他回來會鬧騰，一想到這裡，侯爺又覺得頭疼，問侯夫人。「紹兒可回來了？」

侯夫人也正擔著心呢，好在侯爺先回來，心下也安定了些，一會子葉成紹回來，有侯爺在，他再怎麼鬧也不怕，便回道：「紹兒還沒回，去宮裡了，可能娘娘留著用飯了吧。」

侯爺聽了便道：「藍氏既然回去了，妳也不用著人接她，晾她一段時間，只是將明天的回門禮都備了，他們家不知禮，咱們侯府不能跟他們家一般見識，一應禮數都做周全了，也就不怕別人說了。」

侯夫人聽了忙應下了，侯爺便起了身要走。侯夫人心下微痛，在身後喚了聲：「侯爺，妾身備好了燕窩，您用點了再走吧，妾身熬了幾個時辰了。」

侯爺聽了，腳步頓了頓。「著人送到書房去吧。」

侯夫人聽了這才轉了笑臉，歡喜地應了。只要侯爺不是去那個狐狸精屋裡就好。

侯爺走出上房，卻見外頭雨雪更大了，又颳起了風，不由得皺眉頭，身邊的小廝忙去給他拿傘，侯爺卻道：「算了，不去了，就歇在這裡吧。」又回了屋。

侯夫人一見侯爺又回來了，心中驚喜，忙讓晚香給侯爺打水淨面，又殷勤地親自去給侯爺端燕窩粥。

屋裡燒了地龍，暖烘烘的，侯夫人侍候得殷勤體貼，侯爺喝了燕窩，愜意地歪靠在太師椅上，晚香端了杯茶給侯爺斟上，侯夫人自己正端了燕窩，翹著蘭花指，小口小口、文雅喝著，楊得志急匆匆地進來了，也不等人通報，就進了穿堂，在外頭稟道：「侯爺，藍家使了人來說，世子爺在大奶奶院子裡站了四個時辰不肯走，渾身淋透了，藍老爺勸了也不聽，這會子怕是暈過去了。」

侯爺聽得心裡一顫，蹭地就站了起來。侯夫人聽得慌了起來。葉成紹要病了，自己可真是吃不了，要兜著走了，她還真沒想到葉成紹會用這法子來罰她，不由心急如焚。

侯爺往外衝，她忙拿了侯爺的錦披給侯爺披上，嘟囔道：「這藍氏也太過任性胡鬧了些，紹兒去接她，已經給她面子了，卻仗著紹兒寵她，恃寵而驕，非要鬧得紹兒生病不可。」

侯爺聽了心中也是氣，吩咐楊得志備車，打了傘就出了門，楊得志也跟了上去。

第五十章

素顏看著外面那人傻子一樣站在風雨裡，凍得渾身直瑟縮，卻硬是一動不動，心裡又急又火。陳嬤嬤就在一旁嘆氣。「風寒入骨，這要再淋下去，只怕會得了風濕去，就算不喜歡要和離，也別把人折磨成這樣啊，真的就一點也不心疼嗎？世子爺那番心可真是付諸東流喔……」還在嘰哩咕嚕地繼續著。

素顏人已經到穿堂處，傘也沒拿便衝了出去。陳嬤嬤看到時，驚得心都快要跳到喉嚨眼裡來了。這是怎麼一回事啊，一個淋雨不肯走，另一個也要陪著？

素顏怒氣沖沖地衝到葉成紹面前，任冰冷的雨打在她臉上，寒風像刀子一樣往身上戳，她卻顧不得冷，衝著葉成紹大罵道：「你是想讓我背下這害夫的名聲是吧？好，我陪你，陪著你淋雨，你淋到什麼時候，我也就淋到什麼時候！」

葉成紹在雨雪裡淋了不知道有多久，只覺那寒氣透過衣服，刺進了骨子裡，饒是他內力深厚，也覺得手腳凍得麻木了起來，腳釘在地上，像是失了知覺一般，頭也開始昏昏沈沈的，眼睛被雨水打得模糊、看不清，腦子裡只有一個念頭，那就是一定要讓娘子消氣，既然是自己讓她受了苦，那就罰他吧，罰他也受苦，或許她就會心軟了。

正呆呆地站著，就見那扇他望眼欲穿的門終於開了，那個他心心念念的人也終於出現了，可是，她為什麼不打傘，會淋濕的……

他聽見她對他在吼，在罵他，不，他不要她也淋雨，她會生病的。葉成紹心一急，也不顧自己渾身濕透，一把就將她抱進了懷裡，顫著聲音說道：「傻娘子，快回屋裡去。」

「你走不走？不走我就陪著你淋下去。」素顏猛地甩開他，冷聲說道。她恨他用這種方式逼她，更不想就此妥協，她有她的原則和夢想，她想要自由自在的生活，不想再受那樣的屈辱。

「好、好，妳進去，我走、我走，妳不要再淋雨了。」葉成紹被素顏的樣子嚇到，他是故意不運功抗寒的，是故意想病的，可是她不行，她才挨了打，身子原就不好，再一淋雨……

他兩手一抄，將素顏打橫抱起，往屋裡走去……

「紹兒！」侯爺在藍大老爺的陪同下，正大步向這邊走來。

葉成紹身子微頓，卻頭也沒回就往素顏的屋裡走去。

侯爺急急地衝到他的面前，一看他懷裡抱著的正是素顏，心中一凜，忙道：「兒媳也陪著你淋了雨？」

葉成紹抱著素顏的身子就晃了一晃，蒼涼一笑道：「母親打得她鼻青臉腫，又跟岳父說要休了她，她萬念俱灰，她要是去了，兒子也不活了。」

侯爺聽了大震，忙道：「兩個傻孩子啊，快先把人抱進屋裡去，洗個熱水澡，換身衣服再說。」

葉成紹聽了再不敢遲疑，忙抱起素顏就往屋裡跑。素顏窩在他冰冷的懷裡卻是罵道：「這廝胡說八道，誰萬念俱灰要尋死了，尋死耍賴的是他好不好……」

卻也順著他的意思閉眼裝暈，卻把藍大老爺心疼得不得了，跺著腳就罵。「那些跟著的人呢？都是死的嗎？怎麼讓大姑奶奶和姑爺那麼淋雨？他們若是病了，老爺絕不放過你們，你們等著老爺給你們揭皮吧！」

陳嬤嬤幾個一早就跟了出來，齊齊地跪在雨裡，哭喪著臉道：「老爺您也看到了，奴婢幾個勸不住啊，傘也不許奴婢打，世子爺要淋雨，大少奶奶勸不住，也只好陪著。」

侯爺聽了心裡焦急，卻又不好進素顏的閨房，站在雨裡團團轉，楊得志打著傘勸道：「爺，肯進屋就好了，快去請太醫來是正經。」

藍大老爺也忙勸侯爺。「侯爺既是來了，就先去舍下坐坐，喝杯熱茶祛祛寒吧，等孩子們緩上一緩了再說。」

侯爺聽了便依言去了藍大老爺的書房。

方才一路上，楊得志終於找著機會把事情經過揀緊要的說了，他也不偏頗哪一邊，更不說侯夫人的半句不是，就事論事。

侯爺聽了肺都要氣炸，直罵侯夫人是敗家惹禍精，若不是想著葉成紹還在藍家淋雨，他真要回去懲治侯夫人一頓。

侯爺與藍大老爺坐在一邊，喝過茶後，藍大老爺一臉悲傷和無奈地站起身來，突然就對侯爺深深施了一禮。侯爺自知理虧，慌忙托住藍大老爺道：「親家，你羞煞本侯了。」

藍大老爺卻不肯直起身來，哽著聲道：「下官教女無方，觸犯夫人，還請侯爺見諒。」

侯爺聽得心中更是愧疚。「親家快別這麼說，是本侯治家不嚴，害得兒媳受辱，親家快快起來，莫要如此。」

藍大老爺聽了卻是又道：「侯爺，夫人說要休了小女，下官覥臉求侯爺，女兒家被休便會毀了一生，還請侯爺高抬貴手，許她與世子爺和離吧。」

侯爺還不知道侯夫人說了這話，頓時怒火中燒，忙扶了藍大老爺起來道：「無知婦人的話，親家就不要當真了。你也看到了，兩個孩子感情甚篤，不過一時鬧些意見，不要說什麼休棄和離的話，以免傷了你我親家的感情啊。」

藍大老爺卻道：「下官知道侯爺通情大量，但下官羞愧得很，沒有教導好自家女兒啊。您說，她性子若不那麼剛烈，小妾打上門就忍一忍嘛，去給那貴妾陪個不是就好了，再者侯夫人可是長輩，長輩賜不可辭，侯夫人就算要打斷她的腳，要休了她，她也不該提什麼要回娘家的話，真真氣死我了，那些《女訓》、《女誡》是白教她了！侯爺，這樣的媳婦，可真是辱沒了貴府家門，還是讓下官接回來，再教養幾年的好啊。」

藍大老爺面上句句是在罵素顏，內裡卻把侯爺羞得無地自容。自己家風如此混亂，侯夫人混帳愚蠢，大老爺越說，侯爺越想找個洞鑽進去好了。

紅著臉，侯爺一個勁兒地賠不是，心裡卻是將侯夫人恨個半死，更為葉成紹和素顏的身體擔著心。今天若是好生將兒媳接回去，再平息了藍家的怒氣，還好說一點，若是不能，再加上紹兒和素顏再一病，皇后可不是個好相與的，自己又得挨她一頓好罵。

藍大老爺只是咬著要和離不鬆口，侯爺勸得喉乾舌燥，最後終於也明白了，藍家這是要找回場子，真正又有哪幾個父母願意女兒和離的？想著罪魁就是侯夫人和那洪氏，便起了身道：「親家，你在府上等著，本侯回去讓拙荊親自來接兒媳回去。」

說著，便半羞半怒地起了身，也不等藍大老爺再說什麼，帶著楊得志就回了侯府。

侯夫人心中也是七上八下的，急得在屋裡亂晃，白嬤嬤在一旁勸道：「夫人也是，當時就不應該下手打人，您就罰她個禁足、抄《女訓》什麼的，事情也不會鬧到這個地步。」

侯夫人聽了，狠狠瞪了白嬤嬤一眼道：「妳沒看那小妮子有多衝，讓她給我下個跪都推三阻四的，牙尖嘴利，得理就不饒人，我不過是罰她幾下，皮肉傷而已，哪裡就打得那樣嚴重了？一點子小事還要鬧到娘家去，那藍家長輩也是，沒見過如此護著女兒的，別的人家若是遇到這種事……」

正說得起勁，侯爺帶著一身風雨就衝了進來，原就在藍家受了一肚子的窩火，一回來聽侯夫人還在數落素顏的不是，更是火上添油，想也未想，抬手就是一巴掌搧了去。侯夫人還沒反應過來，臉上就挨了重重一下，只覺得被打得眼前直冒金星，半天緩不過神來。

「賤人，妳做的好事！侯府的臉都被妳丟盡了，妳還有臉罵人家的閨女不知禮?!」侯爺對著侯夫人大吼道。

侯夫人終於聽明白了，哇地一聲就大哭了起來，侯爺見了更火，揚手又要打，白嬤嬤忙上前護住侯夫人，又勸侯夫人道：「夫人啊，快服個軟吧，您這回是真錯了，莫要惹得侯爺更火啊！」

侯夫人抬頭看侯爺，只見侯爺氣得雙目赤紅，那樣子像要生吃了她一樣，不由打了個哆嗦，捂住自己的嘴，努力使自己的聲音變小一些。

侯爺卻是越看越生厭，一打就大哭大嚎，稍凶一點又瑟縮得像隻老鼠，哪裡有一點二品誥命的樣子，若非她給自己生了兒女，真的想休了她不可。

「嚎什麼嚎，藍家如今一定要和離，妳跟我去藍家親自接了兒媳回來，不然妳就等著進祠堂吧！」侯爺厭煩地對侯夫人吼道。

侯夫人聽得一滯。竟然要她去接那小賤人，就算自己打了她又如何，她是小，自己是長輩，哪有婆婆給兒媳賠不是的？

「侯爺，明兒讓文嫻帶著白嬤嬤去接吧，妾身怎麼著也是一家主母，她是自己回娘家去的，這原也不合禮數，妾身若真去接了，還不得縱著她？以後但凡一點小事就會回娘家去，那咱們侯府還有何規矩可言，又將長幼尊卑放在哪裡？」

侯爺聽得一聲冷笑，斜了眼睛瞪著她道：「妳還知道長幼尊卑呢！我問妳，妾室打上正室的門，妳不維護正室，還打罵正室，這是哪門子的尊卑規矩？妳再囉嗦，明天御史就把這事給告到皇上那兒去，金鑾殿上，全朝的官員們就會圍著本侯的家事議論，妳就等著讓人來戳我的脊梁骨吧！」

侯夫人聽了打了個顫。她還真沒想到這一點，白天那事鬧得也太厲害了，那藍氏著實可惡，竟然故意站在府門前鬧，兩邊街坊肯定傳開來，御史哪有不知道的道理？可讓她去藍家給藍大老爺和藍夫人賠禮，還要親自接素顏回來，她真做不到，以後自己在府裡，怕是半點尊嚴也保不得了，一時又怕又氣，踟躕著半晌也沒動。

侯爺氣急，一掌拍在桌子上，大吼道：「妳去是不去？不去本侯請了四嬸去，妳自明天起就住到佛堂裡吧！」

侯夫人聽得要請四嬸子，嚇得忙起了身，連聲應道：「妾身就去，妾身去備些東西就來。」

侯爺最是尊重四嬸，當她如嫡母一樣供養尊重，雖然四嬸子自重低調，連飯都不肯到正屋裡與小輩一起吃，但全府上下都因著侯爺的緣故很是尊重四嬸，如今讓四嬸去，那便是給了藍家更大的體面，比讓她去更讓她丟臉，明日御史知道了，只會將她這個誥命夫人批得一無是處，那她的名聲就是真的毀得徹底了，到時，侯爺會更加厭棄於她。

侯夫人不情不願地跟著侯爺起了身，冒著風雨出了二門，但還沒到前門去，就聽門房裡的人來報，說宮裡的貴妃娘娘派人來了。

侯爺聽得眉頭高蹙，瞪了侯夫人一眼，侯夫人卻是鬆了一口氣，眼裡露出一絲期待來。

侯爺鐵青著臉迎到了前門，果然是兩名宮女打著傘正站在走廊裡，手裡提著幾個禮品盒，還有一位年紀稍大的嬤嬤也在前面站著，臉色很不好看。

侯爺忙上前去，那嬤嬤一見侯爺和夫人來了，忙上前鞠躬行禮，侯爺臉上擠出一絲笑容道：「不知嬤嬤深夜到舍下來，有何訓斥？」

那嬤嬤道：「不敢，奴婢奉貴妃娘娘之命，前來看望洪姨娘，聽說洪姨娘被人重打致傷、昏迷不醒，特拿來好藥醫治於她。」

侯爺聽得狂怒。那洪氏分明就是自己尋死，怎麼又變成了被人重打致傷了，這消息是如何亂傳的？他不由回過頭來，橫了侯夫人一眼。

侯夫人被他瞪得心中直突突，忙對那嬤嬤道：「嬤嬤誤會，並沒有人打過洪姨娘，只是她與兒媳藍氏發生些口角，自己氣不過撞了樹，如今本夫人已經將藍氏重罰，還請嬤嬤回去向娘娘稟明實情。」

那嬤嬤聽了，臉色這才好了一些，卻是執意要去看望洪氏。侯爺聽侯夫人那話就快氣死了，這話是討好貴妃了，一會子皇后再派人來，看她如何打圓場？卻又不好當著那嬤嬤的面責罵於她，只道：「此事本侯剛回府，事情還沒理清楚，嬤嬤既是非要去探望，本侯也不阻擋，本侯這就著人帶嬤嬤前去。」

侯夫人聽了喜孜孜地就要親自引那嬤嬤前去，侯爺卻對白嬤嬤道：「白嬤嬤，妳領著嬤嬤去後院吧。」

侯夫人頓住腳，哭喪著臉站著，侯爺咬牙切齒地對她說道：「上馬車。妳今天不把兒媳接回來，明日本侯休妻！」

第五十一章

侯爺將侯夫人送上馬車，自己卻沒有上去，侯夫人的臉就窘得通紅，巴巴地看著侯爺。她今天和藍大老爺和藍夫人已經紅過臉了，這會子再去，定然會遭人不待見的啊，她實在是放不下那個臉面去看人家的臉色。

侯爺瞪了她一眼道：「事情是妳惹出來的，妳自己收拾。宮裡的那幾個還沒回去呢，總要留個人在府裡頭吧，若讓劉氏出來等客，妳定然又不喜歡了。」

侯夫人聽了這話，才無奈地點了頭，彆扭地坐在馬車裡。雨還是下得很大，馬車在風雨裡前行著，侯夫人背靠在馬車廂上，閉著眼睛在沈思。

晚香體貼地將披風給她拉緊了一些，車裡雖有軟被，但還是很冷，侯夫人出來得急，穿得並不多，好在外面的貂皮大披還算暖和。

「夫人，真要去接大少奶奶嗎？」晚香小聲問道。

侯夫人微睜了眼，眼中精光閃爍，看了晚香一眼後又很快閉上，眉間裹著冰寒和憂鬱，良久，嘆了口氣道：「晚玉的傷怕是好不了了，妳其實心裡也明白，怪也不得，以後不要再做那種事了。」

晚香聽得心一震，臉就有些發白，小聲道：「奴婢……再也不敢了。」

「晚玉的事，我是不會虧待她的。妳弟弟也有十歲了吧，明天就讓他到門房裡跑跑腿吧，以後，可以到三少爺身邊當個小廝也成。」侯夫人停了又道。

晚香聽了眼神微黯，忙謝過侯夫人，卻是坐在一旁並不作聲。侯夫人肯讓她弟弟出來做事，已經算是給了恩典，但她原是想著弟弟能去二少爺身邊做事的，如今侯夫人卻是要將他分派到三少爺身邊去，三少爺那人……看著老實，但是那雙眼睛，怎麼看怎麼都覺得與他那老實的樣子不符。

車子很快就到了藍府大門，侯府車伕下了馬車去叩門。都過亥時了，許多人家早就睡了，風雨又大，這時敲門，門房怕是都聽不到。

不過還好，藍府的大門很快就開了，一個老門房走了出來，侯府跟出來的管事忙上前去遞了帖子。

那老門房拿了帖子，打了個呵欠道：「主子們早歇下了，客人明天再來吧。」

侯府管事聽得大怒。不過一個學士府罷了，竟然敢給侯府人臉子看，正要開罵，就聽晚香在車上道：「管事，給他些銀子，請他進去通報。」

那侯府管事聽了沒法子，只好拿了塊五錢的小銀角子塞在那老門房手裡，那門房掂了掂手裡的銀子，卻是將門一關，說了一句：「您等著，小的這就去。」說著，顛顛兒地就跑了。

侯府管事被關在了門外，氣得差一點拿腳去踹藍家大門。

侯夫人坐在馬車裡等著，那老門房進去好一陣子了，也沒見出來，她心裡也明白，這是藍家人給她下馬威呢。她陰沈著臉靠在車廂壁上耐心地等著。今天她就是再不想，也得將人請回去，不然，侯爺的怒氣是怎麼也消不了的。

約莫過了一刻鐘的樣子，侯府管事等得心火直冒的時候，藍家大門終於又開了，藍大夫人親自迎了出來。

侯夫人這才下了馬車，在晚香的攙扶下，向藍府走去。

藍大夫人微笑著上前道：「不知侯夫人深夜到此，有失遠迎，還請見諒。」

除了方才讓自己久等了，心中不爽外，態度還好，並沒有出言諷刺，也沒有擺臉色看，侯夫人心中稍安了一些。

看著藍大夫人臉上的笑容，侯夫人卻笑不出來，上午還鬧過一場的，現在要她過來說軟話，面子有些拉不下。

但還是擠出一絲乾笑道：「打擾親家了，府上老太太身子還好吧？」

也不說是來幹什麼的，乾巴巴地說著客套的話。

「老太太身子還算康健，多謝夫人關心，外面風大，夫人要不要進去坐坐？」藍大夫人也不介意，也跟著閒扯，不過，還是禮貌地邀請侯夫人進去坐。

天色很晚，風雨也很大，寒氣逼人，侯夫人也知道，光說些話，素顏定然沒那麼容易跟著她回府的，便依言跟著大夫人進了府，在正房裡坐了。

青凌沏了茶來，又添了銀霜炭，將火燒旺了些，侯夫人喝了口茶，才祛走一些寒氣，開了口道：「侯爺說，紹兒在府上病倒了？」

藍大夫人聽得一臉詫異，問道：「世子爺病倒了嗎？沒有吧，青凌，妳可有聽說世子爺病了？」

青凌回道：「回夫人，世子爺正坐在大姑娘屋裡，不過，好像大姑娘勸他回去，他不肯，就站在外頭淋雨，應該是病倒了吧。」

藍大夫人「喔」了一聲，臉上顯出些急色來，忙對侯夫人道：「妳看我，光顧著照顧老的和小的，沒注意那孩子的事。唉，既然淋了雨，那趕緊請他出來，跟侯夫人回去醫治吧，可別耽擱了病情。」

侯夫人聽得心裡高興，沒想到藍大夫人如此合作，一來半點阻攔也沒有，就肯讓自己接了人回去。

青凌聽了便去報信，侯夫人又道：「紹兒是來看素顏的，讓他們小倆口一同回去吧，明兒也好一起來回門，再來看望親家。」

藍大夫人聽了笑道：「素顏就不回去了。她太不懂事，冒犯了您，回去後，她父親就狠罵了她一頓，給她禁足一個月，不許她出府。」

素顏可是侯府的兒媳，哪有娘家父親給她罰禁足的，這分明就是不拿她當出嫁之女看了。

侯夫人臉上閃過一絲不豫，強笑道：「親家，素顏那孩子……」

「那孩子性子太剛強了，是我沒有管教好她，讓她嫁出去才兩天就跟人鬧，還被婆婆打，實在是不懂禮得很，就得多罰罰她，讓她長些記性。」藍大夫人不等侯夫人說完，又接口道。

「那孩子，她……其實也沒有什麼錯，只是著實性子剛烈了些，但我們做長輩的，也不過是小懲大誡罷了，心裡還是很疼她的。」侯夫人臉上終於顯出尷尬之色來，卻還是咬死不承認自己錯了。她肯放下身段來接她回去，已經給足了她面子。

「那得多謝夫人厚愛了，她是沒福氣的，您的疼愛還是留著給您別的兒媳好了，我家閨女還是自己留在身邊多教導幾年的好。」明明是她自己錯了，打了自家姑娘，還要說她有多寬宏大量，有多疼愛素顏，大夫人氣得腦袋都疼了，臉上的笑容有些僵硬，努力維持著面上的禮數不失，話語卻是越發不客氣了。

侯夫人聽了臉色就沈下來，眼裡蘊著怒火。藍家果然不識抬舉，自己已經放下身段，親自來接她女兒回去了，他們作為長輩的就應該順著臺階下，勸女兒回去才是，哪有還故意刁難的？反正侯爺讓自己來了，自己該說的也說了，藍素顏不回去，也怪不得她。

一甩袖，侯夫人站了起來，冷聲道：「親家，孩子們鬧了脾氣，做大人的應該勸解才是，都說寧拆十座廟，不拆一段姻緣，您這意思是非要兩個孩子分開？」

藍大夫人沒想到侯夫人仍是如此態度強硬，也冷了聲道：「夫人請回吧，誠如您所說，小女性子太過剛烈，您這一回只是小懲，她就被打得鼻青臉腫，若下次大懲，不知道她還能留得性命在否？您不若許她與世子爺和離，也省得在您府上惹您生氣，勞您動粗。」

侯夫人一聽和離二字，又跳躕了起來，人是侯爺讓她來接的，沒接回去，還惹怒了藍家，只怕侯爺會更加惱火，便又忍了忍，聲音放軟了些。「親家，您也別總將和離掛在嘴上，對女孩子家也不好。今日那也是我氣糊塗了，做得過了些，您也看在我深更半夜，冒了風雨親自登門的分上，讓那孩子跟我回去，最多以後我不再彈她一指甲就是了。」

這話對於侯夫人來說也算是到了極致，若藍家再不肯，她就打算走人了。

藍夫人聽她態度緩和了些，倒也消了些氣，只是仍沒認錯，沒意識到她不該護著妾室打正室，是何等的折辱素顏的身分和顏面，大夫人仍是心中堵著，等還要再分辯，這時，葉成紹自門外昂首而進。

大夫人見他已然換了一身乾爽衣服，心裡倒是鬆了一口氣。這孩子也是個又倔又傻的，為了求素顏消氣，竟是在素顏門外淋了幾個時辰的雨，又肯在女兒面前伏低做小，她其實對他早沒有了氣，倒是多了幾分喜愛。只是他那個家，那個母親，可著實不讓人放心，還得磨磨他才是，至少得讓侯夫人真心認了錯，才能放了素顏回侯府去。

葉成紹一進門，便恭謹地給藍大夫人行了一禮。「深夜煩勞岳母大人，小婿深感惶恐，請岳母大人恕罪。」

侯夫人看著形容憔悴，連聲音都嘶啞的葉成紹有幾分怔忡，她平素見慣了他吊兒郎當的痞賴模樣，再見他在藍大夫人面前恭謹有禮，就更是震驚，眼裡就閃過一絲懷疑。

藍大夫人淡淡地點了下頭道：「無事，世子爺，你母親親自來接你回府，你且回去吧。」

葉成紹聽了這話，臉色一黯，轉過頭對侯夫人深施一禮道：「煩勞母親了，請母親回府吧，兒子不回去，也請母親帶話給父親，娘子一天不回府，兒子就一天不離開藍家。」

侯夫人聽了目光閃了一閃，卻是笑道：「紹兒，那你就帶了你媳婦出來，咱們一起回去吧！」

這又是想和稀泥，想裡子面子都占了，輕輕鬆鬆地接素顏回去？

葉成紹聽了侯夫人的話後，只是苦笑，又揖了一揖道：「娘子本就挨了毒打，又淋了雨，如今重病在床，起不得身了，加之悲憤鬱結，連兒子都認不清，哪裡能夠跟兒子一起回府去？她如今是哀莫大於心死，再也不肯跟兒子回去了，那個家，既然容不得娘子，那兒子決定……」

說到這裡，葉成紹頓住，眼神凌厲地看向侯夫人，臉上神情卻仍是悲苦，一副恭敬有禮的模樣。

侯夫人聽到一半時，心就冷了。葉成紹雖沒有指責她半句，卻句句誅心，話裡話外的就怪她虐待了素顏，如今素顏不肯回去，他定不會善罷干休的，不過這麼些年來，他再如何混帳、如何鬧騰，在她面前，始終還是維持著表面的禮孝，畢竟她還是他名義上的母親，有侯爺鎮著，他不得不禮讓她三分，所以，她倒不是很擔心他會對自己如何。

侯夫人正待聽完葉成紹的決定，卻見他頓住，再看他眼神不善，臉便冷了下來，挺胸昂首，迎著葉成紹的目光道：「你決定如何？」

葉成紹哂然苦笑道：「兒子決定離開侯府，入贅藍家，以後就跟著娘子過算了。」

此話一出，侯夫人驚得目瞪口呆，不可置信地看著葉成紹，而一旁的藍大夫人也以為自己聽錯了，不可思議地看著葉成紹。這孩子真被雨淋得發燒了，說胡話吧？

葉成紹見兩位夫人都似不信，轉過身，卻是向藍大夫人拜了下去，恭恭敬敬地磕了一個頭，道：「小婿想好了，既然娘子不被侯府所容，但請岳母大人收留小婿，以後小婿就是您的兒子，侍奉二老，為二老養老送終，您就當多了一個兒子吧。」

侯夫人終於回過神來。葉成紹自小便不著調，但說出的話卻向來說一不二，他要決定了的事，不管誰阻止，他都會用盡各種方式達到目的，耍潑使賴、滿地打滾，無所不用其極……這話若讓侯爺聽到，讓葉家族長聽到，讓宮裡的那位聽到……

侯夫人氣得跳了起來，手顫抖地指著葉成紹道：「混帳！你這數典忘祖的混蛋，你這是想逼死我嗎？」

藍大夫人也偏了身子，不敢受葉成紹這一大禮，忙去扶葉成紹。「賢婿啊，這話可不能亂說，你可是堂堂的寧伯侯世子，皇后娘娘的姪兒，藍家可不敢收你這入贅女婿啊。」

葉成紹苦著臉，無奈道：「小婿也知道，入贅有些強人所難。侯府家風不好，小婿自小被人教得行止不端，做事混帳，但只要岳母肯收留於我，多多教導於我，小婿以後一定改過自新，讓岳母大人滿意，讓娘子放心將終身託付於我，請岳母大人成全。」

他是半點也不理會侯夫人的話，話裡話外卻是將侯府貶得一錢不值，更是暗諷侯夫人所掌管的侯府家風敗壞，對他的管教也是混亂不堪，才導致他行止不端、名聲毀壞，把侯夫人整個氣得倒仰，偏他又半句沒有明說侯夫人的不是，侯夫人只覺得一口血氣直沖到胸口，差一點就要噴了出來。

堂堂寧伯侯世子要入贅到五品小官家做上門女婿，說出去，會笑掉天下人的大牙，寧伯侯府的臉、皇后的臉，全都要給他丟得乾乾淨淨，偏生這廝還口口聲聲嫌棄侯府對他缺乏良好的教養，致他品性惡劣，是為了仰慕藍家良正的家風才要入贅的，將藍家捧上了天，如此作為，便不是拿巴掌打侯府的臉了，那是拿了刀子削整個葉氏家族、整個皇后娘家的臉皮啊！這廝就是個混蛋，再混帳、再不著調的話也能說得出來，他是真的在將她往死裡逼啊！

侯夫人氣得渾身發顫，卻更是怕，她怒視著仍跪拜在藍大夫人面前的葉成紹，只覺得他就是一個她命裡的剋星，她再如何努力，如何用盡心機，也敵不過他的一句話……

想著葉紹揚那清俊溫和的臉龐，想著文嫻乖巧可愛的容顏，侯夫人淚如雨下。這個氣她賭不起，這個責任她更擔不起，這話只要傳出去一二，都能讓她萬劫不復。

她整個身子搖搖欲墜，眼前人影重疊，晚香在身後忙扶住了她，關切地喚道：「夫人……」

侯夫人深吸了一口氣，怨恨地看著葉成紹，緩緩道：「兒媳在哪裡？我親自去給她賠禮道歉，她若不回去，我便跪在藍家，跪到她回去為止。」

葉成紹一聽，忙跳了起來，大驚失色道：「這如何使得？母親可是長輩，哪裡能讓母親給娘子下跪？母親，兒子不孝，您就當沒養過我這個混帳兒子吧。」

藍大夫人聽得也覺得過了些，忙上前來勸侯夫人。「小孩子生氣，過兩日便好了，夫人若知悔改了，那便——」

葉成紹也不等藍大夫人說完，突然又哭喪著臉道：「岳母，太醫怎麼還沒請到？娘子迷迷糊糊地總是在哭，說她並沒有打罵洪氏，說她覺得好生冤枉，怕是發高燒，糊塗了吧？我母親很是疼她，怎麼會為了妾室去罰她這個正經兒媳呢？」

侯夫人聽得臉一白，扶住晚香的手，對藍大夫人福了一福，道：「親家，請前面帶路，我親自給兒媳賠不是去，是我糊塗了，不該為了個貴妾打了兒媳，請她……」

藍大夫人忙偏過身子，讓過侯夫人這一禮，卻道：「夫人知道錯了就好，不過，您是長輩，無須親自去道歉，您的歉意我們領會了。青凌，就算大姑奶奶病得再重，也讓她起來，跟侯夫人回去，不能讓長輩在此久等了。」

青凌聽了忙又冒著雨走了。

第五十二章

素顏淋了雨，著實有些不舒服，但葉成紹那傢伙也不知道從哪裡摸出一瓶藥來，死乞白賴地讓她吃了，自己卻只是洗了個熱水澡，出來時，便是精神奕奕的。素顏正要罵他回府的，卻聽到侯夫人前來接他回去，心中更是氣憤。葉成紹臨走時卻是將一張大大的俊臉蹭到她面前道：「娘子，若是她肯來給妳賠禮道歉，那妳放過她一次，就跟我回府去吧。」

侯夫人怎麼會跟自己賠禮道歉？素顏在心裡冷笑道。她垂著眼簾看著地上，沒有說話。葉成紹急了，又要說些什麼，這時，藍大老爺進來了，對葉成紹道：「賢婿且去見侯夫人，讓為父來勸她。」

葉成紹走後，藍大老爺嘆了口氣，在正屋裡坐下，素顏恭謹地坐在大老爺下首，垂首聽訓。

「孩子啊，天下無不是之父母，妳如今已經嫁作葉家婦了，就算再不情願，也不能改變這個身分。為父與妳母親先頭之所以順了妳的意思接妳回府，又與親家爭執，不過是想為妳撐腰，替妳出頭，討個公道罷了，為父也知道妳受了不少委屈，但得饒人處且饒人，她畢竟是長輩，若真是肯認錯賠禮，妳就不可太過分，妳裡子面子都占盡了，就要適可而止，跟他們回去吧。和離終究對女子不好，先頭是妳受了屈辱，要和離，輿論是向著妳的，如今侯爺、夫人、世子爺都上了門，侯夫人再低頭，妳若再不回，那就是妳的不是了，咱們藍家也會被人說成是得理不饒人，也會被戳脊梁骨的。」

素顏聽了心中暗痛，這個社會對女子太過苛刻，若侯夫人真的肯給自己賠禮，再不回去著實也沒道理，藍家也不會容她，她又依靠什麼在這個社會裡生存下去？自己又沒有其他那些穿越女一樣，能有點石成金的本事，就算想憑著一點現代知識去經商，也要這個社會容得女子獨立，怕是鋪子還沒開起，早就被人家的唾沫水給淹死了。

眼前又浮現出葉成紹那張俊臉，和他孤零零地站在雨雪裡的倔強模樣。那廝固然可惡，弄那麼些女人在後園子裡，但相對這個世界裡的其他男人來說，他已經好了太多，至少他沒在她面前耍大男人主義，肯對她伏低做小，肯尊重她，他的付出，她看到了……

藍大老爺這一回對自己也算是做得仁至義盡，難得他肯不畏權勢維護自己、愛護自己，肯替自己出頭；還有，大夫人也是，一向柔弱，但面對侯夫人時，卻也是據理力爭，使得侯夫人當眾顏面掃地，她不是一個人，她的身後還有血親，她不能為了自己想要的生活而置親人的利益於不顧，雖然這只是她肉體上的親人，但過了這麼久，骨肉至親的情感已經融在了骨子裡，心和身，又怎麼能夠真的分開？

「父親，若侯夫人真的肯親自向女兒賠禮，那女兒就跟相公回去吧。」素顏眼淚不停往下掉，看得大老爺也心酸。孩子額頭上的傷還沒消腫，又淋了那麼些雨，若他的官職能再高一些，家世能再顯赫一些，女兒又怎麼會在婆家受如此欺辱？

大老爺心中愧疚，長嘆一聲，起了身，對素顏道：「爹爹不便與侯夫人見面，就先回去了，如果她肯認錯，妳就回婆家，若還是態度強硬，爹爹就是拚了這頂官帽，也要保住妳。」

素顏含淚點頭，送了大老爺出去。院外雪仍未停，看著踉蹌著走在雨雪裡的大老爺，素顏心中一陣難過。為人子女，總為父母添憂添煩，也著實不孝。

不多時，大夫人身邊的青凌果然來請素顏，陳嬤嬤早就給素顏穿戴好厚實的衣服，紫綢拿著貂皮大披在手裡候著，青凌一臉的笑，與有榮焉地說道：「大姑奶奶，大姑爺可真是心疼您，為了讓侯夫人認錯，他竟然當著侯夫人的面說要入贅到咱們藍家，都給大夫人磕了好幾個頭了呢。」

素顏聽得腳下一滯，差點滑倒。這廝果然是什麼都敢說、什麼都敢做，混蛋到極點了，也虧他能想得出來，不過倒是有幾分可愛呢。

到了上房，藍大夫人正勸了侯夫人坐下，侯夫人正抹著淚，葉成紹卻是巴巴地看著外頭，一見素顏來了，忙扶了上來，哇哇亂叫著。「娘子、娘子，妳好生些，頭還痛不痛呢？唉呀，剛吃了藥，發了些汗，又冒著風雨來了，娘子，妳得好生些，可不能再病了，妳要是有個三長兩短的，為夫可真不想活了。」說著，小心翼翼地攙扶著素顏，一副怕她摔著了的樣子。

侯夫人見他拿素顏當祖宗一樣待著，只覺得心裡原就堵著的大石上，又被人扔了一塊下去，沈得提不上氣來，偏生這會子是半點火也不能發，只能強忍著，只覺得胸腔都快被這口氣堵死去了。

素顏也不推拒葉成紹的攙扶，著實嬌弱地挪著步子，見侯夫人陰沈著臉坐在正堂裡，過去給侯夫人行了一禮。「姪女拜見夫人，給夫人請安。」

侯夫人聽了她這稱呼，心中又是一堵，瞪著眼看看素顏，張了嘴，半晌也沒說得出話來。

方才她還想好了，再怎麼屈辱，再怎麼沒臉，也要將藍素顏給接了回去，今次這事平息了再說，可等人到了面前，要她說出那些伏低做小的話，又怎麼也說不出口，畢竟先頭她自己還是高高在上的婆婆，打罵隨意，立即又要變了臉說軟話，面上怎麼也擰不過來這個坎去。

葉成紹扶著素顏站在一旁，等了片刻，見侯夫人還是沒有反應，便回過頭來，苦著臉對著藍大夫人道：「母親，娘子身子不適，小婿還是扶她回屋去吧。」

好好的岳母不叫，又叫母親，分明又要提那入贅之事。

侯夫人聽得嘴角一抽，急急地拉住素顏的手道：「兒媳，跟母親回去，今兒是母親的錯了，不該為了那洪氏罰妳，妳看著母親年老昏聵的面上，不要與母親計較。明兒才是回門之日，今天且跟母親回家去吧，妳公公也來接過妳一回，原也要再跟了來的，只是家中有事，脫不得身，妳也看著我們兩個老的，加在一起近一百歲的分上，就莫要再生氣了。一家子人，就算吵了，也不能存著氣，沒有隔夜仇的，說開了就好了，妳說是不是？」

侯夫人肯當著素顏的面說這一番話，藍大夫人終於鬆了一口氣，眼淚也出來了，女兒也總算討回公道了，便上來勸素顏道：「妳婆婆說得是，一家子人，沒有鬧了意見就記仇的，妳也太任性了些，以後可不能一有氣就往娘家跑了，就是受些委屈，也得忍讓一二，當時沒個明理的人為妳作主，過後總有明理的人在，妳等過了那陣子，總有人為妳主持公道不是？」

這話聽著在勸素顏，其實還是在罵侯夫人，也是警告侯夫人，素顏這回是回去了，以後最好不要伺機報復，尋隙打壓自家女兒，就算當時她能得逞，過後總有人為自家女兒出頭的。

侯夫人聽得臉上一陣紅一陣白。今天，藍家人就算說再難聽的話，她也只能受著，她只求這會子藍素顏能跟她回去就好。

素顏聽了侯夫人的話，無奈地點了頭，卻還是向侯夫人行了一禮道：「是兒媳不懂事，兒媳給母親添憂了，只是那洪氏打到兒媳門上去，又尋死覓活，鬧得家宅不寧，兒媳卻是嚥不下這口氣，還請母親為兒媳主持公道才是。」

反正裡子面子都得了，還是要給個臺階讓侯夫人下的，只是，這個臺階只是給侯夫人，那挑起事端的洪氏卻不能就此放過，憑什麼自己要莫名其妙地就被她害得挨一頓打，侯夫人只是說她自己錯了，並沒有說要如何處置那洪氏，自己這正室的臉面還是沒有爭回，就此回去，也太便宜了一些。

侯夫人聽了這話總算是鬆了一口氣，藍素顏並沒有做得太過，給她留回了幾分面子，胸中的鬱堵也散了一些，卻還是給她出了難題，這分明是逼著她當著藍家的面給洪氏一個處置，不然看她這樣子，還是不會回去。

可如今，貴妃娘娘派的人怕是還在侯府，自己又怎麼能當著她們的面處罰洪氏？

侯夫人為難地看向藍大夫人，希望藍大夫人體諒她的難處。

藍大夫人卻是陰沈著臉，雙目幽幽地看著她，也像是在等著她的答覆。

侯夫人只覺得自己頭痛如麻，又看向葉成紹。洪氏的身分他是最清楚的，要如何處置洪氏，葉成紹也該給個意見啊！

素顏這時也想看葉成紹的態度，便也不催促侯夫人，靜靜地站著，只是先頭身子微微靠在葉成紹身上，這會子將背脊挺直了些，與他保持些距離。

「那女人，哪裡來的送回哪裡去就是。她若還想死，就送瓶毒藥、一疋白綾，再加一把刀子，想怎麼死都成。娘子，咱們不要為了那不相干的人生氣好不好？」葉成紹笑嘻嘻地對素顏道。

侯夫人聽得怔住，眼裡迅速閃過一絲憂鬱，怔怔地看著葉成紹，卻沒有說話。藍大夫人見她沒有反對，心裡也總算鬆了一口氣，只要葉成紹將那洪氏趕出侯府，以後他園子裡的其他女人有了這前車之鑑，便再也不敢輕視素顏，不敢隨意找素顏麻煩了。妻妾之間從來就不可能和睦相處，要如何鬥贏，只能看素顏的本事，自己也是幫不了的。

素顏聽了葉成紹的話，總算滿意，但侯夫人並沒有表態，便看向侯夫人，侯夫人這會子卻親熱地拉著素顏的手道：「兒媳啊，妳身子不好，要不就先歇一晚，明兒吃了回門酒後再回去？這天寒地凍的，妳再累著、凍著了可就不好了，紹兒啊，今兒就在你岳母家好生照顧兒媳，為娘這就走了，家中還有客人在呢。」

這安排也還算好，葉成紹和藍大夫人都有些擔心素顏的身子，反正事情也說開了，素顏也答應原諒侯夫人，不再鬧和離了，就在娘家歇一晚，明天正日子回去，也說得過去。

素顏卻是皺了眉頭，回頭橫了葉成紹一眼，對侯夫人道：「您深夜親自來接兒媳，兒媳理當同您回去，不過，兒媳著實身子不好，就依了母親的吧，明日正日子再回，不過，外頭風大雨急又夜深人少，還是讓相公送您回府吧，明日相公再來接兒媳也是一樣的。」

侯夫人聽得怔住，心中又急又憂，看著葉成紹欲言又止。葉成紹卻喜出望外，素顏總算是明明白白地答應回去了，一切總算雨過天晴，只是他這會子實在捨不得離開素顏，很想陪著。「娘子，妳身子不好，我還是陪著妳吧，明兒咱們一起回府就好。」

他還是有些害怕將素顏一個人留在藍家，上官明昊那廝不會趁他不在，又來說什麼看大妹妹吧？

素顏卻是微瞇了眼睛，瞪了葉成紹一眼，葉成紹心中一凜，立即憨憨一笑道：「娘子，那我就送母親回去了，妳要乖乖地在家裡等我，明兒一早我就來，咱們吃過回門飯就走啊。」

侯夫人差點氣死，又不好說些什麼，只能別過藍大夫人，抬腳出了門。

回到侯府，侯夫人急急地回了自己的松竹院，白嬷嬷正在屋裡等她。

「侯爺呢？」侯夫人不顧一身濕寒，一進屋就問白嬷嬷。

「回夫人的話，侯爺去了劉姨娘屋裡。」白嬷嬷的臉上有些難看，上前來給侯夫人解風衣扣子。

侯夫人眼裡閃過一絲凌厲的光芒，低了頭，沈思了一會子道：「妳使個人去稟告侯爺一聲，就說紹兒回來了，明兒兒媳也會回來。」

白嬷嬷應聲去了。晚榮拿了水給侯夫人淨了面，侯夫人自己進了內室，卻沒有讓晚香幾個跟著。

侯夫人進了內室後，沒有上床就寢，而是轉到後堂，自偏門去了東廂房。

在廂房的一個抱廈裡，侯夫人輕輕喚了一聲。「你在嗎？」

抱廈裡擺著兩排整齊的掛櫃，掛櫃後，傳來一個沙啞低沈的聲音，那聲音似男又似女，硬邦邦的，像金屬碰在石板上一樣，很是難聽。

「妳是越發蠢了，就算要對付那藍氏，也不能用如此明顯的手段。不過，妳還算聽話，主子還算滿意，這個月的藥就在這掛櫃上左數第五個抽屜裡。」

侯夫人聽得眼圈一紅，忙低頭應了，自去掛櫃第五個抽屜裡找藥。

櫃後再沒有傳來一點聲響來。

侯夫人拿到藥後，靜靜地看著掛櫃後，美麗的大眼裡蘊著深沈的無奈和怨恨，也隱著一絲堅毅之色。

——未完，待續，請看文創風084《望門閨秀》3

宅門界新天后／

不游泳的小魚

嫡女出頭天，姊妹站起來——

百年大族、詩禮傳家，但宅門裡可不是風平浪靜；
她一個小小姑娘，上門祖母、姨娘，下門不長眼的僕人，
還要小心不懷好意、摸不清底細的姊妹，唉，大小姐真的好忙啊……

望門閨秀

文創風 082 1

出了禍事穿越過來不是她所願，但穿成了比庶女還不如的嫡長女，
就算是百年大家族，她藍素顏依然過得比家裡的大丫鬟還糟糕……
娘親雖是正室，卻被個姨娘扶正的平妻壓到底，
父親和奶奶因為自己八字剋父剋母而不待見，比外人更冷淡，
她和母親明明才是藍家大小姐和藍家大夫人，被瞧不起的卻是她們，
她絕不能如此窩囊，更要為娘親搏出一條路！
萬幸母親還有個手帕交——中山侯夫人，為拯救自己特地登門訂親，
好的親事便是女子的保障，她這大女人雖不認同，也只能接受，
況且未婚夫中山侯世子生得如天人下凡，溫潤如玉，她也瞧得順眼，
與其讓二娘和奶奶胡亂指個男子婚配，嫁給他……可能還不錯吧？
誰知婚書收了，父親卻突然被打入大牢，還殺出個程咬金——
這寧伯侯世子葉成紹壞名遠播，人人都知他是個紈袴公子，
她一見他就不喜，再見他更想離這渾人遠遠的，
他卻說自己是真心求娶她，非她不要，硬是讓她退了中山侯的婚事，
她這個不出名的藍家閨女，怎麼突然成了搶手貨……

文創風 083 2

為何非藍素顏不可呢？
葉成紹其實也不明白，但他知道，錯過她，他再也不想娶別人了——
當初上藍家提親，他要娶的是她二妹，而且只是為了個賭約，
他從不在乎名聲，逼藍家把女兒嫁給自己也不過是惡名昭彰再添一筆，
但怎麼知道這藍家大姑娘真令他開了眼界，聰敏機智卻冷淡如霜，
遇見了訂親的未婚夫毫無女子羞態，對自己更是義正詞嚴，從無好臉色，
偏偏自己就是吃她這套，更懂她的心思；
她想要一生一世一雙人，自己心裡也只能容得下她，
她不怕別人說她量小嫉妒，他更欣賞她如此大膽直率；
反正他府裡那些貴妾、小妾都是別人硬塞過來的，他不過做做浪蕩樣子，
要整治，正需要她這樣勇敢果決的性子，她想怎麼做，後果他來承擔；
既然想盡辦法把她搶來做妻子，他有的是時間慢慢融化她的心，
總有一日她能明白，再壞的浪子也有真心可言……

文創風 084 3

莫名嫁到寧伯侯府，藍素顏才知這裡是更深的一潭水——
侯爺看似很寵葉成紹這個世子，卻不管家裡大小事，
侯夫人表面功夫做得不地道，對他夫妻倆使的手段更是花招百出，
府裡的各個小姐也是摸不清底細，更別提後院裡的小妾們，
有皇后送的、有貴妃送的，還有個護國侯府的大小姐！
她才新婚不久，又要忙著整治院裡的妾，小心應付府裡的明槍暗箭，
還得好好了解身邊這個神神秘秘的丈夫……
為何護國侯願意把女兒送他做妾？
為何皇后身為姑母，卻待他如親生兒子？
為何皇帝貴為一國之尊，卻處處讓著他，任他冒犯？
丈夫身上實在有太多謎團，從前的她不在乎也不想知道，
但如今兩人既是夫妻，她怎能裝聾作啞，假裝彼此相敬如賓就好？
況且他總是一副吊兒郎當模樣，心裡卻真的只放著自己一個，
怕自己受委屈，怕自己離開，那般小心翼翼待自己，
即便她是鐵石心腸，有一天也是會化了的啊……

文創風 071 4

相公生得俊美無比又腹黑無敵，
她孫錦娘也不差，
宅門速速上手，如今更能使計設陷阱，
一步步靠近幸福將來……

文創風 073 5

才剛過一陣子舒心日子，
陰謀詭計又接連而來，
當真是應接不暇，
不過他們小倆口也不能任人欺凌，
如今也要將計就計，反將一軍……

文創風 077 6

王府掩藏了十幾年的秘密，
終於一一水落石出，但傷害依舊，
因此她更堅定地要愛，
愛相公、愛家人，
用愛反擊一切陰謀！

文創風 078 7 完

終於能見到相公站起來，
玉樹臨風、英姿凜凜，
教她這個做妻子的多驕傲，
等了這麼多年，經歷各種離別，
他們總算能看見
最終的幸福日子……

文創風

083

望門閨秀 2

國家圖書館出版品預行編目資料

望門閨秀 / 不游泳的小魚著. --
初版. -- 臺北市 : 狗屋, 民102.04-
冊 ; 公分. --（文創風）
ISBN 978-986-328-056-9（第2冊：平裝）. --

857.7　　102004461

著作者	不游泳的小魚
編輯	戴傳欣
校對	黃薇霓　林若馨
發行所	狗屋出版社有限公司
地址	台北市104中山區龍江路71巷15號1樓
電話	02-2776-5889～0
發行字號	局版台業字845號
法律顧問	蕭雄淋律師
總經銷	知遠文化事業有限公司
電話	02-2664-8800
初版	102年5月
國際書碼	ISBN-13　978-986-328-056-9
原著書名	《望门闺秀》，由瀟湘書院（www.xxsy.net）授權出版

定價230元

狗屋劃撥帳號：19001626

網址：love.doghouse.com.tw　E-mail：love@doghouse.com.tw